スタンド・バイ・ユー
BENRIYA タコ坊物語

スタンド・バイ・ユー

便利屋タコ坊物語

人生は一度きりのドラマである。

東京の隅っこの方にある、江戸川区の一之江という場所を知っているだろうか。東京とは言うものの、高層ビルや繁華街などはなく、川を越えればもう千葉県というとても静かで控えめな町だ。

昔ここに日本で初めて便利屋という事業を起こした三人の若者がいた。

まだテレビドラマの中でしか存在しなかった便利屋という会社を、実際に起業したのはその三人に他ならない。もちろんそれまでも家具の移動や犬の散歩や簡単な日曜大工などの「人手を貸す」というレベルの便利屋を営んでいる者はいたのだが、夜逃げの手伝いや探偵や人を百人集めるというプロフェッショナルな技術や知識を要する本格的な事業として何でもできるという本当の意味での便利屋は彼らから始まったのだ。

この物語は一九八七年（昭和六十二年）から一九九五年（平成七年）までの八年間、当時の学歴社会のレールからはみ出した、何のとりえもない普通の、いや普通以下の青年、涌田広幸、須々木忠助、岡野芳樹の三人が出会い、まったくのゼロの状態からどんな困難な仕事でも引き受ける会社「便利屋タコ坊」を立ち上げ、仲間を増やして会社を大きく成長させていった実話に基づいた嘘のような本当のドラマである。

この物語に登場する固有名詞は著者を含め仮名であるが、依頼された仕事はすべて実際にあったままリアルに再現している。

ドラマよりもドラマチックに生きた、人生で最も熱い季節の八年間の物語だ。

登場人物

タコ坊　新入社員

大越清高	寡黙で力持ち。〔第一期〕
吉永弘道	男気がありそうなリーダー。〔第一期〕
有田雄一郎	マイペースで器用。〔第一期〕
石清水	初の女性社員。頑張り屋のビーバー。〔第二期〕
赤藤	愛想のいいイタチ。〔第二期〕
鈴鹿	義理がたい日本猿。〔第三期〕

タコ坊のバイト君

安井	気のいいタヌキ。
朝熊	慎重なシマリス。
板尾	腕白な白いトラ。
鷹田	どこか抜けてる柴犬。
堀腰	調子のいい山猫。

便利屋　タコ坊

涌田広幸	1号
須々木忠助	2号
岡野芳樹	3号　劇団主宰
羽嶋之雄	4号

岡野の劇団員

チッチ	劇団を陰で支える姉御肌の女性。
稲筑葉子	通称ツクツク。みんなから慕われる存在。やがて岡野と結婚。
富士沢直実	気が向いたときだけ便利屋ゼロ号。
堀口泉	一流の商社で働きながらも時々女優。
キンタ	一流のテーマパークで働きながらもしょっ中女優。

便利屋母ちゃん——涌田の母。タコ坊を陰で見守る昭和の肝っ玉母ちゃん。

辰也——便利屋でもやらない仕事を引き受ける怖いもの知らずの貧乏役者。

平川——通称ひらりん。岡野の営業職時代の後輩で無邪気な青年。

桑名正守——便利屋以前の岡野の同居人。セールスの道を極める青年。

石山高志——涌田の幼馴染でペンキ職人。時々タコ坊特別社員。

石山ちい子——ペンキ屋石山高志の母。岡野をタダで下宿させてくれる。

涌田正典——涌田広幸の兄。弟とは真反対の真面目で賢い鉄工所の跡継ぎ。

ガーデンのママとご主人——便利屋新事務所の隣の喫茶店、後にレストランを経営する。

矢部由実子——通称キッコ。便利屋のお気楽なアルバイト事務員。

脇下麻美——岡野、羽嶋の高校時代の同級生。何故か羽嶋と結婚。困った時のタコ坊リリーフ社員。

鈴本邦明——通称クニ、タコ坊非常勤特別社員。いつでも腹ペコで、どこでも寝られる。

岡野和美——岡野芳樹の妹。大学生にしてタコ坊ピンチヒッター社員。

目高みずほ——不動産屋で働いていたところを涌田が一目惚れ、スカウトされる。後に涌田と結婚。

リョウ——スペイン在住の少年のような女性。フラメンコダンサーを目指す。

春村太郎——涌田のアクション仲間。清掃会社を経営。

個性的な依頼者たち——病める東京の象徴。

プロローグ

それは夏が終わりかけたある九月の早朝のこと。日が昇る少し前のまだぼんやりとした空の中、ここ江戸川区一之江のとある鉄工所の前にパトカーと乗用車の二台の車が、音もなく静かに滑り込んで止まった。

この地区にはよくある古い鉄工所の一つで、その鉄工所は民家とくっ付くように建てられていた。

少し離れた所から事の異変に気付いた新聞配達の青年が手を休めて静かに様子を見守っている。

乗用車から出てきたスーツ姿のいかつい二人組の男が、鉄工所の駐車スペースを小走りで通り抜け、犬小屋の脇に二階へと続く鉄製の外階段を音を立てずに駆け上がった。階段の手すり部分に「便利屋タコ坊2F」とベニヤ板にペンキで書きなぐった看板がぶら下がっている。二人組は一呼吸を置いてから、不用心にも鍵のかかっていない住居スペースのアルミ戸をそっと横にスライドさせながら中に入った。

中に入るとすぐ左手は一階に繋がる木製の階段で、板の間の廊下を挟んで右手には安っぽいベニアの扉があった。男たちは息を殺し中の様子を耳で伺った後、その扉を開ける。

煙草と酒と汗が混ざったような独特の臭いが冷気とともに廊下に漏れ出す。男たちの目の前には、むさくるしいラグビー部の部室のような四畳半の部屋があり、三人の若者が箱詰めの寿司のようになって眠っている。クーラーはゴーゴーと音を立て、四畳半の空間はすっかり冷蔵庫の中のように冷え切っていて、三人は布団を頭からすっぽり被っていびきをかいていた。

「警察だ！　起きなさい！」

突然角刈りの男の方が叫ぶと、三人は冬眠を邪魔されたミノムシのように顔だけをもぞもぞと布団から出した。三人の前には見たこともない大男が二人、狭い部屋の入り口をふさぐように立っていた。

もう片方のレスラーのような体格の男が川の字で寝ている真ん中の若者を指さして、外見には似合わないか細い声で言った。

「岡野芳樹本人だな？」

「あー、はぁ？」

「○年○月○日、中野区○○交差点で×××運転および××××……」

指をさされた若者はまだ半分眠っている状態の上に二日酔いが重なって、小声のレスラーが何を言っているのかよく聞き取れなかった。一瞬また借金取りの怖いお兄さん達かと思ったが、いやあれは二年かけて利息も含め全部返済して解決したはずだった。

じゃあ何だ！　こんな朝っぱらから仕事の依頼人のようでもないし……警察？　さっき確か警察って言ったような？　いや、きっと何かの間違いだろう。

岡野が寝ぼけながらあれこれ思案をしていると、今度は角刈りの方がもう一度鋭く聞いてきた。

「岡野芳樹に間違いないな？」

「は、はぁ」

「じゃあすぐ着替えて」

「え、ええ？」

「着替えたらこっち来て」

「へ？　へえ」

「はい、両手出して」

「て、手ぇ？」

ガチャンと両手に手錠をかけられた。

その若者には何が何だか分からなかったが、次の台詞だけはよく聞こえた。

「五時二十三分、岡野芳樹逮捕！」


鉄工所の二階のカーテンの隙間からは昇ったばかりの朝日が美しい光線の筋を描き、遠くで名前も知らない鳥が鳴いていた。

あまりの突然の出来事なのと、相手の手際の良さに岡野は何も言えず呆気にとられて、されるがままに何の抵抗もできなかった。

こうして便利屋3号こと岡野芳樹は、角刈りとレスラーというあだ名に違いない二人の刑事に、パトカーの後部座席に乗せられ連行されていった。

車の中で岡野は人生初の本物の手錠を見てあることに気が付いて驚いた。手錠と手錠の間が鎖ではなく縄なのだ。縄と言っても一応頑丈そうな黄色と黒のビニール製のものではあったが。

「え！　縄？」

思わず口にすると左に座っていた角刈りの方が睨んできた。

「あ、すみません」

一瞬これはテレビ番組のドッキリかと思ったがそんなわけもなさそうだ。たぶん何か理由があるのだろうがもちろんそんなことを聞ける雰囲気ではないのでやめておいた。


その頃鉄工所の二階に残された二人の若者、便利屋1号涌田広幸と便利屋2号須々木忠助は、布団から体を半分起こしたまましばらく顔を見合わせていた。

ぱっと顔に灯りが戻った須々木が、慌てて枕もとに外してあった眼鏡をかけて涌田に聞いた。

「ねえ涌田、今の何だったんだ?」

「さあな……。あ、もしかしてグリコ森永事件の真犯人が岡野?」

「まさか」

「じゃあ、三億円事件!」

「いや、その事件があったの俺たちまだ幼稚園だよ」

「じゃあ、あれだ。宇宙人による地球人誘拐」

「……」

どんな状況でも冷静に冗談が言える者は、よっぽど肝が据わっているか、本当の馬鹿なのかどちらかである。

「それより忠、やばいぞ！」

「どうしたの涌田！」

「もうすぐ五時半だ」

「それがどうしたの？」

「あと一時間しか寝られないぞ！」

「……それはまずいね」

「とりあえず寝よう」

便利屋3号の運命はさておいて、二人はまた布団の中に潜り込んだ。

仲間の緊急事態にも眠れる人間は、よほど強い信頼関係で結ばれているか、死ぬほど眠いかのどちらかだろう。部屋の片隅には空になった一升瓶と少しだけ残った安いウイスキーの瓶が転がっていた。

便利屋をスタートさせた昭和六十二年は、携帯電話はもちろんパソコンもインターネットもないアナログの時代で、何かを調べるにも国語辞典や図鑑や「現代用語の基礎知識」「イミダス」といった流行語やマスコミ用語まで取り入れた電話帳よりも分厚い辞典に頼るしかなく、また電車でどこかへ行くにしても路線経路や乗り継ぎの時間などは自分の勘を信じるしかなかった。

そしてこの年の日本経済と言えば、株価は上昇を続け、土地の値段は高騰し、円高は加速、マイケル・ジャクソン、マドンナ、ビリージョエルなど大物アーチストが次々に来日し、安田火災がゴッホの「ひまわり」を五十三億円で落札した。所謂バブル時代の全盛期だった。

また当時は学歴時代の全盛期でもあった。高学歴で一流企業に就職した者は勝ち組と呼ばれ、バブルの恩恵をたっぷりと受けていたが、登場する三人のような高卒以下の者は負け組と呼ばれ、バブルの恩恵などは対岸の火事ならぬ対岸のカーニバルであった。

学歴がなければ一流企業に入れない。一流企業に入れなければ勝ち組にはなれない。勝ち組でなければ人生はつまらない。

そんな理屈がまかり通っていた時代、指をくわえて黙っていられるものかと負け組の若者が立ち上がり起業する。
学歴も資格も技術もコネもない三人にあったものは、知恵と勇気と若さとわずかばかりのお金だけだったが、彼らにはそれで十分だった。

一流企業が入れてくれなければ起業すればいい。
負け組だって人生は面白くできる！

とは言うものの当時何の取り柄もない人間が起業するということは、月も出ていない暗い晩に、海図もコンパスも持たずに船を出すようなものだ。

しかし起業するにあたって一番大切なものは、果たして豊富な資金や商品力や技術力なのだろうか。その答えはこの物語の中にあるのだ。無謀と書いて冒険と読むこの三人の友情と人情と愛情の笑い話が、きっと大切な何かを教えてくれるだろう。
この物語をこれから起業しようという若者に、あるいは志を忘れかけて進むべき未来を見失っているすべての人にエールとして送りたい。

　そして人生が辛くなった時に思い出して欲しい。かつてこんなにも馬鹿で真剣に、大笑いしながら必死で夢中に生きていた人間がいたことを。

第一話「便利屋、始まりのはじまり」

昭和六十二年八月、太平洋上空一万メートルを行くデルタ航空の機内、真夜中の暗闇の窓に映った自分の影をぼんやり見つめている男がいる。

人生何をやってもうまくいかない時期があるものだ。二十二歳にして無職のこの男、涌田広幸もまたその一人だった。

アメリカの語学留学を終えて今、日本に帰国中と言えば聞こえはいいが、実際のところは名前さえ書けば受かるような偏差値の高校時代を喧嘩とバイクに明け暮れかろうじて卒業した後、就職もせず某テーマパークでバイトをしながらロックバンドを結成。しかし到底デビューできるはずもなく、歌手が駄目なら役者だろうと、新宿コマ劇場の北島三郎ショーの時代劇で悪役を演じては毎日サブちゃんに斬られ続けたり、また仮面ライダーショーのショッカー役でライダーに蹴られ続け骨折したりと、自分の人生がどこに向かっているのか分からない悶々とした日々に嫌気がさし、「こんなところでじっとしてなんかいられない。俺は生まれ変わるのだ！」と、何の根拠もなくアメリカに旅立ったはいいが、すぐに軍資金は底をつきわずか三か月で帰国する羽目になったのだった。

「くそお、あいつの予言通りになっちまったな」

機内サービスのビールを飲みながら涌田はつぶやいた。あいつというのは、涌田が某テーマパークのバイト先で知り合った岡野芳樹のことだ。岡野もまた涌田に負けず劣らず何をやってもうまくいかない男で、学年は涌田と同じで二十三歳。高校時代から名古屋で一人暮らしを始め、劇団を立ち上げ上京するも詐欺師に騙され闇金から多額な借金をして、それを返済するために完全フルコミッション営業に就き、途中路上で吐血をして入院するというピンチを乗り越えながらも二年がかりで借金を完済した後、性懲りもなくまた劇団を立ち上げたのだ。


これより三か月前の五月のある日、涌田がアメリカに旅立つ直前に新宿の居酒屋で岡野と涌田は飲んでいた。

「涌田、俺もやっと借金全部返したからまた劇団立ち上げようと思うんだけどさ、お前その旗揚げ公演に役者で出てくれないか?」

「へぇえ!　借金返したの?　凄いな、おめでとう。で、返済金全部でいくらになった？」

「いやあ、利息が積もりに積もって結局三千万ちょっとだよ」

「さ、三千万⁉　借りたのは三百万だろ？　岡野、お前ホントに馬鹿だよなあ」

「それが闇金の恐ろしいところだよ。いや、そんなことはいいんだよ。なあ、舞台に出演してくれよ。お前にしかできない役があるんだ」

「俺にしかできない役？　どんな役だよ？」

「ドロボー」

「はあ？　ふざけんなよ！」

「いや、ただのドロボーじゃないんだぜ。顔がすげえ悪党なのにほんとはいい奴でさあ、人間味があるっていうか、味があるっていうか、とにかく芝居のカギを握るいい役なんだよな」

「顔が悪党って何だよ！」

「お前の長所だろ」

「悪党顔なら欠点だろが！」

「演劇界では欠点と書いて長所って読むんだぜ。その顔を活かせ、涌田！」

「何だそりゃ」

口の周りに髭を描けばそのまま漫画に登場するドロボー顔を指摘されて、涌田はむきになって怒った。

「なあ頼むよ」

「無理だな」

「何でだよ」

「その公演何月だ？」

「八月」

「八月⁉　三か月後じゃねえか！　俺は来週からアメリカに渡米するんだぜ！」

「涌田、アメリカに渡米って、頭痛が痛いみたいになってるから！」

すかさず岡野が揚げ足を取る。この男、頭の回転の早さと屁理屈だけは一流だ。

「うるせえ！　とにかく三か月後じゃ絶対無理だ。俺のアメリカンライフが始まったばかりだろうが！　英語がペラペラになるには一年はかかるからな」

「いや、そんなことないよ。初めての海外だろ？　二か月ももたないんじゃないの？まあ、せいぜいもって三か月だよ」

「お前なあ、人の門出にけち付けるんじゃねえよ」

「タコちゃんよ、それを言うなら俺だって門出だよ。劇団立ち上げの」

タコちゃんとは涌田のあだ名である。正しくは「タコ坊」という。

「岡野、お前劇団何回立ち上げてんだよ」

「おー、何度でも立ち上げてやるよ！」

「仮に帰って来たとしても稽古する時間もねえぞ」

「それは大丈夫！　公演の前日に来てくれればいいよ。台詞ほとんどないし、お前なら一日あればできる。そういう役だからさ」

「なんだそれ！　芝居のカギを握る重要な役じゃねえのかよ！　まあ、どっちみち無理だな。諦めて他をさがしてくれ」

「そんなこと言うなよ。じゃあ、ほんとに三か月以内に帰国してたらやってくれよ」

「そうだな。まあ無理だと思うがな」

「よし、じゃあ決まりだ。乾杯！」

「だから無理だって！」


そんなことを思い出していた。そして本当に岡野の言った通り、劇団の公演の二日前に帰国とは、これじゃあまるで漫画じゃねえか。「ほら、俺の予言当たっただろ⁉」勝ち誇ったような岡野の台詞が聞こえてくるようだ。悔しさと情けなさが一緒に込み上げてきて、少しだけ泣けてきた。

でも何をやっても中途半端な自分だけど、少なくとも挑戦はしてきた。やらない後悔よりもやって失敗した後悔の方がよっぽどいい。今回のアメリカの旅だって片言だけど話せるようにはなったじゃないか。

涌田は冷たい水でも飲んで気分を切り替えようと、七杯目のビールを飲み干してキャビンアテンダントを呼んだ。

「ウォータープリーズ」

「Ｑｕａｒｔｅｒ？」

不思議そうな顔をして外国人アテンダーが聞き返す。

「ノー、ノー、ウォーター！」

もう一度涌田が言うと、彼女は制服のポケットの中をごそごそしながら二十五セント硬貨を出した。

「Ｑｕａｒｔｅｒ（クォーター）？」

「ノー！　ウォー、タ〜！」

「Ｅｘｃｕｓｅ　ｍｅ？　ニホンゴデ　オネガイシマス」

「……、水をくれ！」

涌田広幸、三か月間の英会話の修行の賜物がこれだった。

涌田の帰国から数日後の八月二十三日、池袋の小劇場で行われた岡野の劇団の旗揚げ公演「イエスタデイ・イエス・ア・デイ」の千秋楽が終わった。三か月間かけて劇団の仲間たちと作り上げた賑やかな祭りも一瞬にして終わる。冷たくなった劇場では、役者たちの熱気も、観客たちの興奮も、煌めいていた照明もまるで遠い昔のことように消えていた。

「座長、打ち上げが始まりますよ」

東京に出てきて四年、数々の苦難を乗り越えようやく夢の一歩を踏み出した岡野が空っぽになった舞台上で感慨に浸っていると、劇団の仲間が呼びに来た。

劇場近くの居酒屋に行くとすでに酒盛りは始まっていた。劇団といっても素人の寄せ集め集団で、ギャラが発生するどころかみんな十万単位でお金を持ち出し、仮に全公演満席になったとしても数十万の赤字になるような劇団。楽しみと言えば終わった後のこの酒盛りくらいだった。

劇団のみんなは、何かをやりきった達成感でいい顔をしていた。そんな中で一人バツの悪そうな顔の男がいる。涌田広幸だ。

涌田が打ち上げに遅れて来た岡野を見つけるやいなやこう言った。

「よお！　お疲れ。いやあ面白い芝居だったけど申し訳なかった、すまん！」

この涌田は公演前日には帰国したものの、本番当日に謎の高熱を発し三日三晩寝込んでしまい、結局劇団の公演には出演できなかったのだ。何か悪いものにでも憑りつかれているかのように空回りばかりしている自分に益々嫌気がさしていた。しかし約束を果たせなかったことを一言詫びようと、熱が下がった今日、無理を押して千秋楽を見に来たのだ。

「涌田！　お前もう体大丈夫なのか？」

「ああ、もう平気だ。それより結局出演できなくてほんとに悪かったな」

「何言ってんだよ。出演できなかったのは残念だったけど、お前、俺との約束を果たすためにほんとに三か月で帰って来てくれたんだろ？　いや、嬉しかったよ。お前に一つ借りができたな」

何？　約束を果たすために三か月で帰って来た？　涌田は、岡野が都合のいい勘違いをしてくれていることに気付いた。

そうか、俺は金が尽き挫折して帰って来たんじゃない。こいつとの約束を果たすために帰って来たんだ！

「岡野、そんなの当たり前だろ。お前の一大事なら月にいても飛んで帰って来るぜ！」

この涌田という男もまた相当のお調子者である。

「タコちゃんかっこいい！」

「よっ、大統領！」

「現代の走れメロス！」

「二人の友情に乾杯！」

劇団員たちがもてはやす。

「でもホントは、金が尽きてたまたまこのタイミングで帰って来ただけだったりして！」

笑いながら岡野が言う。

「ば、馬鹿野郎！　そんなわけねえだろ！」

涌田の顔から冷汗が出る。この岡野という男は相当な曲者である。

「冗談、冗談。さあ、一緒に朝まで飲もうぜ」

そしてたわいない話に腹を抱えながら笑い、打ち上げは続いた。

午前二時を回り他の客が帰り、何人かの劇団員が酔い潰れて居酒屋の板の間で眠る頃、真面目な顔をして涌田が岡野に語りかけた。

「なあ岡野、お前劇団だけで食っていけるのか？」

「えー？　まさか、劇団なんて大赤字だよ。何かバイト探さないとな」

「バイトじゃ食って行くだけでも大変だろ？　劇団を維持していくのなんかすぐに無理になるぞ」

「そうは言っても、他に方法なんかないだろ。あ、すんませーん、お酒お代わり！」

岡野が何合目かの日本酒を注文する。

「それとも涌田さんよ、高収入の仕事で、劇団の本番三か月前からは休暇が貰えるようなそんな都合のいい仕事でもあるのか？」

「ある！」

涌田の目が大きく開いた。そして鼻の穴も開いていた。

居酒屋の有線から森川由加里の「ＳＨＯＷ　ＭＥ」が流れてきた。

「どこにあるんだよ。そんな絵に描いた餅のような会社、どこの何ていう会社だ？」

「いや、ない」

「はあ？　酔っぱらってんじゃねえぞタコ！　ちょっとぉ、お酒まだ⁉」

遠くで店員が「ただいま」と叫ぶ。

「岡野、そんな会社今はない。ないから作るんだよ！」

「誰が？」

「俺とお前が」

短い沈黙の後、突然岡野が笑い出した。飲んでいるコップ酒がこぼれてズボンを濡らしたが、それでも笑った。

「何が可笑しい！」

「ヒャハハハ……。タコちゃん、お前天才だ！　そうか、なきゃ作ればいいのか！

ヒャハハハ」

「おい、俺は真面目に言ってんだぞ！」

「いやあ、ごめんごめん。あんまり意表を突いたアイディアだったから笑えてきたけど、確かにそうだな」

「お待たせしました」という店員の声にも反応せずに急に真面目な顔をして岡野は
「そうか、そんな都合のいい会社、なければ作っちゃえばいいのか！」

「岡野、俺もお前もサラリーマンって柄じゃねえし、かといって一生アルバイトをやってもいられねえだろ。お前が何もないところから劇団を立ち上げたみたいに、今度は俺たちで会社を立ち上げるんだよ」

「え？　何、何？　会社を立ち上げるって？」

岡野より年上で、世話好きな劇団スタッフの女の子、通称チッチが話に割り込んできた。

「会社起業？　いいじゃん、いいじゃん。やりなよ。一生に一回の人生、男なら起業せよ！　オー！」

チッチもそうとう飲んだのか嬉しそうにはしゃいでいる。

「それで涌田、どんな会社作るんだ？」

「それが問題なんだよ。何かアイディアないか？」

「はあ？　何の考えもなく言ってたのか？　まったくお前らしいな。学歴もない。金もない。じゃあ、せめてお前何か資格とか持ってないのか？」

「資格か……あるぞ。車の免許」

「あちゃー、何だそれっ、て、俺は車の免許もなくしたけどな」

「はあ？　免許なくしたって、何やったんだ岡野？」

「いやあ、免停中だったんだけど劇団の稽古に遅れそうで原付乗ってたら、運悪く中野の交差点でバスとぶつかって事故しちゃったんだよ。そんで気が動転してたら目の前がちょうど交番でさ、すぐに捕まってね、後で正式に出頭しろって言われたんだけど、どうせ免許取り消しになるなら罰金払うのもったいないから免許捨てた」

「何やってんだ岡野。じゃあ、まだ出頭してないのか？」

「してないよ」

「お前そのうち逮捕されるぞ」

「警察だってこんな小者捕まえるほど暇じゃないよ」

「お前日本の警察を甘く見ない方がいいぞ。絶対に捕まるぜ。逮捕される前に自主しろ」

「いや問題はそんなことじゃなく、たった自動車免許一枚だけでどんな会社ができるのかって事だろ？　つまり何にもできないって事じゃねえか？」

　二人の馬鹿げた会話をチッチはきゅうりの漬物をかじりながら、にやにやして聞いている。

「タコ、考えが甘いんだよ。お前の頭の中には甘ーいハチミツがたっぷり入ってんだろ！」

　すると涌田が飲み干したコップをテーブルに叩き付けるようにして言った。

「何もできないって事は、逆に何でもできるって事だろ。だったら何でもやる会社を作ろうぜ！」

「いい、それいい！」

すかさずチッチが合いの手を入れる。

「学歴がなくても俺たちには勇気がある。馬鹿なりにも生きる知恵がある。コネがなくても夢があるし、金がなくても勇気がある」

「涌田、今『勇気』って二回言ったぞ」

「うるせえ、つまりだな、俺が言いたいのはやる気があれば、何もできない俺たちだって何だってできるってことだ！　岡野、お前さっき俺に借りができたって言ったな。すぐに返せるチャンスが来たぞ。俺の一大決心に協力しろ！」

何だかよくわからない理屈だったが、一人の演劇青年の心に火を点けるには十分だった。

「何でもやる会社か……悪くないね」

「すごーい！　テレビドラマの『俺たちの旅』みたいじゃない。かっこいい！」

チッチが無邪気に言う。

「じゃあ俺が中村雅俊だな」

岡野が言うと涌田が言い返す。

「アホか、俺が中村雅俊でお前はオメダだ」

「ふざけんな、俺がオメダだったらお前はグズ六だろ！」

「まあまあ、よっちゃんもタコちゃんもそんなのどっちだっていいじゃない」

年上のチッチは年下の座長の岡野芳樹のことを「よっちゃん」と呼ぶ。

「肝心なのはあと一人必要だって事！」

「え？　何で？」

涌田がチッチに尋ねる。

「何か始めるなら三人がいいって昔から言うでしょ？　二人だと喧嘩して終わりだけど三人だと間に一人入ってうまくいくのよ。構造上強いのは四角形よりも三角形なんだよ」

「へー、なるほど、三人寄ればもんじゃ焼きってか！」

涌田がくだらないおやじギャグを言う。このままの話の流れだとチッチが「じゃあ、私がやる」と言いかねない。彼女はもちろん頭もいいし仕事もできそうなんだけど、女子が入ると何かと面倒なことになりかねない！　なんとかせねばと涌田は思った。がしかし、思っただけで何もできなかった。

「ばーか、お前はもんじゃ焼きじゃなくてタコ焼きだろ！　まあでもチッチの話も一理あるな。涌田、お前地元なんだから誰か当てはないか？」

「おお、そう言えば、同級生で一人条件にぴったり当てはまる奴がいる」

「どんな条件だ？」

「まったくサラリーマンに向いていない男」

「何だそりゃ！　まあいいや。とりあえずこれで三人だな」

「よし！」と、ガッツポーズをする涌田の横でチッチが「チッ」と言った気がした。

「ところで会社の拠点はどうする？　俺、もうすぐアパート出て行かなくちゃいけないんだよな」

岡野が言った。

「それなら任せてくれ。俺の実家が江戸川区で鉄工所やってるんだけど、昔使ってた工場の二階にある従業員用の部屋が二つ空いてるから、事務所と住居にできるぞ」

「涌田、お前最高！」

「じゃあとりあえず明日から開業と行くか！」

「すごい、すごい、タコちゃんもよっちゃんも頑張ってね！」

チッチが自分事のように嬉しそうに笑う。

涌田が満足そうに手酌で酒を飲む。空回りしていた人生もなんだかやっと抜け出せそうで「やっぱり止まない雨はない」と、しみじみと独り言をつぶやく。

その横で岡野が何かを懐かしむように目を細めてみんなの顔を見ている。しばらく静かな時間が流れ、店のＢＧＭが長渕剛の「ろくなもんじゃねえ」に変わる頃、岡野が急にすっと立ち上がった。

「トイレか？」

涌田が聞いた。

「ああ、ちょっと忘れ物をしたから劇場に行って来る」

「今から？　もう閉まってるだろ」

「いや、鍵を持ってる」

「そうか、遅いから気を付けろよ」

「ああ、そうだな。すぐ戻るよ」

少し頼りない歩き方をしながら岡野は居酒屋を後にした。

ふらふらと遠ざかる岡野の後ろ姿に重なるように、長渕の「ぴーぴーぴーぴーぴーぴーぴー」と歌う声も遠ざかり、涌田の意識が静かに眠りの世界に沈んで行った。


そしてそれっきり岡野は帰って来なかった。

翌日分かったことは岡野が失踪したということだ。昨日居酒屋を抜け出し、一人戻った空っぽの劇場の舞台の上に、メモ書きが残されていた。

思うところあり、旅に出る
アデュー、素晴らしき仲間たち

署名はなかったがこの臭いセリフは岡野芳樹に間違いない。
「ふざけんな岡野！　一緒に会社立ち上げる約束だろ！」
いつもこうだ。何でこうなる。俺はいつまで空回りを繰り返せばいいんだ。
メモ書きを丸めて床に叩き付ける涌田の隣でチッチが呆れた顔をしていた。

脇役で生きる人生にはドラマは起こらない。しかし主役で生きようと決めれば、まずやってくるのはトラブルばかりだ。

止まない雨はないかもしれないが、今はまだ涌田広幸に降る雨は土砂降りのようだった。

第二話　「便利屋タコ坊始動」

「おい、忠助起きろ！」

岡野が失踪してから二週間後の九月のある日曜日の朝、江戸川区にある須々木商店のまだ閉まっているシャッターを涌田広幸がガシャン、ガシャンと叩いていた。

商店の二階の窓から黒縁眼鏡をかけて面長の顔をした無精ひげの男、須々木忠助が顔を出した。

「こら、止めろ！　近所迷惑だ！」

「おー忠！」

「何だ、涌田か。こんな朝早くからどうした？」

「ついに岡野を見つけたぞ！　今からすぐに捕まえに行くから下りてこい！」

「分かった！　すぐ行く」

須々木の実家は涌田の住む同じ江戸川区でタバコ屋にちょっとした食品が置いてあるような昔ながらの小さな商店をやっている。涌田とは高校からのコンビで、高校時代は他校の突っ張った生徒からちょっと恐れられていた怖いもの知らずの二人だ。しかし実際喧嘩ばかりを繰り返していたのは涌田の方で、須々木は力は強いが、弱い者にはやたらと優しい青年であった。そんな須々木は一八〇センチを超える長身ではあるが、ずいぶんと無駄に胴体が長く、丸顔でそれほど背は高くない涌田と並んでサングラスをかければ、映画「ブルースブラザース」のジョン・ベルーシとダン・エイクロイドと瓜二つだった。

「ほい、お待たせ」

須々木は、涌田が鉄工所から持ち出してきた二トントラックの助手席に乗り込むと、自分の店からちょいと失敬してきたハイライトを涌田に渡した。

「お！　いつもすまんのう忠ちゃん」

「ところで、その岡野さんとやら何処にいたって？」

須々木は岡野とはまったく面識がなかった。涌田に誘われるまま「何でもやる会社」の一員になることを決め、それまでやっていた築地市場でのバイトをすっぱりと止めて、もう一人のまだ見ぬ仲間、岡野芳樹の捜索に駆り出されていた。よく言えば情に厚く潔く、悪く言えば考えが浅はかで単純な男だ。勉強はかなり苦手で無口だったが、弱い者を助ける気持ちは誰よりも強かった。それにしても便利屋の初仕事が、失踪した自分たちの仲間を捜すことになるとは、前途多難な未来を予感させるのに十分だった。

「あの野郎、沖縄に居やがった」

涌田が車をスタートさせながら、苦虫を噛み潰したような顔で言った。

「沖縄⁉」

「いい気なもんだぜ。極楽とんぼとはまさにあいつのことだな」

「で、どうやって見つけたの？」

「チッチが捜し出したんだよ」

「チッチ？　誰それ？　占い師？　で、今どこに向かってんの？」

「そのチッチ様の所！」

トラックを一之江インターから高速道路に乗せると涌田はギアをトップに入れて思いっきりアクセルを踏んだ。手元を見ずにカーラジオを付けた。

♪ドブネズミみたいに　美しくなりたい
ブルーハーツという初めて聞くパンクロックグループの「リンダ　リンダ」という曲がかかった。あてのない夢に向かって暴走するような曲だと涌田は思った。

「俺たちのテーマ曲みたいな歌だな。そう思わないか、忠？」

猛烈なエンジン音を出しながら品川ナンバーを追い越していく。

「いやあ、涌田さん！　安全運転でお願い！」

あてのない夢に向かって暴走するのは車を降りてからにしてもらいたい。須々木忠助は朝っぱらからパンクロックを流している放送局を呪っていた。


劇団の敏腕マネージャーチッチは、いったいどうやって、行方をくらました座長、岡野芳樹を捜し出したのか？

彼女は岡野のアパートの同居人である桑名正守という青年から、どうやら沖縄の慶良間諸島のどこかでテントを張って野宿しているという情報を聞き出した。

それだけの情報では普通どうすることもできないのだが、それからのチッチの行動が凄い。

チッチは慶良間諸島のすべての宿泊施設や公民館や海の家など、電話帳に載っている連絡が取れそうな所すべてに片っ端から電話をかけたのだ。

そしてついにある公民館近くの海岸にそれらしき男がいることを発見したのだ。

海岸の浜辺でヤドカリと遊んでいるところを呼び出された岡野は面食らった。

沖縄の小さな島の浜辺で野宿している人間を、遠く離れた東京から捜し出すなんことをいったい誰が想像できただろうか？

電話越しのチッチは怒っていた。今まで劇団の中では見せたことのない剣幕で怒っていた。自分勝手な極楽とんぼは、それだけみんなに心配をかけていたのだった。しかしそれもしょうがない。本当は死んでも構わないという思いで岡野は沖縄に来たのだった。

生きていれば誰しも悲しいことの一つや二つはあるものだが、死んでしまいたいと思えるほどの恋愛と失恋をしたことがあるだろうか？

ただ絶望という究極の世界の入口まで行ける者は、
命がけで生きた者だけだ。

岡野はまさにひと月前の八月、劇団立ち上げの公演と引き換えにある女性との恋愛が終わってしまっていたのだった。

「結婚してくれるならちゃんと就職して！　私を取るか、劇団を取るか、どっちかにして！」

その言葉が今でも頭の中でこだましている。

劇団を失えば生きる目的を失う。彼女を失えば生きる喜びを失う。つまり岡野にしてみればどちらか一つでも失えばそれは生きる希望がなくなるということだった。

劇団の打ち上げを抜け出し、忘れ物をさがしに深夜一人劇場に戻った岡野は、そんな所に忘れ物があるはずもないことに気付いていた。

和歌山の海の町で生まれたせいか、無性に海を見たくなった。

気が付いた時には沖縄行の船の上だった。

暖かい南の島の海で、人魚姫のように泡の粒になってしまえば何もかもやり直せるような気がしたんだ。

そしてそれは本当だった。南の島の透き通る海水に体を浸し、太陽の光と満天の星の光を浴び、懐かしい匂いの島風に乾かされているうちに、いつしかざっくり割れていた見えない傷に何層もの新しい皮ができた。

「もう、帰っていいんだよ」波の音がそんな囁きに聞こえてくるようになった頃の電話だった。

東京に帰る船の便をチッチに伝えて電話を切った。

こんな馬鹿で自分勝手な自分のことを本気で怒ってくれるチッチの言葉が温か

く、岡野の心に沁みた。

しかしこの大袈裟な男は、確か高校時代に失恋した時も同じようなことをしていた。舞台は沖縄ではなく、生まれ故郷の和歌山県那智勝浦の海だったが。

涌田たちの車は高田馬場にあるチッチのアパートの前にキキキーッというタイヤの音を鳴らして止まった。インターホンを押すまでもなくチッチが部屋から飛び出して来た。

「タコちゃんたちありがとう！」

「狭いけど乗って」

トラックの狭いシートの真ん中に無理やりチッチを乗せてすぐに走り出した。

「八時到着だよね？　チッチ」

「そう。間違いないわ」

初めて会うこのチッチと呼ばれている小さな占い師（？）に挨拶をするべきかどうか、須々木忠助は迷っていたが、チッチの目が血走っていたので黙っておくことにした。

「じゃあ、飛ばすからしっかりつかまって！　今度こそ逃がすもんか！」

涌田がアクセルをふかす。悲鳴を上げるかと思いきや、チッチは血走った眼を輝かせて叫んだ。

「いいぞタコちゃん！　ガンガン飛ばせ！　ぶっ飛ばせ！　ついでに岡野芳樹もぶっ飛ばせ！」

一抹の不安を抱えた須々木の気持ちをよそに三人を乗せた車は猛スピードで竹下桟橋へと向かった。


こうして一九八七年九月の日曜の朝、二週間ぶりに沖縄から船に乗って東京に帰って来た岡野は、船から降りたところを三人に襲撃され、二トントラックの荷台に乗せられて連れ去られたのだった。

これでようやくそろった三人の物語がこれから始まる。

《便利屋タコ坊物語》

【便利屋1号】涌田広幸

二十二歳　一本気で喧嘩がめっぽう強くて大の負けず嫌いだが、気は短く落ち込みやすい。そのくせ意外と繊細な一面を持ち、字が上手く細かい作業や図面を描くセンスがある。車の運転がプロ並み。

【便利屋2号】須々木忠助

二十二歳　気は優しくて力持ち、勉強が大嫌いで何事も深く考えないが、単純作業も高所作業も汚い仕事も文句を言わず黙々とやり通す無口な男。極度の近眼で趣味は貯金。

【便利屋3号】岡野芳樹

二十三歳　愛想と要領がよく機転が利いて口もうまいが、何事も大袈裟で自分の価値観しか信じない。兄は医者で、自身もまた進学校に入学するが大学進学を突如放棄、上京して劇団を主宰する。

三人は涌田の実家、江戸川区一之江の鉄工所の二階にある四畳半の二部屋を改造して事務所と住居スペースを作った。三階は涌田の両親が、二階の別室には涌田家の長男正典が住んでいた。事務所の床は白と黒の市松模様のPタイルを敷き詰め、どこからかジュークボックスを譲り受けてきて狭い部屋をさらに狭くした。テーブルもイスも潰れかけのビヤガーデンの中古品で、これもまた中古のワンドアの冷蔵庫の上にコーヒーメーカーと、何故かピカピカのアーリーアメリカンタイプのトースターがあった。後はジェームズ・ディーンのポスターとビリヤード台でもあれば完璧なのであるが、ポスターはともかくビリヤード台が入るようなスペースはまったくなかった。日中は一階の工場からの振動と機械音が響いていたがそれもまたでたらめな三人のでたらめな物語の演出効果として悪くはなかった。近所には商店と呼べる店はほとんどなく、やる気のなさそうなコンビニが一軒あるだけで、あとはたまに夜中に怪しい屋台のラーメンが現れるくらいだった。

たとえどんな仕事でも、違法でない限り断らない。困っている人がいる限り、必ず助ける。便利屋タコ坊に不可能はない。

これが三人共通の哲学だった。

一文無しの岡野を除く二人の軍資金五十万円を使い果たして固定電話を一回線引き、「便利屋タコ坊」のチラシと真っ赤な社員ジャンパーを作った。

屋号である「タコ坊」とは、起業を言い出した涌田のあだ名である。もちろん涌田の個性的な見た目から付いたあだ名だ。屋号一つ決めるのにもさんざん揉めたあげく、投げやりに言った須々木のアイディアが意外にも採用されたのだ。

「あーじゃあタコ坊！　便利屋タコ坊でいいよ！」

須々木がそう言うと、馬鹿にされたと思った涌田が噛みついた。

「はあ、てめえふざけてんのか！」

「何か言えって言ったから、言ったんだろ！」

「それがふざけてるって言ってんだよ！」

涌田が須々木の胸ぐらをつかむと須々木は立ち上がり、一九〇センチ近い長身から涌田を睨み返す。

「涌田、ちょっと待て」

岡野が涌田を制する。

「便利屋タコ坊か……。いやいいかも」

「はあ？　どこがいいんだよ」

「涌田よく考えてみろよ。俺たちの商売はお客さんに愛されて何ぼだろ。かっこいい名前より一発で覚えられて愛嬌のある笑っちゃうような名前の方が断然いいよ！」

「そうなの？」

「ハーイ、こんにちは、タコ坊でーす！　って絶対いい！　そんで俺たち全員がタコ坊で、涌田お前が便利屋1号、であんたが2号で俺が3号。いいだろ？　でもってお客さんからタコちゃん、タコちゃん、って可愛がってもらうんだよ」

「……なるほど」

「便利屋タコ坊なんてけったいな名前、日本中さがしたって一つしかないし、逆にこんな笑っちゃうような名前を日本一にするんだよ！　ウォルト・ディズニーだってネズミを世界一有名にしたんだぜ。数ある動物の中で選りによってゴキブリの次に嫌われ者のネズミを。凄いよな。でもその凄いことを俺たちがやるんだよ」

岡野が熱く語ると何故か聞いている者は次第にほだされてその気になっていく。

そんなわけで便利屋タコ坊が東京の江戸川区一之江の鉄工所の二階で始動した。狭い四畳半の住居スペースの方に三人は川の字になって寝た。須々木はすぐ近くに実家があるにもかかわらず、便利屋事務所に住み込んで働いた。

日中はチラシを一軒一軒配りまくり、夜は深夜まで酒を飲みながら夢を語り合っていた。まったく仕事はなかったが、そんな生活が可笑しくて幸せだった。

仕事がないので三人とも金もなかったが、便利屋母ちゃんのおかげで何とか一日一食の恩恵に預かれた。便利屋母ちゃんとは、涌田の母ちゃんのことで、この鉄工所の社長夫人のことだ。

まあ、社長夫人というよりあったかい昭和の母ちゃんという感じなので三人は便利屋母ちゃんと呼んでいた。その便利屋母ちゃんは三人から月々一人一万円で二階に住まわせてくれた上に、毎晩夕飯を作って食べさせてくれた。食べ盛りの若者三人、米だけでも毎日一人二合は食べていた。それでも便利屋母ちゃんはいつもにこにこして三人を見守ってくれた。

そして可愛い一面もあった。とにかく寝坊助の三人が朝の八時を過ぎてもぐーすか寝ているので、居ても立ってもいられず起こしに来るのだが、バカ息子の涌田広幸はいつも部屋の一番奥に寝ているのだ。「三人とも起きろ！」と怒鳴ればいいものをそれができない。そこで母ちゃんは物干し竿を持って来て、一番奥の息子を突っついて起こすのだった。この愛すべき母ちゃんがいなければ便利屋がある程度軌道に乗るまでの苦しい時期を乗り越えられなかったかもしれない。

始まりの数か月間の給料はバイト以下で常に金欠病。初任給は一万二千円、日給ではなく一か月分の給料だ。母ちゃんのおかげで一日一食にはありつけたが、もちろん煙草すら買うことができなかった。ときどき須々木忠助が実家の親の目を盗んでは売り物の煙草を拝借してきてくれるのだが、そんなことも長くは続かない。ある日親父に見つかり大目玉をくらってぶっ飛ばされた。

結局禁煙生活に我慢できなくなった三人は、早朝の公園や神社に行って落っこちている吸殻を拾い集めた。するとそこを通りがかった近所のおじさんに、

「君たち若いのに感心やなあ。朝から掃除してくれてありがとう」

と、褒められた。

翌日から三人は赤い便利屋ジャンパーを着て堂々としけモクを拾った。真っ赤なジャンパーの背中には「便利屋タコ坊　営業中」とでっかく黒糸で刺繍されていた。父親の後を継ぐために工場で油まみれになって真面目に働いている涌田の兄正典は、ふざけながら生きているようにしか見えない弟たちを心配しながらも少し羨ましくもあり、複雑な思いで見守っていた。


不まじめと非まじめはまったく違う。前者は、自分の価値も人に感謝する

ことも知らない独りよがりの愚か者で、後者は、たとえ非難されようとも自分の価値観を貫こうとする、常識に当てはまらない生き方をする者のことだ。

それは便利屋を立ち上げて間もない頃、仕事がないことで溜まりに溜まったうっぷんを晴らすために、ただでもらった酒を夜更けまで飲み明かしていたごく普通の日の夜のこと。

「岡野、もう黙って失踪したりするなよ」先に酔い潰れた須々木を二人で担いで布団に運びながら涌田が言った。

「え？　何だよ急に」岡野が聞き返す。

「いいか、俺たちのルールはたった一つでいい。何があっても辞めないことだ。黙っていなくなったりしない」

「あれ？　二つじゃん」

「いいから約束しろ」

「そうだな、今度失踪する時はちゃんと行先を伝えておくよ」

「馬鹿野郎、そういうことじゃねえんだよ」

「おや、俺がいないとお前寂しいの？」

「ふざけんな、寂しいわけねえだろ！　お前がいないとな……」

「いないと？」

「一人じゃ忠を運べないんだよ！」

「は、そりゃそうだな。まあ、心配するな。もういなくなったりしないよ」

「だからべつに心配して言ってるんじゃねえよ！　明日早いんだ。俺たちも寝るぞ」

そんなことを言いながら二人もいつしか眠った。

夢を見た。三人のうち誰の夢だったのか、あるいは三人が同じ夢を見たのか。

ドロシーがいないライオンとブリキの人形と案山子が並んで田舎の道を歩いている。眩しいくらいの太陽なのに暑くもなくただ黙って道を歩いている。ブリキの足はギシギシと音を立て、案山子の首は取れそうで、ライオンは鼻を詰まらせながらそれでもせっせと歩いている。遠くの山に綺麗な虹がかかっていて、きっとあそこまで歩くのだなと思いながら歩いている。

突然、眠り込んでいる三人の部屋のドアをいきなり開ける者がいた。

「警察だ！　起きなさい」

生まれたてのパンダの赤ちゃんのような顔をした寝ぼけ眼の三人の前に、見たこともない人相の悪い角刈りの男と、やたら筋肉質でレスラーのような大男が立っていた。

「岡野芳樹本人だな？　○年○月○日、中野区○○交差点で無免許運転、および進路変更禁止違反、および都営バスと接触、交差点優先者妨害違反、さらに××××……」

日本の警察は甘くなかった。

あちゃー。言わんこっちゃない。またいなくなりやがった。まあ、しかし今回は行先が分かってるから約束は守ってるな。

手錠をはめられて連れて行かれる岡野を布団の中から見ながら涌田はそう思った。隣で茫然としている須々木がいた。須々木は極度の近眼だ。メガネなしではきっと何も見えていなかっただろう。

結局岡野は一日拘留された後、簡易裁判を受け免許取り消しと罰金二十万円を言い渡される。期限内に罰金の支払いができない場合は、一日当たり五千円計算で留置所に収監され労働させられるのだ。

　タコ坊の貧乏人にはとても借りられるわけもなく、結局便利屋を始める前に同居していた教材販売時代の親友の桑名正守に助けを求めた。

「桑名、すまん。助けてくれ」

「岡野、どうした?」桑名は岡野と一緒に暮らしていたアパートにまだ住んでいた。

「今何故か留置所にいるんだけどさ、いやあ劇作家としてはいい体験ができたよ」

「面白そうだね。臭い飯は食ったの?」

「うん、それがさ、思ったほど臭くないんだよね。ちょっとがっかり」

「ばかだねえ」と桑名が面白そうに笑う。

「でさ、罰金の支払い二十万円足りなくて外に出られないんだよね
　足りないって全額でしょ。

「ははは、分かったよ。どこに振り込めばいい?」

「え、いいの?　すぐに返すからね」

「すぐは無理でしょ。ゆっくりでいいよ」桑名の声は優しかった。調子のいい話だが、人はピンチになった時、人の優しさが心に沁みる。桑名は何の理由も聞かないで二つ返事でお金を貸してくれた。

「ありがとう、桑ちゃん！」岡野は泣きそうになる。

後に岡野芳樹はこの桑名正守と全国に六十か所を超えるフランチャイズを持つ教育事業の会社を立ち上げることになるのだが、それにはこんなエピソードがある。

岡野が桑名と過ごしたマンションを出て行く日、桑野が言った。

「なあ岡野、俺はお前みたいに気が合う奴は生まれて初めてだったよ」

「俺もそうだよ、桑名」

「なあ、いつか一緒に仕事しないか？」

「はは、そうだな。でも俺は演劇を極めて映画監督になる。お前はセールスを極めて世界に通用するような経営者になるんだろ？　接点がないぞ」

するとと桑名が何か思いついた時にするいたずらっ子のような表情をして「そうだ、じゃあこうしよう。お互いに人生の切り札を一枚ずつ持つ！」

「人生の切り札？　何だそりゃ？」

「トランプでいうジョーカーみたいなもんでさ、自分の人生の最大のピンチの時に相手に助けを求めることができる切り札だよ。な、面白いアイディアだろ？」

「ほう、それいいね。よし乗った！」

「呼ばれた方は、どんな状況であっても駆けつけなくてはならない！」

そんな映画のシーンのような会話があった。そしてそれが桑名の切り札によって本当に実現するのだが、それはまだ遠い未来の話だ。

桑名との電話を切った後、急に岡野はその切り札の話を思い出し「まさか俺は、今、あの切り札を使ってしまったのか？」突如、不安に陥るのだった。

こんなことで切り札を使ってしまったとしたら、なんて馬鹿なことをしてしまったんだ。トイレに紙がなくて、一万円札で拭くようなものだ、と岡野は自分の愚かさを呪った。

岡野が連れ去られた後、涌田は布団の中で浅い眠りにまどろんでいた。どんなに土砂降りの人生でも、止まない雨はない。いや、まだ止んではいないがずいぶん小降りになったな。

涌田はこれからやって来る未来の不思議な心地よさと、過ぎて行く懐かしいほろ苦さを感じていた。

長雨が明けた十月の朝の空は、久しぶりに晴れ渡ったすがすがしい青空だった。

第三話　「どぶ川に落としたお婆ちゃんの大切な××をさがし出せ」

「あー、もうチラシ配りばっかりうんざりだなあ。せっかくテレビに出たっていうのに電話一本かかってこねえな」

便利屋3号岡野がテーブルに足をかけてイスをロッキングチェアーのように揺すりながらくわえ煙草で呟いた。

テレビと言うのは、当時日本テレビで朝の時間帯に放送していた徳光和夫の情報番組「ズームイン朝」のことで、生放送しているスタジオのガラスの外に立っていれば、一般人でもちらちらとテレビに映ることができたのだった。現在の情報番組でも似たようなシーンを見たことがあるだろう。

チラシを配るより何倍もの効果があるはずだと岡野が言い出し、その作戦は実行された。しかもその時たまたま運がいいことに、番組の名物コーナーだった「ウィッキーさんのワンポイント英会話」でタコ坊の須々木がインタビューされたのだ。

どうせテレビに映るなら目立った方がいいと、2号が大きなダンボール箱を頭からスポッとかぶりロボットのような恰好をして、箱の部分にペタペタとタコ坊のチラシを貼った。

それを見つけたウィッキーさんが「オー！　ゼアリイズ　ザ　ジェントルマンフー　ライクア　ボックス！」と言って近付いて須々木に話しかけたのだ。岡野の適当な思い付きがテレビ出演という奇跡を生んだのだが、残念ながら何の反響もなかった。電話番号が小さすぎて見えなかったのかもしれない。


ガシャーン、ウィーン、カンカンカンと朝から工場の威勢のいい音が響いている。

「何かワクワクするような面白い仕事でも降ってこないかなあ」と岡野は煙草の煙を天井に向けて噴き出した。

「ふざけんな、まだ会社作って三か月目だぞ。その面白い仕事を取って来るのが仕事だろ！　おい、便利屋3号改め『便利屋一ぱん岡野』真面目にやれ！」

真っ赤な便利屋ジャンパーを着てショルダーバックに便利屋タコ坊のチラシを詰めながら便利屋1号涌田が言った。

「はあ？　便利屋一ぱんって何のことだよ？」岡野が聞いた。

「お前は今日から3号じゃなく一ぱんだ」

「だからどういう意味だ？」

「当然『前科一犯』の一ぱんだよ！」

「ふざけんなよてめえ！」岡野が涌田に詰め寄ろうとする。

「お前逮捕されたんだから立派な前科者だろ！」涌田も言いながら詰め寄る。

「逮捕されたといってもあれは交通違反で可愛らしいもんだろ、それを言うならお前なんか高校時代の万引きや傷害や放火や重犯罪の前科十犯だろが！」

「誰が放火なんかするか！　しかも喧嘩して捕まったのも未成年の頃じゃ！　俺の方が可愛らしいぞ！」

「可愛らしい喧嘩がどこにあるんじゃ、こら！　だいたいお前の顔がもう既に犯罪なんだよ！」

「何だよ、やんのかこら！」

　高校生のツッパリのようにメンチ切りあっている二人の間に挟まれて、コーヒーと煙草を手にしながらボーっとしていた便利屋2号須々木は、目を伏せたままとばっちりがこないようにじっとしている。

　その時テーブルの上の黒電話が二人の言い争いを制するかのように突然鳴り出した。

須々木は電話を取ることが大の苦手なので聞こえないふりをする。鳴り続ける電話。それでもしばらく岡野を睨みつけていた涌田が、岡野から目を離さずに手を伸ばして受話器を取った。涌田は表情は変えず、しかし声だけは営業口調で答える。

「はい、こちら便利屋タコ坊でございます」

「あー、便利屋さん？」

かなりご年配の女性だった。

「はい、そうですが、仕事のご依頼ですか？」

「えー、実は……さがしてほしいものがあって……」

「さがし物ですね！　任せてください。われわれタコ坊にさがし出せないものはありません！」

「ほんと!?　じゃあ、お願いしようかしら」

「はい、かしこまりました。ところで何をおさがしですか？」

「それがね、入れ歯なの」

「い、入れ歯あ！」

三人が一斉に顔を見合わせた。立ち上がっていた二人と腰かけていた須々木の顔の位置はちょうど同じくらいで、三人とも目が点になっていた。

依頼の内容はこうだった。クライアントは八十歳前後のお婆ちゃんで、スーパーからの買い物帰りに、川の桟橋を走らせていた自転車が何かにつまずいてしまい、転んで買い物カゴごと中身も全部川に落としてしまったのだ。そのカゴの中に問題の入れ歯が入っていた。しかも総額八十万円もする総入れ歯だというではないか！

買い物カゴはスーパーの店員を呼んで何とか回収してもらったものの、中身は流されてしまっており、当然お婆ちゃんの入れ歯はなかった。川といっても東京の川。川幅は四、五メートルといったところだが、家庭の生活排水が集まったヘドロまみれの腐りきった悪臭漂うどぶ川だ。

三人は現場に見積もりに来た。

「汚いのを我慢さえすれば、まあ楽勝だな」

楽しい仕事ではないはずなのに、久しぶりに便利屋らしい仕事で三人はワクワクしていた。

「さて、いくらでやるか？」

岡野がつぶやく。この素人集団便利屋にとって見積もりというのが一つの難関だった。当時便利屋などというものは存在しておらず、相場なんてものはない。だから何人でどれくらいの時間がかかってどれくらいの大変さなのかを勘で図るしかなかった。

勘は当たったり、外れたりする。それが勘というものだ。

「もうすぐ十二時だな。三人で二、三時間で終わるとして、不快手当と腰まである釣り用の長靴三つの経費を入れて五万てとこだな。そして見つけた場合は成功報酬として入れ歯の総額の十パーセント、八万円を追加でどうかな」

涌田が言った。なかなかいい読みである。ただし二、三時間で終わればということだが。

その条件で仕事を請けた三人は、腰までの長靴を履いて、薬局で売っているようなマスクを付け、家庭用ゴム手袋を嵌めてさっそく川の中に入った。

川の底は流したてのセメントのように足首まで埋まる。淀んだ川面は大人の足の太ももが隠れるくらいの所まで来て、思ったよりも結構な深さがあった。

実はこの深さが曲者で、ただ川の中を歩くだけなら問題はないのだが、手を突っ込んで何かをさがすとなると相当厳しいのだ。手を川底まで届かせると必然的に顔面は川面にぎりぎりまで迫ることになる。ちょっとでも油断しようものなら団子鼻の涌田でさえ鼻先が腐れ果てたどぶとキッスすることになる。地獄である。いくらマスクをしていると言っても何の役にも立ちはしない。機動隊が着けているような防毒マスクでもない限り、悪臭というミクロの悪魔たちが無限に鼻の中に攻撃をしてくるのだ。鼻がねじれて気が遠くなるような、もう表現することすら不可能な不快な臭い。こんな拷問を受ければ、あのゴルゴ13でも自白してしまうに違いないし、できることならこの鼻をちぎり捨ててしまいたい、岡野はそう思った。

背の高い須々木は手が長い分いくらかは有利であったが、気の毒なことに須々木は胴ばかりが不用意に長く、今回は長身であることを活かすことはできなかった。

まず涌田がどぶに手を突っ込む。にゅるっと全身鳥肌が立つようなぬめり感。もはやゴム手袋はどぶから手を守るためのものではなく、川から手を出してもどぶを溜めておく装置と化し、三人ともすぐに脱いで捨てた。

Tシャツを肩までめくりあげ、もう一度素手で手を突っ込む。汚染されたヘドロが毛穴に入り込む。どぶから手を出すと、両腕のすべての毛穴を埋め尽くしているどぶ色の小さな水玉の斑点。まるで映画に出てくる半魚人の手だ。もし手の毛穴に人格があったのなら全員死んでしまいたいと思ったに違いない。

そしておぞましいゴミの数々。当時の東京のどぶ川には、今の常識では考えられないものが捨てられていた。マグロの巨大な頭、テレビ、自転車、ランドセル、車のタイヤ、ビクターの犬、ブリキのおもちゃ、ひな人形、どこかの橋の表札、使用済みの大量のカンチョウ、位牌……位牌⁉ どこの誰が位牌を捨てるんだ！ 片っ端からどぶをさらってみるものの、川の流れは意外と早く、いったいどの辺りに落っこちているのか見当もつかない。

ときどきお婆ちゃんは心配そうに三人の様子を見に来るのだが、近所の小学生たちが「何やってるのー？」と集まって来るので慌ててその場を離れ、遠くの電信柱の陰から見守るのであった。

美しい川では生態系が命を循環させる。魚、昆虫、鳥、動物、植物、バクテリア、様々な命が食物連鎖によって結びつき、共存することで命を永遠に近付ける。その繋がりが一旦切れてしまえばすべての命が途絶えてしまうことになる。ダムが、高速道路が、工場排水が、美しかった命溢れる奇跡の水を死に絶えた泥の液体にしてしまう。そしてその生命のリングを切り刻むのはいつも人間だ。

人間のエゴが作り出したその死の液体に、三人は手を突っ込んで黙々と作業を続ける。淀んで見えなくなってしまったのは川底ではなく、人間社会の未来なのかもしれない。

二時間くらい経過した頃には三人とも心が折れていた。

見つかるはずがない。何百メートルも続くこの淀んだどぶ川を手探りだけで入れ歯をさがし当てるなんて、奇跡でも起きない限り不可能だ。落っこちているのはずっと先か、あるいはもう既に通り過ぎてしまっているかもしれないのだ。

そのままどぶ川を進むと、川が鹿骨街道の下に潜り込むトンネルになっているところがある。トンネルの長さは数百メートルで先の出口が見えず、人が少しかがめば通れる高さがあった。その中に入ってしまえばお婆ちゃんの監視から逃れることができる。

「おい、日が暮れるまであそこに隠れていようぜ」

岡野がそう言うと誰も反論するものはいなかった。

焦らず、ゆっくりと、あくまでも捜索の流れでトンネルに入っていかねば。

トンネルの中は暗く、悪臭はむしろ籠っているのだが、川の両サイドにちょうど腰かけられるくらいのスペースがあり、涌田と岡野はそこに腰かけ、汚れることに特に無頓着な須々木はその狭いスペースに寝転んだ。

時刻は三時を過ぎていた。

涌田は手を洗いたかった。とりあえず手を綺麗に洗ってうまい煙草を一服ふかしたかった。しかしそれは諦めて、汚れた手を鉢巻きにしていた手ぬぐいで拭いて煙草を吸ってみた。悪臭のせいで不味過ぎる。吐きそうになって煙草を捨てた。隣で寝転がっている須々木を見ると平然と、いやむしろ美味そうに煙草を吸っていた。

三人とも中腰の状態のまま二時間以上も歩いていたので、疲労はピークだった。誰も何も話す気になれなかった。

しばらくして四時になろうかという頃、岡野が涌田に話しかけた。

「涌田、次の芝居の舞台思いついたぞ」

「次の芝居って、まだ今回の芝居の稽古始めたばかりだろ！」

今回の芝居とは岡野の劇団の第二回公演「土曜日の午後僕らは夢を見た」のことで、今回は涌田も博士役で役者として参加していた。

「時代はどんどん先を行ってんだぜ。終わってから次を考えてる奴はヘボだ。始まる前にその次を考えろ！　だろ？」

「あー分かったよ、で、どんな舞台だ？」と涌田がめんどくさそうに話に付き合う。

「次の芝居の舞台はな、ゴミ捨て場だ」

「何だそりゃ！」

「舞台の上を粗大ゴミでいっぱいにするんだよ。冷蔵庫や車のタイヤや機械や巨大なダクトや廃棄されたゴミで舞台に山を作る。そんでゴミの中から、たとえば冷蔵庫の中から役者が出てきたりするんだよ！　面白いだろ？　溢れたゴミは客席まで浸食してだな……」

「お前今日のこの状況のまんまじゃねえか」

「まあな、インスパイアされたんだよ！　廃棄物ってなんかドラマがあるだろ⁉」

岡野が嬉しそうに語り続ける。

「で、どんなストーリーなんだよ？」

「おう、まだイメージだけなんだけどな、舞台は真夜中のゴミ捨て場の山の上に、記憶をなくした少年が一人裸足で立っているところから始まるんだ」

「裸足で？　怪我するぞ」

「その少年はどこから来たのか、いつからいるのか、あるいはその場所で生まれたのか、誰も知らない」

「ゴミ捨て場で生まれたって？　ちょっと無理があるな」

「ゴミ捨て場、つまり廃棄されたものが集まって来るその場所はある意味神聖な場所で、つまりガラクタにならないとそこには行けないんだ。その少年も記憶をなくしたからこそガラクタになってその場所に受け入れられるんだよ」

「何で？」

「え？」

「何でガラクタが神聖なんだよ」

「だってガラクタは優しいだろ？　どこか欠けてたり、足りなかったり、寂しかったり、だから美しいだろ？」

岡野芳樹はここがどぶ川のトンネルの中であることも忘れて夢中で話している。

「はあ、なんだか小難しそうな話しだな。でもあれだぜ、俺たちは記憶をなくしてないのにガラクタだぜ？」

「はは、確かに。どぶの中這いずり回るなんてどこぞのエリート様にはできないよな。まあ、お前の場合はガラクタというよりポンコツだけどな」

「じゃあ、お前だってガラクタというより役立たずだな」

「そんじゃあやっぱりお前は有害物質だな。役に立たないどころか、人に害を与えるんだ」

「くそー、じゃあお前はオゾンだ、オゾン！　オゾン層破壊だ！　地球規模の迷惑野郎だ！」

「はあ、タコちゃん何言ってんの？　オゾンて紫外線から守ってくれるいい奴なんだぜ！　それを言うならフロンガスだろ！」

「うるせえ、毒ガスやろう！」

何処にいても結局こうなる二人だった。

それまで横で静かに寝ていた須々木忠助が突然ガバッと起き上がり、どぶの中に入った。

そして黙ったまま入ってきたトンネルの入り口の方に進んで行く。

「おい、忠、どうした⁉　見つかるぞ！」

涌田が叫ぶ。

「俺、ちょっくらさがしてくるわ。もう少しで日が暮れちゃうから」

ちょっとコンビニ行ってくるという感じで須々木が答える。

「まじか、お前！」

岡野も叫んだ。須々木は立ち止まって、しかし振り向かずに言う。ぼさぼさの頭を小指で掻きながら。

「いやあ、あのお婆ちゃんの心配そうな顔思い出しちゃってさあ。……あ、二人はいいよ、俺が勝手にやりたいだけだから。どうせ見つかんないと思うし」

涌田と岡野は言葉をなくしてお互いの顔を見ていた。

「……ほらな、ガラクタは優しいだろ？」

岡野の言葉に反応するかのように、涌田も川の中に入って須々木を追いかけた。

「待てよ、お前ばっか主役にさせてたまるか！　俺もやるぞ！　岡野、お前もだろ？」

「はいはい、お前らもドラマチックなの好きだねえ。まあこういう時はドラマの展開としてはやるしかないでしょうね。どっこいしょ」

岡野は呆れた西洋人のようなポーズをしてから川に入ったが、内心まんざらでもなかった。


「さあてと、この時期五時過ぎには暗くなる。あと一時間くらいが勝負だな」

トンネルから抜け出すと涌田が言った。

「だから一番可能性がある場所を徹底的に攻めようぜ。岡野、何処だと思う？」

「そうだな、入れ歯ってそう簡単に流されたりしないだろうから、橋のすぐ下だな」

「なるほどな。もし、かごと一緒に入れ歯が流されていたとしたらアウトだけど、橋の下に賭けてみるか！　どうだ、忠？」

「オッケー！　それで決まり！」

須々木は嬉しそうに笑う。


三人は桟橋の下に戻ってどぶの中に手を突っ込んだ。マスクをすることも忘れ、顔にどぶのしぶきを浴びながら、真剣にさがした。漬物石くらいの石を掘り出し土手にぶん投げ、泥に埋まったタイヤを引っこ抜き、三輪車の残骸を引きずり出し、トンネルの中でさぼっている間に誰かがまた不法投棄したとしか思えないくらいの量のゴミと格闘して、なんとか大きなものを除去した。それから両手でまんべんなくヘドロをすくい上げ、少しずつ移動していく。

涌田の手に小ぶりで固いものの感触が来た。

「もしや？」

涌田は注意深く形を手探りで確かめる。指先の神経が確かに入れ歯の歯型を確認した。

「あった！」

勢いよく手を引き出して涌田が叫ぶ。

「ホントか！」

岡野と須々木が涌田を見る。

掲げた涌田の手には茶碗の破片があった。

「ふざけんなよ」

岡野が言い捨てる。

勢いよく手を掲げたせいで、涌田広幸の顔には無数の飛沫が飛んでいた。


カラスが一斉に鳴き始め、時刻は五時を回り空が赤らんできた。

つがいの赤とんぼが三人の周りをくっ付いたり離れたりしながら面白そうに飛んでいる。

ラーメンのどんぶり回収の帰りなのか、来々軒の親父がバイクにまたがったまま三人の奮闘ぶりに感心しながら油を売っている。

何台目かの緊急自動車が通り過ぎた。


そろそろ視界の限界に近付いてきた。

「青春ドラマみたいにそううまくはいかないか」

涌田がつぶやいた時

「うおー！　出たあ！」

須々木がそう叫んで手に掴んでいた何かを川に投げ捨てると、ざぶんと川の中に尻餅をついた。

「忠ちゃん、大丈夫か？」

岡野が駆け寄る。

「何が出た！　蛇か？」

涌田も駆け寄る。

胸の辺りまでどぶの中に沈んだ須々木が立ち上がることも忘れ、今投げ捨てた何かを必死にさがす。そして涌田と岡野の方を見ると右手を高く、ゆっくりと空に向かって突き出した。

暗くてよく見えない。涌田と岡野が一歩ずつ近寄る。

「嘘だろ……」

「まさか……」

そこには真っ赤に染まった夕焼けをバックに、にやりと笑うむき出しになった歯が光っていた。

上あごの入れ歯だった。

「やったー！」

奇跡が起きた。

須々木が手を震わせているので、その「にやりの歯」はまるでケタケタ笑っているようだった。

海岸で戯れるシーンのように、三人はどぶの中で抱き合った。腹の底から笑えてきたし、泣けてきた。

土手や橋の上から歓声が上がった。

いつのまにか野次馬が大勢三人を見守っていた。ギャラリーたちはいったい何を見つけたのかはよくわからなかったが、ドラマのような感動的なシーンを一緒に喜んでいた。


数分後無事に下あごの方も見つかった。

お婆ちゃんの喜びようは言うまでもない。嬉しそうに何度も何度もお礼を言った。

「お婆ちゃん、だから言ったでしょ。便利屋タコ坊にさがし出せない物はないんです」

涌田が胸を張って言った。ちょっと前までお婆ちゃんから隠れてサボっていた人

間の台詞とは思えなかったが、三人はそんなことはきれいさっぱり忘れてしまって、
怪人を倒した戦隊ヒーローのように威風堂々と佇んでいた。

ドラマも奇跡も起きるものではない。

起こすものだ！


三人にしては大金の十三万円を頂いて、心も懐も温かくなって事務所に帰った。

その帰り道、

「いやあ、それにしても忠ちゃん、よく見つけたよな」

岡野が須々木に言った。涌田も須々木の背中を叩きながら、

「ほんと、ほんと。お手柄だぜ、忠！」

すると須々木は答えた。

「いや、そうじゃなくてさ。あの時見つけたんじゃなくて噛まれたんだよね」

「へ？　何に？」

「だからさ、向こうから噛みついてきたんだよ」

一瞬何を言っているのか分からなかったが、すぐにその意味に気が付くと

「ウソだろー！」

涌田と岡野が声を合わせて叫ぶ。

それ以上何も言わなくなった須々木が、ずっと不思議そうに右手を見つめている。

すっかり日の落ちた十一月の夜空には、にやりと笑う綺麗な白い三日月が昇っていた。

第四話　「病める東京、不可解な事件ファイル」

　年が明けて一九八八年二月。半年も便利屋をやっているとさまざまな依頼を請ける。奇怪な依頼もあれば、嘘のような依頼や、意味の分からない依頼もある。亡くなった旦那さんの位牌を霊能力者の家まで届けて欲しいとか、退職届の代筆とか、一人暮らしの老婦人から白髪を抜いて欲しいとか、男性の○○を見せて欲しいとか。○○というのは、御想像の通りアレのことである。その依頼者も男性だった。果たしてその仕事は請けたのか？　便利屋タコ坊の理念は「法に触れない限り依頼は断らない」である。とは言っても三人はノーマルな男子。結局その仕事は、3号岡野芳樹の劇団仲間で、金はないがプライドもない、常識もなければ恥もないという強者辰也に「一時間三万円の仕事があるが、何でもやるか？」と聞くと内容も聞かずに二つ返事で引き受けてくれた。

　需要と供給が一致した。どんな不思議な形をしたジクソーのピースにもはまる場所があるものだ。

また、振られた彼女に仕返しをして欲しいというひどい依頼もあった。依頼者はなんと高校生だ。

電話を受けた1号涌田広幸は「よし、わかった。じゃあ打ち合わせが必要だから学校が終わったら事務所に来て」と呼び出した。夕方過ぎに依頼人の高校生が来ると椅子に座らせて涌田が

「あのなあ、お前人生なめんなよ！　仕返しだあ？　その腐った根性が……」

と、こてんぱんに説教をした。依頼人の高校生は泣きながら反省して帰って行った。人生をなめてきた人間の言うことだからきっと説得力があったに違いない。

便利屋タコ坊は、お金になるなら何でもやるというわけではない。

よくある仕事に、いなくなった犬や猫をさがして欲しいというのがある。

犬の場合は、これはもう楽勝な仕事だった。2号須々木忠助が発見したちょっとしたコツがあって、そのコツを見つけるまでは結構苦労もしたが、コツを見つけてからは、ほぼ百パーセント見つかる。

そのコツとは、飼い主の自宅の前でひたすら待っていることだ。犬は必ず自分の住処に帰って来る。その帰って来たところを捕まえて、車に乗せてずっと離れた公

園に行って、公衆電話から飼い主に電話する。

「○○さん、見つかりました！　ええ、××公園です。いやあ、大変でしたけど見つかってよかったです。私たちも嬉しいです！」

……この行為をタコ坊はずるい、と思った方は浅はかというものである。

飼い主と愛犬が感動の再会をするための演出であり、また「大切な愛犬から目を放してはいけない。今度いなくなったらこんなに簡単には見つからないぞ」という教訓でもあるのだ。

そんな嘘の感動はおかしいと思った方、そんなことを言うなら、人気テーマパークはどうなんだ！　嘘の感動で溢れているではないか！　あんなに大きな本物のネズミがパーク内にいたらそれこそパニックになるでしょう⁉　赤いベストを着させても本物の熊がいたら食べられちゃうよ！　いつの時代も、世界は感動を生み出す素敵な嘘で輝いているのだよ！

などといつも屁理屈をこねている三人だった。

だが、猫の場合は犬のようには簡単にいかず、たいてい見つからない。残念ながら飼い猫がいなくなる時は猫が死を悟った時で、猫はひっそりと誰にも知られずに逝ける場所で最後を迎えるそうだ。

便利屋稼業とはある意味、人の人生の裏側を見る仕事でもある。

一見華やかでスマートで誰もが憧れる大都会もその裏側では、多くの矛盾や苦悩を抱えながら病んでいるのかもしれない。


こんな依頼があった。

ある日一組の夫婦が便利屋事務所を訪ねてきた。男性は四十代前半のやせ形で銀縁の眼鏡をかけて顔色が青白い長身で、神経質そうに眉間にしわを寄せている。ただ伸びただけといった長髪であまりサラリーマンっぽくはなかった。女性は三十代後半で色白、やはり銀縁の眼鏡をかけ、化粧っ気がなく地味で少し疲れている感じがした。

女性の方が話した。

「猫を捜してほしいんですが」

事務所で電話番をしていた涌田が話を聞く。

「そうですか。飼い猫ですよね？　いつからいなくなったんですか？」

「一週間前です」

「前にいなくなったことは？」

「ありません。初めてです」

「猫の年齢は？」

「十二歳です」

「いなくなった原因に心当たりは？」

「いえ、ありません」

答えるのは女性の方ばかりで、男性はねじが切れかかっているからくり人形のようにときどき首が少し動くだけで、あとは黙って無表情に遠くを見ている。

「うーん。正直に申し上げると、猫の捜索は難しいです。ほとんどの場合が見つかりません」

涌田は相手を気遣って見つからない本当の理由には触れないで話した。

「お願いします！　見つからないと夫婦で会話ができないんです！」

女性は眼鏡を外して目頭を指で押さえる。男性の方は相変わらず遠くを見ている。

「え！　ど、どういうことですか？」

こういうことだった。

男性はコンピューター関係の仕事をしており、今でいうシステムエンジニアかプログラマーのことだと思うのだが、当時ではかなり珍しく自分のマンション内にコンピューターを設置し、一日中コンピューターに向かって何かを打ち込む作業をしているのだ。もともと人と会話をすることが苦手で奥さんともほとんど会話がなく、子供もいなかったため夫婦間が危機的状況にあった。

その打開策として猫を飼い始めた。すると二人の間に異変が起きた。今まで人と会話ができなかった旦那さんが猫には話しかけるのだった。そして夫婦の間にも会話が生まれたのだ。が、しかし猫を通して間接的にしか会話はできない。こんな感じだ。

食事をしている夫婦

妻（猫に向かって）「ネコちゃん、パパにお代わりするか聞いてくれる?」

夫（猫に向かって）「ネコちゃん、ママにお代わりするって言って」

猫「ニャー」

妻「ネコちゃん、パパどれくらい食べるかなあ?」

夫「ネコちゃん、半分でいいよ」

猫「ニャー」

猫の名前は「ネコちゃん」だった。

そしてこの異常な関係は十二年間も続いていたのだ。

とにかく奥さんが、お願いしますの一点張りで、涌田は仕方なく一日一万五千円とかかった経費ということで引き受けた。引き受けたはいいが、猫の年齢からいって見つかる可能性はかなり薄かった。

しかしむしろ問題なのはこの夫婦の関係だ。何故猫がいなければ会話ができないのか涌田には理解できなかった。他人の夫婦の問題に首を突っ込む筋合いはないのかもしれないが、このままではあまりにも悲しい。

病んでいる。現実と非現実がねじれてメビウスの輪のように繋がってしまっている。直接会話ができないということは、直接触れ合うこともできないということなのか。おそらくそうだろう。しかし結婚したということは、愛し合っていたはずなのだ。そして今も。だから便利屋に高いお金を払ってでも依頼をしてきたのだ。

なのに愛している相手を間接的にしか会話ができず、触れ合うこともできない。

何故だ？　何でそうなってしまったんだ？

どんなに愛している相手に触れたくとも、死んでしまった相手には触れることはできない。生きているからこそ触れ合えるという奇跡があるのに。

それなのに、まるで死んでいるかのように……そういえば、旦那さんは魂が抜けた人形のようだった。涌田はもどかしい気持ちを右手の拳に託してテーブルを強く叩いた。


案の定捜索は失敗した。電柱や電話ボックスに迷い猫の貼り紙を貼りまくりテレクラのチラシ配りのお兄さんと仲良くなったり、一日中駐車している車の下を覗き込んでいて警官に職務質問されたり、大量にマタタビを焚いたら近所中の猫が百匹くらいやって来てしまったり。途中何度もクライアントに、もう止めましょうと諭したのだが、聞き入れてもらえず、結局一か月間続けた。

猫一匹の捜索に四十五万円という、莫大なお金を使ったことに人は馬鹿だと笑うかもしれない。しかし涌田は捜査を続けているうちに気が付いた。自分がさがしているものは、いなくなった猫ではない。あの夫婦が取り戻したいものは猫なんかじゃなく、二人の会話であり、お互いが安らげる愛なんだ。

ドラマのような情熱的な愛ではなく、ごく普通の、どこにでもあるような愛だ。それはきっと夕暮れになると団地に灯る明かりのような安っぽい心地よさなのだ。

そんな普通のものがここ東京では特別なものにすり替わってしまうのかもしれない。表面的な豊かさは、内面的な貧しさの上に成り立っているのか、見栄を張るための何かを得るのと引き換えに、平凡な幸せを手放さなければならないのか。


貧しさは、お金や物がないことではない。

満足を知らない心。終わりのない欲望のことだ。


時はバブル全盛期、世の中は浮かれ、儲け話が大量生産され、経費という魔法のお金が飛び交っていた。


また、こんな不可解な依頼もあった。

何日も仕事がなく、午後からのチラシ配りも夕方には終えて早々と事務所に戻って来た三人のところに一本の電話がかかってきた。涌田が受話器を取る。

「はい、便利屋タコ坊です」

「あ、便利屋さん？　あのねえ、ジュース買って来てくれる？」

この手の依頼は、実は結構ある。たいていは夜中の依頼で、若い女性が多い。「缶ビール一本買ってきて」「煙草一つお願い」というもので、決して缶ビール一ケースとか、煙草一カートンではなかった。「一本でも十本でも手数料三千円になりますが」と言っても、「一本でいいのよ、お願い」と返ってくる。

バイクで缶ビール一本だけを届けに行くと、そこそこいいマンションに住んでいて、マンションのすぐ脇にビールの自動販売機があったりするのだ。サンダル履いて歩いて三分、便利屋を待っている時間の方がもったいない。しかもこの時代はまだ深夜の自動販売機での酒類や煙草の販売は規制されてはいなかった。

これはもしや、缶ビールは口実で、眠れない夜に寂しくなったお姉さんに襲われてしまうのか⁉　不安と期待を胸に部屋に入ると、本当にただビールを渡して、手数料を貰ってそれで終わりだった。しかもたいていチップをくれる。時には一万円くれることもあった。

何の仕事をしているのかは想像するしかないが、完全に金銭感覚が麻痺している。いつも誰かに命令され、従い、嫌な仕事をこなしているのだろうか。時間の割には高額の収入を得られるのかもしれないが、溜まったストレスを発散させるためにときどき無駄にお金を使ってみる。「一万円上げるから煙草買ってきて！」

そんな感じなのかなと勝手に想像していた。

しかし今回の電話はいつものケースとは違って、中年の男からだった。

「はい、もちろん大丈夫ですが、どんなジュースを何本でしょう？」

「何でもいいよ、じゃあ、オレンジジュース一本」

出た！　ジュース一本！　と涌田は思った。

「手数料が三千円かかりますがよろしいですか？」

「ああ、いいよ。それじゃあ頼んだよ」

「はい、すぐにお持ちします」

住所は便利屋からわりと近くのアパートだった。確かにあの地域はチラシを配ったところだ。

「岡野、お前今から劇団の稽古だろ？　稽古場に行くついでにこのアパートよってジュース一本届けてくれ」

「オッケー！　んじゃ、3号行って来まーす」

岡野は車の免許がないので自転車で移動する。例の逮捕の一件で、免許は取り消されていたのだ。

事務所から自転車で十五分くらいの場所にアパートはあった。木造二階建てのかなり古いアパートの一階だった。辺り一帯湿った空気の臭いがする。表札はなかった。ノックをして声をかけながら扉を開ける。鍵はかかってなかったのですぐに空いた。

「お待たせしました！　便利屋タコ坊です。ご依頼のジュー……スで……す……」

3号の目に違和感のある光景が飛び込んできた。

がらんとした六畳一間にテレビが一台とその前に男が肘をついて横に寝転んでいた。スーツの上着を畳の上に脱ぎ捨てて向こうを向いてテレビを見ている。顔は見えない。

違和感を覚えたのはテレビ以外一切の物がないからだった。ちゃぶ台も、箪笥も、電化製品も、電話も、布団も、座布団もカーテンすらないのだ。まるで引っ越した後にテレビだけが一台ポツンと残された部屋に、男が寝転がっているというのが正しい表現だろう。生活感がまったくなかった。いったいここで何をしているのか？

「ご苦労さん、お金そこに置いてあるから」

男は振り向きもせず答える。玄関のかまちの所に千円札三枚と百円玉が一枚置いてある。当時消費税はまだない。

「あ、どうも……今、領収書を」

しまった。領収書を忘れてきた！

「すみません、領収書忘れて来たので後でお届けしましょうか？」

「あー、いらない、いらない」

「そ、そうですか。じゃあ、ここにジュース置いときます。また何かありましたらお願いします。では、失礼します」

「はいよ」

結局男は一度も振り返らなかった。

岡野は、何だか変わったお客さんだと思ったが、特に気にすることもなく稽古場へ向かった。


その夜、岡野は稽古が終わって、便利屋事務所で遅い夕食をとりながら今日の不可解なお客さんのことを二人に話した。

「な、変だろ？　絶対にそこに住んでる感じじゃないし、サラリーマンの秘密の隠れ家にしたってカーテンくらい付けるだろ？」

「刑事が張り込んでいたんじゃないのか?」

　涌田が言った。

「張り込み中にテレビ見るか?」

「じゃあ、あれだ。逆に引っ越してきたばかりで荷物が届くのを待ってたんじゃないか?」

「テレビは?　テレビだけ自分で運んだのか?」

「テレビは近所の電気屋で買ったんだろ」

　涌田がウイスキーを片手に帳簿を付けながら答える。須々木は二人の会話を聞きながら足の爪を切っている。

「なるほどね。でもなんか変だな。スーツだったし。引っ越しの日にスーツってどうなの?　そもそもなんで三千円も払ってジュース一本だけ買って来させたの?」

「そりゃあお前、よっぽどテレビから目が離せない事情があったんだろ。相撲じゃねえのか?　千代の富士まだ連勝してるんだろ?」

「いや、相撲じゃなかったし、ここに電話をかけに行く余裕はあったんだろ?　ついでにジュースぐらい自動販売機で買えるだろ」

　この時代携帯電話はない。電話をかけるとしたら公衆電話だ。

「あ、そうか。そう言われてみると変だな」

「だろ！　部屋に電話がなかったことは間違いない。なんでわざわざ便利屋を呼んだのか？　謎だ……」

「アリバイ工作」

足の爪を切っていた須々木が、突然ぼそっとつぶやいた。

「え？　アリバイ？」

「だからよう、よくわかんないけど、何か事件のアリバイ工作に利用されたんじゃねえか？」

そう言うと須々木は足の爪を勢いよくぱちんと切った。

「あ、忠！　てめえ！　今爪が飛んでカレーの中に入っただろ！　あっちの部屋で切ってこい！」

岡野が叫ぶ。

「わりい、わりい」

須々木が笑いながら足をひっこめる。

そんなわけで結局本当の理由はわからないまま何日かが過ぎ、そんなことがあったことも忘れかけていた頃、またその男から電話があった。

依頼の内容は、前回とまったく同じ「ジュース一本」だった。

「おい、また例のアリバイ工作員からの依頼だぞ」

涌田が面白そうに言う。

「そんじゃ、今度はおいらが行って来るか！」

須々木が名乗りを上げる。バイクにまたがり現場へ向かった。

三十分もしないで帰って来た。

「どうだった？」

二人が興味津々に尋ねる。

「いやあ、岡野が言った通りだよ！　テレビ以外何もなかった」

「なあ、そうだろ！　顔見たか？」

「いや、ずっと反対向いてテレビ見てた。何か時代劇の再放送」

「やっぱりスーツ姿だったか？」

「グレーのスーツだったな」

ますます謎が深まった。本当に何かのアリバイ工作ではないか、そんな気がしてきた。

それからまた何日かして、またしてもその男から同じ依頼が来た。三度目だ。

「よし、じゃあ今度は俺が行く」

涌田が勇んでバイクで出かけた。

帰って来るなり少し興奮気味に言った。

「おー！　ほんとだ！　何もねえ、テレビしかねえ。いったい何だありゃあ⁉」

「だからアリバイ工作なんだろ？　そのうち起こるぜ、殺人事件」

岡野がにやにやしながらふざける。

「でも誰も顔見てないからアリバイになるのか？」

「馬鹿だな涌田、それがトリックなんだよ、きっと」

「どんなトリックだ？」

その時窓の外から拡声器を使った歌声が流れてくる。

♪ホットー、ドッグー。ホットー、ドッグー。大学堂のホットドッグはいかがですか？

事務所の向いにホットドッグの移動販売車が来て止まる。晩飯前のちょうど腹ペコの時間を見計らってやって来るのだ。

「ある日その男がそのアパートで首を吊っているのが見つかる」と3号が話を続ける。

「自分が死んじゃったらトリックになんねえぞ！」と1号。

一つ食べたら、二つ欲しくなる。

二つ食べたら、三つ欲しくなる。

三つ食べたら、四つ……欲しくならない。

ホットドッグ、ホットドッグ、ホットドッグ♪

このふざけたアナウンスがさらに食欲をそそる。

「そう思うだろ？　便利屋の証言によると確かにそこに住んでいた謎の寂しそうな男が自殺した。トリックも何もない。それがトリックなんだよ」

「何？　何？　わかんねえ？」と2号。

「どういうことか知りたい忠ちゃん？」

「知りたい！」

「どうしてもというなら、じゃあホットドッグで手を打とう！」

「ちきしょう、分かった。今買って来る」

「あ、じゃあ俺のも頼む！」と1号。

美味そうにホットドッグを食べながら3号が続きを話す。「実は犯人は奥さんなんだ。俺たちが見た男の正体は奥さんだったんだよ。何回か便利屋を呼んで、男がいたと印象付けて自殺に見せかける。だから顔を見せられなかった」

「なるほどな。じゃあ今度また依頼があったら、何が何でも顔を確かめるか」とケチャップのついた指を舐める1号。

「ドアを開けて、いきなり『警察だ！』って叫んでみたらいいんじゃない？」それは3号が自分に起こった体験だ。

「テレビ見てるんだから『ＮＨＫです』ってのもいいな」指を鳴らしながら1号が言った。

「え？　奥さん？　女？　何で？　わかんねえ？」と言ってる2号。その日はそんな馬鹿な話で盛り上がった。

しかしその日以降その依頼はぱったりなくなった。

ずいぶん後になって涌田がふと思い出した。

「岡野、そういえばあのアリバイ工作員、あれから電話ないな」

三人は今、仕事を終えて涌田の運転するトラックで帰途についていた。

今日は葛西臨海公園が開業する前の広大な埋め立て地に、街灯を設置する電気工事の手伝いに駆り出されていたのだ。

「ほんとだ。すっかり忘れてたな」

「結局あれは何だったんだろうな」

未だに謎が解けないでいた。

もちろん殺人事件も、自殺騒ぎも起こってない。

「なあ、ちょっとあのアパート見に行ってみるか?」

「お、いいね。ちょうど帰り道の近くだしな」

岡野が涌田の誘いに乗る。須々木は特に意見はなかった。ただすごく腹が減っていた。

「よし、じゃあ現場へ急行!」

一日中、地中に埋まったパイプの中に太い電線を引っ張って通す作業をしてクタクタのはずだったのに、急に元気になってきた。ただ須々木だけはすごく腹が減っていた。

3号「あのアパートだな」

1号「一階の左から二番目だ」

3号「変だな。灯りが点いてないぞ」

1号「よし、じゃあ裏へまわってみよう」

3号「待て、もしほんとに死体があったらどうする?」

1号「どうするもこうするも警察に通報するしかないだろ」

2号はずっと晩御飯のことを考えていた。

三人は裏へ回った。ブロック塀とアパートの隙間が狭く、そこに三人も入り込んでごそごそしていたので、誰かに見られたら間違いなくコソ泥だと思われただろう。

何とかたどり着いて、汚れたガラスを軍手でふき取りながら中を覗くと、空き家だった。

テレビもなくなり、文字通りもぬけの殻だった。

「死体がない! 涌田、死体が消えてるぞ! これじゃあまるでヒッチコックの映画『裏窓』じゃないか……」

「おい、岡野何言ってんだ。初めから死体も殺人もないだろが!」

「ああ、そうか」

三人はまた玄関の方に戻り、しばらくアパートのドアの前あたりに突っ立って、黙ったまま煙草を吸って、それから車に乗った。

少ししてから岡野が口を開いた。

「あ、わかったぞ」

「何だ？」

涌田が聞く。

「うん、間違いないな」

「だから何だよ！」

「あのおっさん、実は俺たちの誰かの本当の父親じゃねえのか？」

「はあ？　何言ってんの？」

「何かの理由で名乗ることができない本当の父親が、風の噂で江戸川区一之江で自分の息子が便利屋やってることを知って、何とか会う手段を考えたんだよ」

「まさか」

「そうすると全部つじつまが合うぞ」

「何でだよ」

「一日でいいから息子に会いたい。そう思ったおっさんは、何でもいいからとにかく家賃の安いアパートを借りて、便利屋を呼ぶ。家財は一切必要ない。カーテンすら金の無駄だ。ただ正面から顔を見ることができないから、顔を合わせなくてもいいようにテレビだけは必要だ」

「ほう、そんで？」

「息子が来るかどうかは賭けだな。指名すれば理由を聞かれるから厄介だ。もし来たのが息子じゃなかったら、少し日にちをおいてまた呼ぶ。そしてまた違った。祈りを込めて三度目も依頼する」

「うん、うん」

「ついに来た。感動の再会と行きたいところをぐっと我慢する。ずいぶん見ないうちにすっかり大きくなったなあ。できるならこの手で抱きしめてやりたい。しかし俺にはそんなことができる資格はない。おっさんは手鏡で息子の顔を見ながら声を殺して号泣していた」

「なるほど！　そうか、それならつじつまが合うな……って、それじゃあ俺の親父ってことじゃねえか！　ふざけんな！」

「うひゃひゃひゃひゃ！」

岡野が腹を抱えて笑っている。須々木はその横でずっと晩御飯のことを考えている。

「そんなわけねえだろ！」

と、怒鳴ったものの、しかし涌田は母ちゃんにはそっくりであったが、親父には……いや、似てるっちゃ似てるだろ！　でも、しかし……そんな馬鹿な。

結局真相は藪の中のまま三人を乗せたトラックはすっかり暗くなった環七を飛ばしながら便利屋に帰って行った。

大都会東京には、まだまだ解明できない不可解な謎が満ちていた。

第五話 「便利屋タコ坊新聞に載る。霊園分譲権争奪！ 百人動員せよ」

「うわーもうだめだ！ ふざけんな！ ばかやろう！ 死んでやる！」

朝っぱらから物騒なわめき声に涌田が目を覚ました。隣の部屋の事務所で誰かが叫んでいる。大袈裟な台詞と声で、その主は誰なのかはわかっていた。春になると世間にはおかしな奴が増えるのだ。須々木は横で何事もなかったかのように気持ちよく寝ている。しかし二度寝するのもなんだかで、涌田はとりあず布団から起き出すと廊下に出て事務所の扉を開けた。

「どうした、岡野？」

「おー！ タコちゃん！ 俺もうだめだ。死ぬ」

「だからどうしたんだよ。お前また徹夜したのか！」

明らかに徹夜しましたと言わんばかりのてんこ盛りの煙草の吸殻と、ぼさぼさの髪に血走った目。散乱した本とコピー用紙、びしょびしょに濡れたワープロのキーボードの横に転がっているマグカップ。

びしょびしょのワープロ⁉

「ど、どうした。なんでワープロが濡れてんだ？」

するとと岡野はぐしゃぐしゃになった顔をしながら答えた。

「コーヒーこぼしちゃった」

「……でも乾かせばなんとかなるかも」

「砂糖がたっぷり入ってても⁉」

「あちゃー！　でもフロッピーにコピーしてるんだろ？」

「じでないー」

「そうか、それは……残念だったな」

岡野は徹夜で次回公演の台本を書いていた。当時、まだパソコンはなかったが、手書きに代わる画期的な道具としてワープロが流行っていた。それまでの手書きに比べて驚異的に便利ではあるが、かなり高価な代物で、パソコンでいえば「Ｗｏｒｄ」の機能しかないくせに二十万円ほどした。しかも、ランドセルを寝かせたくらいの大きさがありながら、画面はＣＤケースより一回り大きい程度でしかない。カーステレオもウォークマンもまだカセットテープの時代、ワープロのメモリーも今のようなＣＤ－ＲＯＭやＵＳＢなどあるわけもなく、容量の少ないフロッピーに保存するのだ。

その二十万もする高価な機械が壊れたのもショックだが、岡野にはそれ以上に何日も徹夜して書き上げた原稿が消えてしまったことの方が、ダメージが大きかった。

「お前いつもコーヒーはブラックなのに、なんで今日に限って砂糖なんか入れたんだよ」

「脳が……」

「脳がどうした？　痛いのか？　悪いのか？」

「頭が悪いのはお前……」

「……まあ冗談言えるなら大丈夫だな」

「あのなあ、脳にはときどき糖分が必要なんだよ！　俺だって別に甘いのが飲みたかったんじゃねえよ！」

突然やり場のない怒りを岡野は涌田にぶつける。完全なる八つ当たりだ。

「わかった、わかった。でも消えちまったものはしょうがないだろ。また書けばいいじゃないか」

「ふざけんな！　台本書くのがどれだけ大変なことかお前は分かんねえだろ！　もう台本なんか書きたくねえ！　死んだ方がましだ！」

「あー、分かんねえよ。台本書くの止めたきゃ勝手に止めちまえ！　死にたいならどこか迷惑にならないところで死んでくれ！　ほら、墓地とかいいんじゃないの？」

「あ、今お前、俺に死んでくれって言ったな？　恐喝罪、殺人未遂！　人殺し！　ご近所の皆さん、ここに人殺しがいますよー」

事務所の窓を開けて岡野が叫ぶ。朝っぱらから本当に近所迷惑な奴らだった。

「岡野、お前小学生か⁉　それより本当にやばいのはワープロだろ？　これ、チッチに借りてるんじゃないのか？」

「あ！」

岡野がフリーズする。確かにそのワープロは岡野の劇団の一員で製作、かっこよく言えばプロデュースの仕事をしているチッチが、劇団のために自分の貯金をはたいて購入して貸してくれているものだった。

「あーあ、二十万か……」

涌田がつぶやいた。

「どうしようタコちゃん」

「どうしようって、弁償するしかないだろ！」

「……そうだよな……しょうがない、これも連帯責任だ。便利屋で弁償しよう」

岡野が手を打ちながら言う。

「はあ？　何言ってんの岡野？　お前が勝手に便利屋にワープロ持ち込んだだけじゃねえか！　何が連帯責任だよ」

「そりゃあそうだけど、子供の失敗は親の責任だろ？　だったら、仲間の失敗は仲間の責任だろが！」

「何わけの分からん屁理屈言ってんだ！　だいたい劇団やってんのも、台本書いてんのもお前の勝手だろ？　そんでコーヒーこぼしたのもお前だ。便利屋には何の関係もない！　馬鹿なこと言ってんじゃねえよ」

そう言い捨てると涌田は顔を洗いに一階へ降りて行った。涌田が閉めたドアに向かって岡野が悔しそうに悪態をついた。

「くそー、このタコ坊主！」

そこに一本の電話が入った。

岡野は不機嫌な口調で電話に出た。

「はい！　タコ坊主！」

「へ？　タコぼうず？」

「あ、いえ便利屋タコ坊っす！」

「あ、ああ便利屋さんですよね？」

「はい、そうっす！」

「ああよかった。あのねえ、人集められる？」

「人？　人くらい集められますよ」

「そう、じゃあね。明後日までに最大で何人集められる？」

「お望みなら何人でも集めますよ！」

やけくそ気味で言いながら、岡野は空いてる片方の手で煙草を取り出し、口にくわえる。しかしライターが見つからない。

「おー！　頼もしいね。じゃあ、百人お願いするといくらかかるのかな？」

「そうですね、百人だと……ひゃ、百人!?」

「そう、百人。やっぱり無理かなあ？」

「いや、無理ってことはないですよ！　我々にできないことはないんですから。ハハハ……でも、ひ、百人って、いったいどこに百人も集めるんですか？」

「ああ、千葉県の×××霊園の……」

「霊園!?」

くわえていた煙草がぽろっと床に落ちる。

今回のクライアントは千葉県の墓石屋だった。千葉県の、ある市営霊園の土地を一般に向けて分譲で販売するのだそうだ。先着順でお墓にするための一世帯分の土地を一般の人が購入できるのだが、それを墓石屋が買い占めたいというのだ。買い占めるなどというと聞こえが悪いが、買い占めた土地は希望する一般の家庭に無料で譲り、その代わりに墓石を自分の所で注文してもらうという戦略だった。まあ、どっちみちどこかの墓石屋で石を購入するのだから、その店の石の値段が相場と変わらないとなれば悪い話ではない。いや、むしろありがたい。

仕事は明後日の夕方五時から翌日の朝九時まで千葉県××市の市営霊園を管理している××市役所の前に並んで、翌朝に申込用紙を提出し、百人分の権利を獲得するということだった。

仕事はただ並ぶだけ。しかし簡単に引き請けたはいいものの、いったいどうやって明後日までに百人もの人間を集めるのか⁉

便利屋稼業、場所取りや並び屋は当たり前だ。裁判所の傍聴券のくじ引きや花見の場所取り、私立小学校の願書受付などは今までもあったのだが百人で並ぶというのは前代未聞。

岡野はホワイトボードの明後日のスペースに霊園の名前を書き込んだ。その時顔を洗って歯を磨き終えた涌田が事務所に戻って来てボードを見た。

「霊園⁉　おい岡野、いつまで拗ねてんだ。さっきのは冗談だ！」

「はあ？　何言ってんの？」

「いやだから、確かに霊園なら死んでも迷惑にならないけどさ、だからってお前、そのジョーク笑えないぞ」

「ばーか、もうそんなの立ち直ってるよ！　仕事だよ！」

「仕事⁉」

「明後日までに人が百人必要だ」

「何だそれ？」

「いいか、今千葉の墓石屋から電話があってな……」

「おはようございまーす！」

須々木が伸びをしながらさっぱりした顔とぼさぼさ頭で起きてきた。

「あれ、どーしたの？　何か仕事入ったの？　あー！　何これ、ワープロやばいじゃん！　何で何で？　岡野、これやばいよ！」

話しがどんどんややこしくなる。

涌田家の飼い猫「ランク」がテーブルの上にぴょんと飛び乗って、甘い味が染み込んだワープロのキーボードを舐めている。しっぽが九十度にカクンと曲がって、まるで自動車教習所のクランクのようだったのでランクと名付けられた。

便利屋の三人は、焼いただけのトーストとコーヒーという朝食を取りながら、岡野が順を追って二人に説明した。

「なるほど、だいたいわかった。ところでその仕事いくらで請けたんだ？」

涌田が二枚目のトーストを食べながら聞く。

「一人当たり一万六千」

「てことは……百人で、んげっ！　百六十万か！」

「そうだ」

「一晩で百六十万。並んでくれるバイトに一万ずつ払っても六十万の利益か！　岡野、よくやった！」

岡野が誇らしげに腕を組んでコーヒーを飲んでいる。

「何か滅茶苦茶やる気が出てきたな！　じゃあ誰でもいいから明後日までに百人集めればいいいんだな」

手についたトーストのくずをパンパンとはたきながら涌田が自信ありげに言う。

「お、当てがあるのか?」

「ない。ないけどどうにかすればいいんだろ。とりあえず知り合い全部に当たるしかないな。手分けして電話しようぜ」

涌田が地元力を発揮して、小中高の同級生やバイト時代の友達に片っ端から電話をかける。交代で岡野が劇団の仲間や営業会社時代の後輩にかける。須々木はランクと戯れている。

パソコンも携帯もメールもない時代。連絡を取るのは固定電話しかない。しかし電話が繋がるのはたいてい夜だ。朝っぱらから家にいるような暇人は、仕事のない便利屋くらいのものだ。それでもあきらめず涌田は電話をかける。岡野も続く。須々木はランクとじゃれている。

少し休憩をして煙草を吸う。それからまた涌田は電話をかける。電話に出た親に伝言を頼む。岡野が代わる。「おかけになった電話番号は現在使われておりません」のメッセージが聞こえる。須々木はランクと会話している。

「忠助! お前も電話しろよ!」

涌田が怒鳴る。

「……俺、トモダチイナイ」

インディアン、ウソつかない、みたいな言い方で須々木が答える。

「こんなやり方じゃダメだ！」

岡野が電話を切って立ち上がった。

「涌田、何人捕まった？」

「五人だ」

「俺が二人で、便利屋の三人を入れても十人。こんなんじゃ話にならない」

二人のやり取りの後ろで、須々木はランクを抱きながら、きちんと正座して目を閉じて聞いている。

「じゃあどうするんだ！」

「百人集めるのは俺に任せろ。だから涌田、現場の段取りはお前頼む」

「よし、段取りは任せろ。現地の市役所の下見、最寄りの駅と集合場所になりそうなところを見つけてくる。それから食事の手配も必要だな」

涌田も立ち上がった。その後ろで須々木もそっと立ち上がった。ランクを抱えたまま。

「よし、じゃあ忠ちゃん、俺たちは出かけるぞ」

「え、どこ行くの？　何やるの？」

「こうなったらゲリラ作戦だよ！」

「おー、何だかわかんないけど、ゲリラ作戦なら任せろ！」

やっと須々木も自分の出番が来たと声を上げた。

「ちょっと待てよ、もう一軒だけ電話する」

そう言って岡野はどこかに電話をかけた。

「あーもしもし、ひらりん？　たびたび悪いね。明後日は駄目だけど今日は暇だって言ってたよねえ？　うん、じゃあさ、今から遊ぼうよ！　今から高田馬場のさあ、W大学に来て。うん、正門のあたりかな。いや、それは来てからのお楽しみ、めっちゃ楽しいことだよ。うん、じゃあね、待ってるよ」

ひらりんとは、岡野の営業会社時代の後輩の平川のことだ。電話を切ると岡野は、大学ノートとガムテープと太いマジックをショルダーバックに詰めて「さあ、忠ちゃん、行くぞ」と駈け出した。須々木もランクを放し岡野の後を追う。

「おい、待て。W大なら高田馬場より、地下鉄東西線の早稲田の方がいいだろ、トラックで葛西駅まで送ってくよ」

涌田がそう言って鉄工所の二トントラックに乗り込む。

「おーい、おふくろ！　車借りるぜ。あ、あと電話番頼む！」

「これ、広幸！　どこ行くの？　今日は電話番できないよ！　広幸！」

一階の台所から庭に飛び出して来た母ちゃんの言葉にも答えないでトラックは急発進した。


一時間後、岡野と須々木はW大学の構内にいた。四月ということで活気があるのか、たくさんの学生がいた。

「よし、忠ちゃん、今からここで暇な学生を百人集める」

「おー！　その手があったか！」

「忠ちゃん、どこからか適当な机を持って来てくれないか？」

「オッケー！　そんなこと朝飯前だ」

須々木はそう言うと、風神のように消えた。

ちょうどその時「岡ちーん！」と岡野を呼ぶ声が聞こえた。ひらりんだ。

「おー！　ひらりん、来てくれたか。ありがとう」

「岡ちん、こんな所で何して遊ぶの？」平川は漫画「まことちゃん」そっくりな風貌で無邪気な少年のような話し方をする。

「今から暇な学生百人集めるゲームやるんだ。一緒にやろうぜ」岡野がにやにやしながら言う。

「ちぇ、どうせそんなことだと思った。でも面白そうだからいいよ」

ひらりんはいい奴だ。そして岡野は人を巻き込むのが上手い奴だ。劇団もそうだが、台風のように次々と人を巻き込んでは、自分だけは台風の目の中にいるかのように晴れ晴れとした顔をしている。

「ひらりん、じゃあまずあそこのでっかい立て看板を持ってきてくれ。俺はどこからかポスターを剥がしてくる」

「オッケー」

ひらりんは「学生連合○○！　××阻止！」などとペンキで書き殴ってある物騒な看板を引きずってきた。岡野はその看板を太い銀杏の木に立てかけ、剥がしてきたポスターを裏返し、持ってきたガムテープで貼り付け、マジックで大きく字を書いた。

「並びや参上！

百人募集！

四月○日夕方五時～翌朝九時

日給一万円！」

「これでよし」

「お待たせー！」そこに須々木も戻ってきた。折り畳み式の長テーブルにパイプ椅子が二脚。さらにメガホンまで調達して全部一人で運んできた。

「おー！　ありがとう忠ちゃん！　机どこから持って来たの？」

「内緒」

こんな時は頼りになる男だった。

「忠ちゃん、お久しぶり、こんにちは！」

人懐っこい笑顔でひらりんが須々木に挨拶する。岡野の芝居を見に行った時に須々木には会っていた。

「あ、ひらりんさん。今日は手伝ってもらってすみません、よろしくお願いします」

これで百人集める材料はすべて揃った。

「よし、じゃあ始めるか」

岡野がメガホンを口に当ててでかい声で叫び始めた。

「並び屋だよ！　日給一万円！　さあ皆さん、登録して！」

するとひらりんがすかさず合いの手を入れる。

「かんたん、かんたん、並ぶだけー」

そして岡野が叫ぶ。

「四月○日空いてる人はいませんか?」

「かんたん、かんたん、一万円」

絶妙のコンビネーションだった。しかし須々木がテーブルで大学ノートを広げて登録者を待っているのに、誰一人登録する者はおらず、周りにいた学生はうさん臭そうに見ているだけだ。物凄く興味は惹かれているのに近寄れない。

「日給一万、並び屋だよ!」

「かんたん、かんたん、並ぶだけー」

「ねえ、そこの君。やってみないか?」

岡野が声をかける。すると声をかけられた学生は、笑いながら通り過ぎていく。

うそ、日給一万円なのに?

予想外の展開に岡野は焦った。このままではまずい。するとひらりんが、するするっと学生たちの方に近づいて、パンっと一つ手を叩いて言った。

「ほら、テレビで有名な並び屋だよ」

え! そんな話、聞いたことがない。

しかし次の瞬間、一人の学生が反応した。

「あ、それ知ってる……かも」

するとその隣にいた学生が
「うそ？　ホント？」

いや、ウソに決まってる。

「じゃあ、俺やる」

そして最初の一人が登録した。

するとまた一人、また一人、俺も俺もとパラパラと登録を始めた。三人組の女子も登録した。お、いい感じ！　と、思っていたら突然殺到し出した。

バーゲン会場のように須々木が座っているテーブルに学生が詰め寄る。ペンが一本しかないことを知ると、カバンから自分でペンを取り出し、同時に何人もがノートに名前を書き出す。

「早い者勝ち！　ただ並ぶだけ！　日給一万円だよ！」

「テレビで有名な並び屋が、W大にやってきた！」

「百人限定、一万円！」

呆気にとられてその光景をボーっと見ている岡野の横で、ひらりんが調子に乗って楽しそうに叫んでいる。彼は岡野より三つ下で、愛嬌がある上に実際学生たちと同年代だったから、よけいに学生たちの心に響くものがあったのだろう。

そして岡野はテレビというものの影響力と、集団心理の面白さを体験した。みんながやるなら自分もやりたい。しかし、自分は最初の一人にはなれない。

あの偉大なるアームストロング船長のように、何事もその初めの一歩を踏み出すことが難しく、とてつもないエネルギーを要するのだ。

その一歩を踏み出させたこのひらりんという男は、何て奴だ！　彼がいなければ、こんなに簡単に事は運ばなかっただろう。

押し寄せる学生に肩をぶつけられた岡野は我に戻り、そして叫ぶ。

「押さないで、はい、ちゃんと並んで！　必ず電話番号も書いてね！　電話ない人はだめだよ！」

あまりの騒ぎに大学側の職員が駆けつけて来る。

「こら！　何やってる！　何だ、あなたたちは？　許可書を見せなさい！」

四十代くらいの色黒の、アニメに出てくるよく怒鳴る警部のような男だ。

「やべえ、見つかった。撤収！」

その声を合図に便利屋三人は全力疾走でその場を後にした。机も椅子も看板もそのままに、ただノートだけは須々木がしっかりと握りしめている。

後ろの方で職員が何か叫んでいる。思った通りまるでルパンを取り逃がした間抜けな警部のようだった。


地下鉄早稲田駅とは反対方向の、去年国鉄から民営化したＪＲ高田馬場駅の近くまで走って止まる。

「ここまで来ればもう大丈夫だろう。忠ちゃんノートは？」

「ばっちり！」

「何人くらい集まったかな？」

「ざっと……八十人以上はあるな」

「よっしゃー！　大成功だ！　あとは何とかなるだろう。ひらりん、ありがと！助かった」

「とんでもない。楽しかったよ、岡ちん」

ひらりんはいい奴だ。

「そうだ、馬場まで来たから、せっかくだからチッチのアパートでお茶をご馳走になって帰ろうよ。のど乾いちゃった」

岡野は平川へのお礼までも人に頼る。都合がいいことにチッチはこの辺りに一人で住んでいる。

「チッチはまだ仕事じゃねえか？　それに悪いよ急に押しかけたら」

配慮のある須々木がたしなめる。

「いやあ、劇団やってるから早く終わる仕事なんだよ。それにチッチは一人暮らしで寂しがってるからきっと喜ぶぜ。まあ、とりあえず行ってみよう！」

須々木の配慮はシャボンのようにはじけて消えた。


案の定チッチはいた。そして気前よく三人を部屋に上げてくれてよく冷えたコーラをおごってくれた。缶コーラだった。この時代、ペットボトルのジュースはまだない。

喉がカラカラだったので三人ともごくごく飲んでいる。

三人が先ほどの武勇伝を語ると、けらけら笑いながら聞いていたチッチだが、思い出したかのように岡根に言った。

「ところでよっちゃん、台本進んでる？　ワープロの調子はどう？」

あまりの不意打ちに岡野はジュースを噴き出した。壁に襖に絨毯に飛び散る。

「あー、もう、何やってんのよ！　汚い！　自分で拭いて！」

雑巾をぶつけられた岡野は「ごめん、ごめん」と言いながら壁や絨毯を拭きながら思った。

やべー、ワープロのこと忘れてた。

チッチの後ろで須々木が、やばい、早く帰ろう！　と、無声映画の役者のように無言で岡野に語っていた。


ひらりんとは高田馬場の駅で別れて二人は東西線で葛西に向かった。こうしてなんとか無事に百人を集めた。パソコンも携帯電話もない時代、人材派遣という仕事も存在しない中、当日に百人もの人間を確実に現場に送り込むという大変な、まさに人材派遣業界の初めの一歩を踏み出したのだ。

まる二晩かけて、登録してくれた学生に電話をかけまくった。集合場所を伝え、注意事項を伝え、印鑑を持って来るように伝え、夜はかなり冷え込むことを伝えた。

結局連絡が取れない者や、電話番号が違っていた者もいて、三人の（正味二人の）知り合いも総動員し、何とか百人を揃えることができたのは当日の朝だった。百人同時に電話がかけられれば、どんなに便利なことかと三人は思ったが、現在ではそれが一斉メールやＬＩＮＥということだ。たいした科学の進化だ。

　当日もまた、想像を超えるかなり大変な一日だった。駅からの百人の移動もそうだが、並んでいる最中ゴミや吸殻を散らかしたり、抜け出そうとしたり、立小便をしたり、酒を飲む奴がいたり、奇声をあげたり、やはり相手はまだまだ半人前の学生だった。弁当は涌田が機転を利かし、あらかじめいくつか近くのコンビニに注文をしていたおかげで大きなトラブルはなく、夕食、夜食、朝食と贅沢とは言わないまでも十分なもてなしだった。


　夜が明けてきた。三人は感無量だった。

　体は滅茶苦茶疲れているはずなのに、心は清々しく熱いものが込み上げていた。

「腹減っただろ、食えよ」

　涌田が二人にコンビニのおにぎりと熱い缶コーヒーを渡す。

　須々木が一口ずつうまそうに食べる。普通のおにぎりなのに特別に美味かった。

岡野はおにぎりを食べながら昔聞いた童謡を思い出して頭の中で歌った。

いちねんせいになったら
いちねんせいになったら
ともだちひゃくにん　できるかな
ひゃくにんで　たべたいな
ふじさんのうえで　おにぎりを
ぱっくん　ぱっくん　ぱっくんと

小さかったあの頃は、ほんとに友達百人でおにぎりを食べるなんてヒーローになるくらい凄いことだと思っていた。

その後は特に大きな問題もなく、何とか任務が完了した。依頼者の墓石屋さんも大いに喜んで、すぐに現金で支払ってくれた。「また何かあったらよろしくね」と気楽に声をかけてくれたが、三人は一呼吸おいてから「お願いします」と答えた。

便利屋事務所に帰って来たのはもう正午だった。不眠不休で三日間頑張ってきた三人は、事務所の隣の住居スペースに倒れ込むと、夢を見ることもなく泥のように眠った。

何時間か経って、岡野が目を覚ますとすっかり夜になっていた。しかし涌田も須々木も布団にはいない。

隣の事務所から人の笑う声と、ベン・E・キングの「スタンド・バイ・ミー」が聞こえた。二人が事務所のジュークボックスをかけながら、祝杯をあげているのだろう。岡野も起きて事務所の扉を開ける。

涌田と須々木がいい雰囲気で、焼き海苔をつまみに安いウイスキーをコーラで割って飲んでいる。

「よお、起きたか!」

「おう、お前ら元気だな。俺なんかまだ眠たいよ」

「そりゃあ、しょうがないさ。お前は一晩多く徹夜してるんだからな、岡野」

確かにそうだった。しかもその徹夜の作業が水の泡になったことも岡野は思い出した。

「俺にも一杯くれ」

岡野がグラスを突き出すと
「今度はこぼすなよ」

須々木と涌田がにやにやにやしながら言った。

何をにやにやしているのかと、岡野は部屋をきょろきょろ見渡してからテーブルの上にそれを見つけた。

「わー！　ワープロ！　書院！　新品じゃん！」

須々木と涌田はやっと気が付いたかと言わんばかりに笑った。

「何で、何で？」

岡野が聞くと涌田が煙草を消しながら答える。

「忠と相談して今回のあがりから劇団にプレゼントすることにした。もちろんお前も文句ないだろ？　だからもうこぼすなよ！」

須々木がグラスを口にしながらそっと左手の親指を立てる。

「タコちゃん！　忠ちゃん！　俺、俺……何で？」

「仲間の失敗は仲間の責任だからな！　だろ？」

「う、う、うぉーん、うぇーん」

岡野は言葉にならない声で泣いた。

「ほら、岡野！　言った先からもう涙こぼしてるぞ！」

♪Darling, darling, Stand by me ,oh stand by me……

鉄工所の二階の小さな事務所の窓の隙間から「スタンド・バイ・ミー」のメロディーが漏れて、静かに桜が舞う春の夜空に溶けていった。

友情はときに雪のようにもろく、そして氷のように強い。
友情には、夫婦になるための愛情のような「届け出」はない。
だからいつまでも信じ合うしかない。

翌日の朝刊に、千葉県××市の市営霊園の争奪で、前日から百人が並ぶという、未だかつてなかった現象を引き起こしたということで「千葉の霊園の分譲に便利屋さんが百人動員！」と、新聞報道されることを、三人はまだ知らなかった。

第六話　「遺骨を掘り起こせ！　タコ坊がやらなきゃ誰がやる」

「なあ涌田、温度って不思議じゃない？」

「は？　岡野、何言ってんだ？」

「いや、だから温度って、音や匂いや味とは違って不思議だろ？」

「どういう意味だ？」

「だってたとえば音には、音がないっていう状態があるよな？」

「音がしないって事か？」1号が聞く。

「そう、無音だ。同じように匂いや味にも、ないということはあるよな。つまりまったく臭いも味もしないもの」

「無味無臭だな」

「そう。でも、温度がないっていう状態はないだろ？」

「は？　あるじゃん。それが0度だろ」1号が突っ込む。

「涌田、残念でした。0度って言うのは、水が氷になる温度のことで、ないわけじゃない。便宜上0度と言ってるだけだぞ」岡野が返す。

「はあ……そう言われればそうだな。どんなに温度が低くなってもなくなるわけじゃないか」

「だろ、むしろ温度がないっていう状態が想像できない」

3号岡野はいつもこうだ。突然何かを閃いては変なことを言い出して、相手を独特の不思議な世界観に巻き込んでいく。たいがい遠方へ車で移動する時に始まる。

前回はこうだ。

「なあ涌田、お前どの音階が好き？」

「え？　音階ってどういうこと？　曲とかメロディーじゃなくて？」

「違う、違う。音階だよ。ドとかレとか」

「そんなこと考えたこともない。だいたい音階に好きも嫌いもないだろ」

確かに普通そんなことを考える奴はいない。

「なあ、岡野。音楽っていうのは、ドとかレとかが組み合わさってメロディーになって初めて人に影響を与えるもんだろ？　ドとかレとかって、そのメロディーを作る材料みたいなもんだから、それに好き嫌いはない！」1号は自信たっぷりに言い返す。

「え！　だってお前好きな絵とかあるだろ？　俺はゴッホの『夜のカフェテラス』とかシャガールのサーカスの絵とかが好きだ」と岡野が涌田に反論をする。

「俺はあんまり絵とかは興味ないけど、強いて言えば山下清の『花火』が好きだな！」

「うん、まあそれは正確に言えば貼り絵だけどな。まあいい。そんで好きな色ってのもあるじゃん。俺は黄色が好きだな。菜の花畑の目が覚めるくらいの黄色」

「俺は赤だ。タコ坊カラーの赤だな。黒も好きだな。黄緑とか紫とか中途半端な色は嫌いだ」

何でも好き嫌いがはっきりしている1号。

「な、お前が言うところの絵を作る材料の『色』にも好き嫌いがあるじゃん。味だってそうだろ？　好きな調味料や嫌いな調味料があるだろ？」勝ち誇ったように岡野が言う。

3号の屁理屈を聞いていると頭が混乱してくる。

「ああ分かったよ。で、岡野お前はどの音階が好きなんだ⁉」

「俺はな、『シ』が好きなんだ」

「へー、何で？」

「いいか、音階にはすべてに個性があるだろ？」

「いや、知らねえよ」

「たとえばドならどっしりした安定感があって、レはなんかオシャレじゃん」

「ほう」

「ミは王道を行く感じがして、ファはちょっと斜に構えてシュールでしょ」

「なるほど」

「俺が好きなシはね、ドから一段ずつ上がって来て、最後にスパークする一歩手前っていう感じ。限界寸前の興奮のピークって言うかさ、こう苦しくて死んじゃいたいくらい好きって言うかさ……分かるタコちゃん？」

　３号は劇団をやってるだけあっていちいち大袈裟なのだが、それはそれで面白い。

「じゃあ、俺はドだな」１号もつられて話にのめり込んでいく。

「へー、何で？」

「ドレミファソラシドで言うと、ドは始まりと終りじゃん？」

「そうだね」

「始めと終りを押さえてるだろ？　オセロで言ったら総取りだ！」

「はは、お前らしいや！」

　そんな会話だった。

今日は先日の百人の並び屋を依頼してきた墓石屋の専務から、予告通り別の仕事が入ってきたのだった。

「あー、タコ坊さん？　どーも、この間はどーもね。助かっちゃったよ。そう言えば新聞に載ってたね」前回の依頼人が軽いノリで電話をかけてきた。電話を取った岡野はちょっと嫌な予感がした。

「ええ、おかげさまで良かったのか悪かったのか、ちょっと有名になりました」

新聞のせいなのかどうなのかは分からないが、便利屋を初めてちょうど一年が過ぎたこの頃にはもう立派な便利屋として、あるいは当時最もけったいな名前の会社として江戸川区界隈ではタコ坊の名前が知られるようになっていた。

「それでまたお願いしたいことがあるんだけどね」

そら来た。今度は何人だ？　こっちには学生名簿があるんだから何人でもどんと来いだ！

「お墓を掘って遺骨を掘り起こしてくれる？」

「へ！　……遺骨!?　掘り起こす!?」

嫌な予感というものはたいがい当たるものである。

今回の依頼はこういうことだった。亡くなった人を埋葬するのは戦後全国的に火葬になったのに、千葉県ではつい最近まで土葬の文化が続いていたらしい。

その墓石屋は、先日の並び屋以降次々に契約が決まって、お客さんが、土葬で埋まっているご先祖様の遺骨も一緒に、新しく購入した霊園にお盆の前に移したいと言うのだ。ところがしかしだ、この時代墓を掘り起こす職人なんてどこをさがしてもいない。いるはずもないし、石材職人も「それだけは勘弁してくれ」と取り合わない。人種差別のあったその昔は、そういう仕事を専門でやっていた人がいたと聞いたことがあるが、この昭和の現代にはいるはずもない。そこで便利屋の登場というわけだ。

「タコ坊さん言ってたよね。法に触れない限りどんな依頼も引き受けますって。いやあ、便利屋さん、ほんとに便利だねえ。助かるわあ」

くー、こっちが断らないことをうまく使いやがって！　人の弱みに付け込む悪徳借金取りのような……いや、いや、仕事をくれる大事なお客様だった。

「で、いくらかな？」と墓石屋の専務。

……いくらと言われても、まったく見当がつかない。

「どれくらい時間がかかりますか？」と3号は聞いてみた。

「そうねえ、今回は二体だから、三十分かな。かかったとしても一時間はかからないですよ」

……今回は？　ということは次回もあるって事じゃないか！

「じゃあ、一体につき二万円。それと場所が遠いので出張費五千円でどうですか？二名で伺います」

しめて四万五千円。時給にして一人当たり二万二千五百円。少し高めに言ってやった。

「あ、そう！　じゃあ決まり！　お願いね。お客さん喜ぶなあ」

しまった！　3号は交渉の駆け引きに負けた気がした。

というわけで、冒頭のシーンは千葉の墓地に土葬の遺体を掘り起こすため、1号と3号が向かっている車中だったのである。道のりは長い。

「なあ涌田、あとさ、ウイスキーとか焼酎とか水割りって言うよね？」

「それがどうした」

「その水割りだけど、あれ変だよな？」

「何が？」

「だってウイスキーを水で割るってどういうこと？　あれは、正確に言うと割ってるんじゃなくて水を足してるんだよ」

「ほー、そう言えばそうだな。割り算じゃなくて、足し算だな」

「な、そうだろ？　でも本当の事を言っちゃうと『お待ちどう様、はい、ウイスキーの水増し』ってなっちゃうから商売になんないだろ？」

「ははは、そりゃあウイスキー売れないな。水増ししてんじゃねえぞ！　こら！　ってなるよな」

「いやあ、言葉は使いようだね」と3号が言いながら缶コーヒーを飲む。

「んじゃ、これからタコ坊の請求書も水割りにするか!?　水増し請求じゃなく、水割り請求ってか？」1号がわけもなくクラクションを鳴らす。

そんなバカな話は尽きないが、目的地には着く。カーナビなどない時代、たいがいナビは助手席に座る者の役目なのだが、この岡野という男はまったく地図が読めない。だから、ナビも運転も涌田一人でこなすしかない。まったくもって迷惑な話だ。3号ほど便利屋に向いていない人間はいない。2号のように力もなければ器用でもない。運転免許すらない。しかし何故か一緒にいたくなるから不思議な男だった。

「着いたぞ」1号は墓地手前の道端に車を止めてサイドブレーキを引っ張ると煙草に火を点けた。3号も火を点ける。

深く吸って吐き出すが、味がしない。煙が混じった溜息が出るだけだった。

これから始まる仕事のことを考えると憂鬱になる二人だ。仕事としては、たわいもない子供でもできるお使いごとではあるが、気が引けるのが本音だった。

二人とも霊とか呪いとかを信じているわけではないが、やたらと足が重い。ずっと静かに深い眠りにいる人を、人？　無理やり揺さぶり起こしてしまうのだから、祟りがあってもおかしくはない。

いや、いや、寂しく何十年も一人ぼっちでいたのを家族と一緒にしてあげるのだから、感謝はされても祟られることはない！　そうに決まっている！

二人は黙って同じことを考えていた。

「じゃあ、着替えるか」と1号が腹をくくって言うと、車を降りて服の上からつなぎを着て、長靴に履き替え、スコップと竹ぼうきを持つ。3号も着替えてクワを持つ。

いざ、お化け退治に、ではなかった、墓掘りに出発。

むせ返るような蝉の声のシャワーを全身に浴び、五十メートル程山道を登って行くと現場に到着した。いかにも鬼太郎の墓場という感じの場所で、雑草が生い茂っている中にいくつもの古びた卒塔婆が立ち並ぶ。雨によって浸食され、表面が食べかけのカステラのようになってしまったお地蔵さんがいくつかある。

既に電話をかけてきた墓石屋の専務と依頼者の親族が五人ほど集まっていた。

「よろしくお願いします」と言われたが「任せてください！」と言うのもなんだかで、黙って両手を合わせてお辞儀をしておいた。

あれ？　坊さんは？　お坊さんがいないけど大丈夫なの？　と思っている1号の横で、遺族のほとんどが同じ鼻の形をしていることに気が付いた3号が笑いそうになる。五十代の女性と目が合って、睨まれたような気がして3号はくしゃみをしてごまかした。

「じゃあまずこの辺り掘ってもらおうか」墓石屋が一メートル四方の地面を指で示す。

するとl号がポケットから数珠を取り出してお祈りをした。それを見ていた3号が、くそ、用意周到な奴め！　これじゃあまるで俺が子分みたいになっちゃったじゃねえか、と思った。

「では、掘らせていただきます」１号がそう言うと墓石屋の専務が思い出したように忠告を加えた。

「あー、そうそう。掘るとご遺体が何体か出て来ますからね。土葬って言うのは一か所にいろんな人が折り重なるようにして祀ってあるので、他の人を傷つけないようにお願いしますね」

えー！　聞いてないよ！　と思ったが、一切顔には出さないで「もちろんです」と、いかにもプロフェッショナルを装って掘り始めた。

遺体を傷つけないように、そーっと、そーっと。

「あー、そんなに慎重に掘らなくても大丈夫ですよ。一メートルくらい下に埋まってるからね」と専務。

専務！　そんな言い方すると、俺たちがこの仕事初めてだってばれちゃうでしょうが！

いきなりガシガシ掘り始める便利屋の二人。

ときどきスコップが石に当たってガリッという音がする。その度にびくっとなる二人。

そしてまた掘る。どんどん掘る。ガリッ、びくっ、ガシガシ、ガシガシ、ガリッ！

びくっ！

結構掘ったあたりで、子供のコブシくらいの大きさの皺だらけのフォアグラが出てきた。1号が何だろうと顔を近づけてみていると
「脳みそだね」と、専務が涼しい顔で答える。

「脳みそ！　赤ちゃんの⁉」

「いやあ、大人だね。水分がなくなって縮んだんでしょ。こっちによけておいて」

よく見ると、あの標本で見る脳がそのままミニチュアサイズに綺麗に縮んでいた。

つまり脳みそのミイラか！

また少し掘ると今度は髪の毛が付いた頭蓋骨の破片が出る。墓石屋の話では、髪の毛は死んでからも伸びるのだという。土が湿っぽいせいなのか、この辺りの独特の植物のせいなのか、臭うはずのない老人の加齢臭が臭ってくる気がする。

そしてまた掘り進めると、今度は腰骨、大腿骨、肋骨、メガネ、時計、日本酒など遺品も出てきた。これで一人分と言うわけだった。

さらに掘って、掘って、また掘って、合計この場所から三体の遺体が出てきた。

ビニールシートの上に三体を分けて並べて、遺族の人たちが、どれが曾お爺ちゃ

んの骨なのかを鑑定する。

「この眼鏡、曾お爺ちゃんっぽいよね」

「でもこっちの着物何となく見覚えがあるわ」

「えー、でもこんな時計持ってたんだっけ？」

意見が割れている。

「どうしようか」

「こっちか、こっちか、どっちかだよね」

「どっちかっていったら、やっぱりこっちかなあ」

「じゃあ、これにしようか！」

「そうだね」

えー！　そんな感じでいいんですか⁉　1号も3号も呆気にとられていた。デパートの地下でお歳暮を選んでいるようなノリだ。

もし間違っていたらとんでもないことになりませんか？　曾お爺ちゃんもだけど、間違えられた人も！

「あのー、この辺では遺体は棺に入れないんですか？」3号が墓石屋に聞いた。

「この時代の棺は木だったからね、一年くらいで腐って土になっちゃうんだよ。でも次のご遺体はポリバケツに入ってるから大丈夫ですよ」

いったい何が大丈夫で、何が大丈夫じゃないのか教えてほしかった。

「タコ坊さん、じゃあ他のご遺体はまた元に戻して埋めてください」

……やっぱり！

掘り出すのもしんどいが、元に戻すのは、もっとしんどい。あー、祟られませんように！

他の二体を穴に入れ、土を被せていく。この遺体の二人は、まったく知らない赤の他人によって無理やり起こされ、また無理やり埋められる。精神的にきつい仕事だ。これは一体二万円じゃ安いはずだ。

「じゃあ次は、こっち、この辺りをお願いします」

涌田がまた数珠を取り出して祈る。その後ろで岡野は、ふざけているのか真面目になのか、忍者がどろんと消える時のように人さし指だけを突き出して祈っている。

「では始めます」

さっきは曾お爺ちゃんで、今度はお爺ちゃんだった。あれ？　お婆ちゃんは？　と涌田は思ったが、いらぬことを言って仕事を増やしてはなるまいと黙っていた。

今度は比較的早く手ごたえがあった。スコップの先が何かに当たってバコッというと、土の中にブルーの色が見えた。確かにポリバケツだった。

やった、これでもうすぐ帰れるぞ！

1号も2号も手際よくポリバケツのふたの部分の土を掻き出していく。まだ地中に埋まってはいるものの、バケツの頭の部分を土の中から掘り出し、綺麗に土を払い終えた時、その時まったく予期していなかったとんでもない超常現象が起こったのだ。

「パカパカパカッ」

バケツのふたがまるで喋るかのように、勝手に動いたのだ！

便利屋の二人は「うわっ」と声をあげてスコップもクワも放り出して尻餅をつく。

遺族の人も「ひー」と声を上げる。

その声に驚いたのか、上の方でカラスが「カァ」と鳴いて飛び立つ。

呪いか！　祟りか！　悪霊か！

今にもバケツの中から何者かが這い出てきそうな雰囲気だ。

遺族の三十代の女性が、口から心臓でも飛び出したかのような顔をしてポリバケツを見ている。

便利屋の二人もわけが分からず墓石屋を振り返った。

「あー、びっくりしましたね。でも、安心してください。ポリバケツのご遺体ではよくあるんですよ。バケツの中でご遺体が発酵してガスが充満していたんです。バケツの構造が、今のようなねじ式じゃないので、きっと土の重みが取れた瞬間にガスが一気に外に漏れたんでしょう」専務も少し慌てて遺族に説明をした。よくあるんですと言いながら、自分も初体験だったのではないだろうか。本当に知っていたのなら、何故先に教えてくれなかったのか。危うく心臓発作を起こすところだった。

「まあ、昔の人はこの現象を霊だとか、お化けだとか言ったんでしょう」と、墓石屋の専務は誰もが想像できる豆知識を披露する。

便利屋の二人はバケツを引っこ抜き、中のご遺体をブルーシートに並べて確認してもらう。今度は間違いなくお爺様のご遺体ということだ。

それからまた穴に土を埋め、竹ぼうきで綺麗にならし、1号が数珠、3号が忍者でお祈りを捧げ、本日のすべての任務が完了した。

遺族の方々は、大変恐縮し喜んでくれ心付けまでくれた。一人ずつに五千円だ。案の定墓石屋は「またよろしくね」と言ったが、1号も3号も聞こえないふりをしてお礼を言って足早に立ち去る。

車を駐車してある場所に戻ると、とりあえず長靴だけを履き替えて車を走らせて、人気のない山間部で停車した。

呪われたつなぎを脱いで長靴とともにゴミ袋に入れる。それから持参した塩で「お清めだ」と言ってお互いにかけ合った。3号がふざけて豆まきのように1号の顔面に塩を投げつけた。

「痛ててててて！　目に入った！」涌田が叫ぶ。

岡野は「そんな小さい目によく入ったな！　ははは」と笑う。

「ふざけんな！　ほんとに痛い。水くれ！　水」

「水はない。コーヒーじゃダメ？」

「駄目に決まってんだろ！」

この時代、まだ水は売ってない。

仕方がないので1号が回復するまで草むらで休むことにした。

「目が小さくなったらお前のせいだからな」と1号はつぶらな目をシバシバさせながらしきりにぼやいていた。

真夏の太陽の下でも木陰は気持ちがいい。

涌田はさっきの専務の発酵したガスの話を思い出していた。

もしかしたら、あのガスは本当にその人の魂だったんじゃないだろうか。あんな窮屈な場所に閉じ込められていて、ずっとずっとこの日を待っていたんじゃないだろうか。だとしたらやっぱり俺たちはいいことをしたな。

今頃はこの秋晴れの空の中を気持ちよさそうに飛び回っていることだろう。


「うわー、でたあ！」岡野が急に叫ぶ。

「な、なんだよ！」涌田が岡野を見る。

「そこ、ほら！」

岡野が指さした方を見ると
「蛇だ！　しかも白い蛇！」

見事に真っ白な蛇が草むらから道に這い出してきた。

「怖えー」と岡野が騒ぐ。

岡野は知らないのだ。白い蛇は神様の使いで、とても縁起がいいということを。

「やっぱり俺たちいいことをしたんだな！」

そう言って涌田はにっこり笑った。きっとお礼を言いに来たんだろう。

1号を見ながら不思議な顔をしていた3号だったが「ああ、そうか。お前は巳年生まれだからな。俺は辰年だから、さすがに龍は出てこないだろうな」

と、わけの分からないことをつぶやいていた。

帰りの車の中、岡野が珍しく黙っている。さすがに今日はいろんな意味で精神的に堪えたのだろう。たまにはいい薬だ。

と、涌田が思っていたら

「なあ、涌田。人一倍って言葉、変だと思わない？」と岡野が嬉しそうに口を開いた。

「へ？」

「だって人一倍って意味は、人の二倍って意味だろ？」

「お、おう」

「なのにわざわざ一倍って言ってるんだぜ。一倍って事は、人並みって事じゃん。人一倍努力しろって言うのは、人並みに努力しろってことになっちゃうよね？　変だろ？」

はー、厳粛に今日の出来事を回想していたのかと思いきや、やっぱりこいつの思考パターンは分かんねえ！

……しかしまあ、長い帰り道だ。わけの分からない話に巻き込まれるのも悪くないか。涌田はそう思った。

価値観が同じだから一緒にいたいんじゃない。
もし同じだとしたら、喧嘩すらできやしないじゃないか。

そしてその年の冬にかけて、あと何回か1号と3号はこの道を往復することになるのだった。でもあれっきりあの白い蛇に出会うことはなかった。

第七話　「ネグリジェ姿のお姫様は茶色がお好き?」

「忠ちゃん、お風呂は?」

岡野芳樹が風呂場の壁の水をきれいにふき取っていた須々木忠助に声をかけた。

「うん、もうすぐ終わる」

「涌田、サッシはどうだ?」

「おう、網戸をはめたら終了!」ベランダの方から涌田広幸の声が聞こえる。

「キッチンもオーケー、換気扇もよし、じゃあ後は掃除機をかけたら完了だな。あれ?」岡野が何かに気が付いた。

「忠ちゃん、掃除機の先っぽのやつ知らない?」3号岡野はもう一度風呂場に行って2号須々木に聞いた。

「いや、俺、掃除機使ってないよ」と2号。

「そうだよね、ちょっと車見てくる」3号はそう言うとマンションの四階の部屋を出て一階に下りてトラックまで走る。外は八月後半のうだるような暑さだ。

今日は松江町の電設会社の社長の奥さんから自宅マンションの掃除の依頼だった。掃除をしていると、いきなりピアノを弾き出す、ちょっと変わった奥さんだった。

少ししてから、ベランダで綺麗になった網戸の滑り具合を調整しながら、サッシにはめている1号涌田の所に岡野が来て、渋い顔をして言った。

「やばいよ」

「何だ、どうした？」

「掃除機の先っぽのやつ忘れてきちゃった。ほら、T字型の」先っぽのない掃除機の筒状の吸入口を1号に見せる。

「ああ、ノズルヘッドか」1号が答える。

「それそれ、そのヘッド。奥さんに掃除機借りちゃうか？」

「いや、それはかっこ悪いな。なに、プロはノズルヘッドは使わないでやるんだって、言い切ればいいんだよ。何だって自信もって堂々とやっていれば本物に見えるだろ？　どれ、貸してみろ俺がやる」

そう言うと涌田は岡野から掃除機を奪い、和室に上がって、掃除機の直径五センチほどの筒の先っぽを握って、畳を左から右へ、左から右へと動かして吸い始める。

隣の部屋のピアノの音が止まった。

「来るぞ奥さん」と岡野が声をかける。

「お前適当に話し合わせとけ」

「分かった」

リビングに入って来ると、奥さんはすぐに1号の掃除機に気が付いた。

「あれ？　掃除機の先っぽどうしたの？　忘れたの？」

「いーえ、奥さん」３号が答える。

「掃除機の先っぽ、専門用語ではノズルヘッドと言うんですが、実はあれは我々専門の間ではあまり使ってないんですよ」

「そうなの？」といぶかしそうな目つきで聞いてくる。

「ええ、特に畳の場合はああやって丁寧に吸引してやらないと、畳の目に入り込んだ埃やダニが吸い取れないんです。もちろん手間ですし、時間もかかりますが、我々タコ坊のモットーは、徹底的に丁寧に！　なんです」

１号が吸入口の左側に左の指を立てて、ピアノを連打するようにトントントンと叩きながら吸い込む。なんという丁寧な仕事！　白い手袋をはめていれば王室で仕事ができる。

「そう言われればそうね。でも……フローリングは……」

「奥さん、そういえばさっき弾かれていたピアノはショパンですか？」3号が機転を利かせて話をそらす。

「あらいやだ、聞いてたの？　恥ずかしいわ」奥さんのテンションが上がる。

聞こえないはずがないだろう。もし聞こえない人間がいたら、すぐに耳鼻科に行った方がいい。

「いやあ、素敵でしたねえ。うっとりしました」

「またあ、お上手ね。でもタコ坊さん、ショパンなんてよく知ってるわね」

「いえ、私のような無学な人間が知ってるわけないですよ。奥さんの弾き方が何だかショパンかなあって思わせたんです。あ、もしかして以前ピアニストだったとか？」

「何言ってるの！　そんなわけないでしょ。もう、口がうまいんだから。ねえ、のど乾いたでしょ？　冷たいのいれましょうね。そっちのおじさんも、こっちいらっしゃいよ。あと、おっきなお兄さんもいたわよね？」と奥さんが嬉しそうに冷たいお茶を入れる。3号が1号に親指を立てる。

「お、おじさん⁉」1号が奥さんの背中を睨み付ける。

何とか無事に仕事を終えて事務所に戻る三人。

事務所に戻ると、背の小さなショートカットの女の子が、ぶかぶかの赤い便利屋ジャンパーを羽織って、椅子に座って本を読んでいた。

「あ、タコちゃんたちお疲れ様あ！」女の子は明るくみんなをねぎらった。

彼女の膝の上から、猫のランクがピョンと飛び降りて大きく伸びをする。

「おう、便利屋ゼロ号、来てたのか」「よう、ナオ、ただいまー」「ナオさん、お疲れ様です」と三人。


彼女の名前は、富士沢直実。もともとは、涌田と岡野が知り合った仕事場の仲間だったが、今は岡野の劇団の役者だ。同じ劇団員のチッチと気が合って、二人でルームシェアをすることになり、葛西の駅前のマンションに先日引っ越して来たのだ。

ボーイッシュで、スポーツが得意で、明るくて頭もよく人懐っこい。身長は一五〇センチくらいでも舞台に立つと存在感が際立っていた。便利屋の三人からは「便利屋ゼロ号」とか「ナオ」とか妹分のように可愛がられているが三人より二つ年上だった。彼女ならどんなところでも就職できそうなものだが、便利屋の自由な生き方に憧れもあるようで、劇団とバイトをやりながらときどき暇な時に、便利屋の電話番のボランティアをしてくれるのだ。

「ねえ、聞いてナオ！　さっきの現場でさあ」と、岡野がおじさん事件の話を披露する。涌田がパタパタと扇子で仰ぎながら、怒った口調で突っ込みを入れる。それをナオがけらけらと笑いながら聞いている。

ランクが定位置の忠助の膝の上に乗る。床下からはいつの間にか耳慣れてしまった工場の音。時間がゆっくり過ぎていく。

「あ、そうだ、おにぎり食べる？　まだ夕飯まで時間あるでしょ」ナオが持ってきた大きなタッパを開ける。十個のおにぎり。

「チッチと一緒に作ったの。チッチが来られないけどよろしくって」

「わーお！　いただきまーす」と便利屋の三人はかぶりつく。便利屋が三つずつ。ナオが一つ。

おかかやら、こんぶやら、しゃけやら、そんなシンプルなおにぎりほど美味いもんだ。便利屋母ちゃんが気を利かして冷たい麦茶を入れてくれた。ほんとは、ナオさんのお目当ては誰なのかを確かめに来たのだったが、よく分からなかったのでまた下に行った。

「そう言えば、何か電話あった？」涌田が握り飯を口いっぱいに押し込んで聞いた。

「あ、ごめん！　そうそう、あったの」とナオが思い出す。ノートを広げて
「江戸川区鹿骨町の森さん。二十代だと思うんだけど、女の人。知ってる？」

「いや、たぶん知らないなあ」と1号。

「あれ、なんか向こうは知ってる感じだったけど、ま、いっか。でね、部屋の中をペンキで塗って欲しいんだって」

「へええ、珍しい人だね。壁紙じゃなくてペンキで塗るんだ。お店とかかな？」と3号。

「一軒家で自宅だって言ってた。何かわけありで一軒家に一人暮らしなんだって。後で見積もりに行きますって言っちゃったけど、大丈夫だった？」と猫がきょとんとしたような表情でナオが聞く。

「もちろん、じゃあ俺今から見てくるわ。ナオ、おにぎりごちそうさん。ゆっくりしてってね」と、1号は言い残してバイクで鹿骨町に向かう。

現場についた。五時を回っているがまだ夏の夕暮れは昼間のように明るい。思っ

ていたよりも古い一軒家だ。「これはかなり年季が入ってるぞ」と一人つぶやく。

ヘルメットを外して涌田は玄関のインターホンを押す。返事がない。

もう一度押す。しばらくして「誰？」と、インターホンから不機嫌そうな女性の声がした。

「便利屋タコ坊です！　見積もりに伺いました」と明るく返事を返す。

「えー？　見積もりって何？　どうするの？」

「え？　いや、つまりペンキで塗る場所を」

「無理、無理。今無理だから」

は？　何を言ってるんだ？　電話した本人じゃないのか？

「あのう、さっき便利屋に電話された方は？」と1号が聞く。

「私ですけど！」と何故か怒っている。

「それで見積もりに来たんですが」

「見積もりなんか知らないわよ。ペンキで塗ってくれればいいの。いつやってくれるの？」

「え、えーっと、一軒丸ごとですか？」

「はあ？　部屋よ、私の部屋」

「一部屋だけですか？」

「そうよ。いつ？」やたらとげとげしい。

「あのう、壁だけですか？　柱とか……」

「全部よ！　全部。全部塗ってって言ってるでしょ！」

「何色が……」

「茶色よ！　茶色。全部茶色に塗って！　いつやってくれるの⁉」何か聞くたびに
叱られる1号涌田。

「分かりました……じゃあ、今度の日曜日ではどうですか？」

「日曜日、ふ、ふふふ、ははははは」突然女は笑い出した。と思ったら「分かった」

と冷静に返事をした。

何だかやばい現場じゃないの？　と1号は思ったが、便利屋に来る仕事はたいが
いやばいのだ。

結局十万円で今度の日曜日に施工ということで仕事を請けた。

「十時に来て」と言ってインターホンが切れた。

1号はすぐに公衆電話で、ペンキ屋の石山高志の所に電話した。ちょうど帰って
来ていた。

「おう、涌田。どうした?」

「高志、悪いけど今から便利屋の事務所に来れる?」

「今から? オッケー、車から材料降ろしたら行くよ」

「助かるぜ」

彼は涌田と小学生からの同級生の石山高志だ。石山塗装店の長男で、親父さんと一緒にペンキ屋を切り盛りしている。家が近所で、よく便利屋に遊びに来ていて、ときどきペンキの仕事をくれたりもするし、こっちの人手が足りない時には便利屋を手伝ってくれるタコ坊特別社員だった。


事務所に戻るとゼロ号はまだいた。三人でトランプゲームの大富豪をやって盛り上がっていた。

「おー、お帰り、おじさん!」と岡野が言うと
「お帰り、おじさん!」

「お帰り、おじさん!」と、須々木もナオも岡野に続いた。

「ふざけんなよ、お前ら! ゼロ号までそんなこと言っちゃいけません。こんな変な人たちの真似をしてると……」と涌田が部屋の角で発酵している雑巾を指でつま

む。

「きゃーっ」とゼロ号が笑いながら椅子から飛び降りる。

そこにちょうど石山もやって来て

「まいどー！　石山です……あれ！　ナオさん。あいやどーも、どーも。」

「あ、石山さーん。タコちゃんが！」と部屋を飛び出してきたナオが石山に飛びつく。

「え？　何々！」と困惑する石山だった。なんとも賑やかなタコ坊の仲間たち。

外はすっかり暗くなって、いつの間にか下の工場も仕事を終えて静かになっていた。

涌田が先ほどの奇妙なやり取りをみんなに話した。みんな話に惹きつけられている。するとナオが

「えー、でも見積もりに伺いますって言ったら、お願いしますって確かに言ったんだけどなあ」とすまなそうに話す。それに涌田が答える。

「うん、そうだろうね。ナオは悪くないよ。とにかく何ていうか、その人は普通じゃないんだよ。突然キレたりしてさあ」

「じゃあ、お前と気が合うじゃん」と3号が水をさす。

「黙れ3号。とにかく当日何が起こるか予測できない。最悪集金できない可能性もある。でも普通の仕事じゃないのをやるのが便利屋だろ？　じゃあ、やってやろうじゃん！」

「かっくいい！　タコちゃん」とナオ。

「かっくいい！　タコおじさん」と3号。

テーブルの下で3号の足を蹴飛ばす1号。

「痛っ」

「それでさ、高志」

「おう、何だ」

「かなり古い家だから壁はたぶんジュラクじゃねえかと思うんだよ」と1号。

「何、ジュラクって？」とナオ。

「ジュラクっていうのはね、よく古い旅館とかの壁って、キラキラしてて綿みたいなのが入ってたりして、触るとパラパラ落ちてくるようなのがあるでしょ。あれよ、あれ」と石山が説明した。

「そのジュラクの上からペンキ塗るとしたらどうする？」

「んー、普通はペンキでは塗らないね。まあ、塗るなら水性アクリルだね、でもなあ、かなり吸い込んじゃうから三度塗りだな」さすがその道のプロ。聞いてよかった。

「それから天井だけど……」

「それいつやるの？　なんなら俺一緒に行こうか？」と石山が言う。

「いやあ、プロに頼んでもそんなに払えないんだよねえ」と、涌田が円マークを作ってにやにやと言う。

「何水臭いことを！　タダでいいよタダで！　じゃなかったら一杯ご馳走してくれ。それでいいよ」

高志はなんと太っ腹な男だ。

「じゃあ悪いから材料代だけでも……」

「それは当たり前でしょ！」と石山が突っ込む。

そんなやり取りを楽しそうに見ていたナオが急に、「あ、もうこんな時間だ。じゃあ、ゼロ号帰るであります！　タコちゃん、座長、忠ちゃん、石山さん、お疲れ様あ！」

タコ坊のジャンパーを脱ぎながらそう言って颯爽とバイクで去って行った。

二階の外階段の踊り場から「また来いよ、ゼロ号！」「おにぎりありがとう」「チッチにもよろしくー」と言ってタコ坊たちは見送る。

「ご飯できたよー」一階から母ちゃんの声。

「じゃあ、日曜日だな涌田」

「たのむぜ高志！」

「じゃ、帰るわ」


日曜日、十時きっかりに現場に便利屋が到着する。石山も一緒だ。仕事に取り掛かる前に、全員車を出て煙草に火を点け、その屋敷を眺めながら最後の一服をする。全員が吸い終わると涌田がみんなを見てうなづいてからインターホンを押す。

……出ない。

もう一度押す。……やはり出ない。

涌田がみんなを振り返って「な、言った通りだろ」というジェスチャーをする。

もう一度玄関を向くといきなりガラスの格子戸を叩く。「森さーん、森さーん！」

しばらくするとガラス戸に人の影が映り、鍵を開ける音がして勢いよく玄関が開いた。ネグリジェ姿の女が立っている。

「何？　何の用？」女の目は死んでいた。

えー、何ってあんた、そりゃないでしょ！

その時涌田は思い出した。この人は、例の夜中に缶ビールを注文する女だ。住所はここではなく、錦糸町のマンションだったけど間違いない。何度もバイクで行ったからよく覚えている。

しかし雰囲気は完全に前とは違っている。

夜中に行った時は、もっとケバケバしい感じがしたが、ちゃんと正気だった。今は目の焦点が定まらず、魂が抜けかけているというか何というか、とにかく別人のようだった。でも、この顔は間違いない。

「タコ坊です。塗装の依頼で来ました」

「そう、じゃあ入って。遅かったじゃない」

「え、いや、森さんが十時って……」

人の話も聞かないですたすたと廊下を奥に進んで行く彼女。

「お邪魔しまーす」と四人はぞろぞろ彼女の後について行く。ネグリジェのお姫様を先頭に、薄汚れた作業服の家来が四人。人が見たらいかれた王国の間抜けなパレードに見えただろう。家の中は結構広く一階だけでも台所の他に四つ五つ部屋がある。

廊下の突き当たりの右手にある和室に入る。

「この部屋、全部茶色に塗って」と女。

古い和室の八畳間。押し入れも含めて襖が五枚と小さな天袋が二枚。やはり壁はジュラクだった。

「全部と言うと、壁と天井と、あと柱とかも……」

「全部って言ったら全部よ！」と、1号の言葉をさえぎって大声を出す。「襖も！畳も！　全部！」

「え！　畳も⁉　じゃあ、家具も？」

「家具はいいのよ」今度は急に冷静になる。

何で？　しかし、襖や畳までもとは、尋常じゃない。後ろでさすがに石山も呆気にとられている。

「私、あっちにいるから終わったら教えて」

「分かりました。家具は廊下に出してもいいですか？」

「どうぞ」と言って姫は廊下の反対側の部屋に入って行った。

「怖えー！」と岡野が静かに騒ぐ。

「参ったね、こりゃあ」と石山も目を丸くして言う。

彼女の生活にいったい何があったのか。それを知る術はないけれど、何故か心が苦しくなる涌田だった。

「どうだ高志、できるか？」と涌田。

「任せとけ、木の部分はサンドペーパー当ててからペンキで、それ以外は水性でいくか。畳は問題ないな。襖もやったことないけど水性で大丈夫だろう。特に養生もいらないからかえって楽かもな」

「心強いねえ！　さすが石山塗装！　日本一」岡野が静かにはしゃぐ。

「じゃあ、涌田と忠ちゃんが家具をどんどん廊下に運んで、岡野さん奥の壁の上の方からローラーでどんどん塗ってくれる？　壁は三回塗るから、むらとか気にしないでどんどん行こう。きっと壁の吸い込みが激しいからそんなに薄めなくていいからね」

　石山の指示の下、三人もてきぱきと仕事をこなす。脚立に乗って石山が天井を綺麗に塗っていく。石山は最も重力の抵抗を受ける真上を塗っているのに、不思議と塗装の飛沫がほとんどない。それに対して岡野はもう顔から服から、体の前半分が飛沫だらけで真っ茶色だ。

　家具の移動が終わると涌田たちも塗装作業に入る。

「じゃあ、忠ちゃんは、柱とか敷居とか木部をサンドペーパーで磨いてくれるかな」

「任せて、石山さん。磨けばいいのね？　ガンガンやっちゃうよ」

「涌田は襖を塗ってもらおうか。ムラにならないようにローラーでやってくれ。畳は一番最後だね」

「お安い御用だ！」

八畳の和室がどんどん茶色になっていく。茶色というよりもこげ茶色だったが。しかも色のトーンも変えず、まったく同じ色だったので強烈な圧迫感だ。和室でも洋室でもない。何か名前を付けるとするならば魔室だろう。

彼女は何故茶色に染めたいのか？　いったいこの色にどんな思い入れがあるのか？

しかし世の中には、部屋中をキティちゃんで埋め尽くしたり、ハートやピンク一色にする人もいる。あるいはレコードや本を異常に集める人だっているし、昆虫の標本や化石を集めて部屋中いっぱいにする人だっている。

その人たちは研究者と呼ばれ、博士と呼ばれ、尊敬もされ、時には表彰もされる。それと彼女のこれと何が違うのか？　根本的には彼女と同じではないのか。などと

1号が考えていると、ネグリジェの依頼人がすーっと無言で部屋に入ってきた。

我々が作業している真ん中で立ち止まると、突然ネグリジェを脱ぎだした！

な、な、何が起こっているんだ！

完全な下着姿になる女。

今度は自分の体を茶色に塗ってくれとでも言うのか？

……いや、ただの着替えだった。何故ここで？

着替え終わるとまたすーっとさっきの部屋に戻って行った。

その間一、二分の出来事だったが、四人とも凍り付いて呼吸すらできなかった。

昼飯も食べず、とにかく早く終わらせることだけに集中して二時頃に塗り終わった。

乾くまでの間、遅い昼食をとってから、車の中で休んだ。須々木が石山の車に、涌田と岡野が鉄工所のトラックに。今日も暑い一日だ。

「それにしても暑いなあ」と岡野。

「夏だからな」と涌田。

「なあ、涌田、海に行きたいな」

「海か、いいな。千葉の勝浦とか？」

エアコンをつけながら二人とも足をフロントガラスに投げ出して煙草を吸っている。

「いや、俺は湘南とか、江の島だな」

「便利屋からだったら勝浦の方が近いぞ」

「ばかだなあ、勝浦なんか行ったらビキニのお姉ちゃんなんかいないぞ。スクール水着とおばちゃんばっかりだ」

「岡野、お前千葉を舐めんなよ！　それを言うならもう、お盆過ぎてるから、泳いでるビキニなんかいねえぞ」

「あちゃー！」

「それにビキニだったら、さっき見ただろ！」

「あっちゃー!!　熱ちち！」煙草の火を落としてTシャツに穴が開く。

「はっはっは、大丈夫か岡野？」

「大丈夫じゃねえよ。ああ、今年は無理か……じゃあ、海は来年だな」

「そうだな、来年はみんなで海に行くか」

「いいね、マイクロバス借りて劇団のみんなも誘って行こうぜ！」

「じゃあ、タコ坊のお客さんも誘って？」

「ああ、いいね。じゃあまず入れ歯のお婆ちゃんだろ」と3号が言うと
「猫の夫婦」と1号。

「いいね、通訳としてランクを貸してやろうぜ」

「謎のアパートのおっさんは？」

「お前のホントの親父か、何とかさがしだそう」

「日南住販の永野さん」

「永野ちゃん、ナンパうまそうだねえ。じゃあ、墓石屋の専務」

「そんなら、水道設備の千葉商事の専務だって」

「おー、ダブル専務！　いいコンビになるね！　じゃあ、瀧技建材の山さん」

「やばいよ、バスのドアとか勝手に溶接始めちゃうよ！」

「うははは、じゃあ四立の社長と息子も？」

「こういう機会だから、バスの席は隣同士でね！　親子愛が芽生えたりして……あと、話し相手の尾根田のお婆ちゃん」

「えー、じゃあ、俺とカップル？　だったら、家庭教師の省吾君に来てもらおう。

なんかお婆ちゃんと気が合いそうだし」

「あとは、ここのネグリジェのお姉さんもだな」

「んー、でもバスの中、茶色に塗らないと乗ってくれねえな」

「そりゃ、まずいな！」

と馬鹿馬鹿しい話で笑っていると、石山が「そろそろ乾いてるから家具戻しましょうか」と二人を呼びに来た。


部屋に入ると、完全なる「茶色の間」が完成していた。カブトムシが壁にとまっていたとしても誰も見つけられないだろう。ある意味超芸術のような突き抜けたセンスがあった。

しばらくその異様な空間を眺めていると、岡野が突然「分かった、これはサナギだ」と不可解なことを言った。

「え？　サナギ？」涌田が聞き返した。

「そうだよ、この茶色の意味。サナギの色だったんだ……サナギになるんだよ彼女は。きっと」

「どういうことだ？」

「毛虫のままじゃ、蝶にはなれないだろ？　いったんサナギにならないとね」
そんな考えはまったくなかった。彼女は毛虫からサナギになって、やがて蝶になる。それはちょっと素敵な考え方だった。人の解釈によって見え方がまるで違ってくる。そういうふうに言われれば、何だかこの部屋のことが好きになれそうな気がしてきた。

言葉はときに魔法のようで、何も変わらないのに嫌いなものを好きにさせる。

岡野はふざけているのか真面目なのか、ほんとに変な奴だ。
でも、サナギの時代は固いかさぶたのような殻の中でドロドロと溶けて苦しみもがかなければいけない。大空をはばたくためには、人生にはそんな時代がきっと必要なんだ。

暑さのせいもあって畳はよく乾いていた。柱や壁に傷をつけないように四人で家具を戻して、任務は完了した。
お金を貰って、さっと帰ろうと涌田は依頼人の部屋を開けた。

「お待たせしました。終了しまし……」

彼女はベッドの上でお金を数えていた。扇子のように開いては閉じ、開いては閉じ、かなりの大金だった。すると突然ケケケと引きつって笑い出し

「お前たちの欲しいのはこれだろ!」と言ってお金を床にばら撒いた。枯葉の山をふざけてまき散らした時のように一万円札がベッドの周りに舞い落ちる。

涌田は、一瞬ひるんだが、床に膝をついて綺麗にお金を全部拾うと、一枚ずつ数えて契約した分を頂き、残りはベッドの枕もとに揃えて置いた。領収証を切ってお礼を言って部屋を出たが、その間彼女は一言も発することなくどこか遠くをじっと見ていた。

外では車の前で三人が心配そうに待っていた。

涌田は最後に彼女の家の方をもう一度振り向いて「きっと蝶になれよ」とつぶやいた。

これでこの話は終わりだ。その後のエピソードは特にない。彼女がちゃんと蝶になれたのかどうか、それは分からない。

あれから何度か便利屋ゼロ号がやって来ては留守番をしてくれていたが、ある時を境にぴたっと来なくなった。どうしたのかと聞いてみたら「あのね、タコ坊の真似をして、女の子三人で便利サービスの会社始めたんだ。アップルサービスって言うんだよ。家事の代行とか配達とかね」と言ってウインクする。

さすがちゃっかりしている。でもいつまでも人はボランティアばかりしていられない。彼女にもサナギの時代があって、今羽を付けて飛び立とうとしているのかもしれないな。ゼロ号の立派な成長と独立を喜ぶとともに、ちょっと寂しさを感じる便利屋の三人だった。

第八話　「トイレのトラブル便利屋さん。顔面汚水まみれ事件」

「よし、じゃあでっかい犬を借りてこよう！　セントバーナードがいいな」

岡野が立ち上がる。平日の昼間から便利屋事務所で三人が何やら真剣に話している。

「九十歳くらいのお爺ちゃんとお婆ちゃんが公園のベンチに座って日向ぼっこしている。

お婆ちゃん『春だねえ、爺さん』

お爺ちゃん『春だねえ、婆さん』で、そこへ涌田お前がこんなでっかいセントバーナードを散歩させながら通り過ぎる。

するとお婆ちゃんが『爺さん、あれ熊かいな？』と聞くとお爺ちゃんが『ああ、熊だねえ』と答える。

『熊だねえ、爺さん』『熊だよお、婆さん』とほのぼのとした映像から涌田のアップ！

そして一言『犬の散歩なら、便利屋タコ坊』続いて電話番号のテロップ！」

「んー、犬の散歩じゃ何かインパクトが足りないなあ。何でもやるって感じがでない」

涌田があごに手をやりながら答える。

「……何でもやる感じか。じゃあ、こういうのはどうだ」

岡野が力説を続ける。

「スーツ姿の便利マンが野球のヘルメットを被って、草野球の代打でいきなりホームラン。大歓声のチーム。次の仕事へ急ぐ便利マン。何故か犬を連れている。

家のドアを開けると、風呂場の水道管が破裂している。スーツケースを開けて工具を取り出し、瞬時に修理。喜ぶ奥さん。次の現場へと急ぐ。何故か犬を連れている。

ターザンのように素早く木に登り、降りられなくなっていた子猫を助ける。拍手喝采の子供たち。次の現場へ。

大きなビルの階段を五段飛ばしで駆け上がり、もちろん犬も。慌てふためいているサラリーマンを呼び止め、忘れ物の書類を渡す。男大喜び。それからもう一つ、お弁当。男、照れながら頭を掻く。

そして最後に犬を飼い主のお爺ちゃんとお婆ちゃんへ。お婆ちゃんの台詞『便利マン、ありがとう、ほんとに便利だねえ』お爺ちゃん『ほんとに便利じゃのう』便利マンうなずいて無言で去っていく。

『今日もどこかで便利マン』の主題歌が流れ、便利屋タコ坊のロゴ！　電話番号！」

「いいね、いいね！　サイコ〜！」

「それで決定！」

涌田と須々木が笑う。

何のことはない。架空のCM撮影の話である。もちろん生活もままならない便利屋にCMを打つお金の余裕などあるわけもなく、しかしいつもこんな感じで馬鹿話を繰り広げていた。

「こんちわー、まいど！」

事務所の扉を開けて作業着姿の男が入って来る。高橋英樹似のいい男だが作業着のあちこちにペンキが付いている。涌田の幼馴染のペンキ屋、石山高志だ。

「おー！　高志、今日は早いな。現場終ったのか？」涌田が煙草をくわえたまま声をかける。

「涌田、差し入れ！」と言って石山は食パン一斤と缶ビールを山ほどテーブルに広げる。

「お！　冷えてるじゃん、やっぱり石山さんは気が利くなあ。いただきまーす」とさっそく須々木が手を出す。

便利屋タコ坊に遊びに来る人たちは、必ず何か食べ物を持って来てくれる。饅頭や小洒落た洋菓子よりもこの食パン一斤や、おにぎりや、鍋ごとのカレーやシチューなどが助かる。つまり差し入れというより、一食分の代わりになるものだ。とにかく便利屋にはいろんな人がよく遊びに来てくれた。よほど三人に人望があるのか、あるいは人間、自分よりもいい加減でちゃらんぽらんに生きている奴を見ると、気が休まるということなのか。

「いやあー参っちゃったよ。今日はもう午前中で店じまい。現場監督がとろくってさあ、ペンキの色の発注間違えやがって、今日半日パアよ、パア」

石山はそう言うと缶ビールを開けてごくごく飲みだした。親父さん譲りの大の酒好きで、休みの日なら朝からでも飲んだ。ただ、たとえ酔っぱらっていても仕事は決して妥協しない、完璧な江戸っ子気質の職人だった。

「岡野さんもビールどうぞ。それにしてもこの間の茶色の現場、傑作だったね。いやあびっくりしたねえ。参りました」と楽しそうに話す。便利屋にしては毎日ある珍事件の一つだが、同じことをコツコツ繰り返している職人さんにとっては、大事件だったのだろう。

「ビールありがとう！　でも俺この後で劇団の稽古あるから」

「まあまあ、一本くらいいいじゃないですか。」

「まあ、そうだね。あ、でもちょうど良かった。石山さん、ちょっと相談があるんだけどさ」

申し訳なさそうに岡野が言った。

「何、岡野さん」

「実は今度の芝居の設定で、こんなでっかい絵を描きたいんだけど、普通の絵具じゃ無理だからペンキで描きたいんだよね。今回の舞台にさ、こういうシーンがあるんだけどさ、記憶をなくした少年が、たった一つだけ覚えている風景があって、それがガラクタの山の中から一枚の巨大な絵として出てくるんだよ。観客は勿論初めて見る絵なのに、不思議とどこか懐かしいと思えるそんな巨大な絵」

「へー！　よく分かんねえけど何だか面白そうだね」

「でしょ！　で、その絵を描くのに石山さん家の仕事場貸してくれないかなあ。夜中でいいんだ。毎日ちょっとずつやればまだ二か月以上あるから自分で描けると思うんだよね」

岡野はいつものように調子よく人を巻き込んでいく。

「そんなことならどうぞ、どうぞ。いつでも使って下さいよ。ペンキも自由に使っていいからね。うちは売るほどあるんだから！　ハハハ」

　そう言ってビールを飲み干す。石山は気前のいい男である。

「それにさ、夜中なら何の問題もないっすよ。うちは朝早いからさあ、夜九時には寝ちまうから」

「ほんと？　いやあ、助かる、ありがとう」

「何なら完成するまで、うちに泊まっちゃえば？　二階の部屋、三畳だけど一つ空いてるし」

　石山は酒が入るとどんどん気前がよくなる。

「いやあ、そこまでしてもらえないよ」

「だって今、この事務所の隣の四畳半で三人寝てるんでしょ？　よくやってられるよ。うちも狭いけど一人で一部屋使えば台本だって落ち着いて書けるでしょ！　そうしたらいいですよ」

　石山さんは物凄くいい人だった。そして「いやあ、さすがにそれは申し訳ないから」と言っていた岡野はその一週間後には石山家の二階にちゃっかり引っ越していた。物凄く調子のいい人だ。

涌田は二人の会話を聞きながら「岡野はきっとそのうちに痛い目に合うな」と思っていた。

「さてと、じゃあ俺は明日からの現場の材料仕入れてくるわ。高志、差し入れありがと」

「あ、俺が行こうか？」と須々木が二本目のビールを開けながら言うと「そう言いながらお前はビール飲んでるじゃん！　飲酒で捕まってらんねぇんだよ」と1号は事務所を出て、先日購入したばかりの便利屋カーに乗って材料屋に向かう。

真っ白な軽のワンボックスで、よくある赤帽のタイプと同じやつだ。二人乗りだが小回りは利くし、後ろのボックス型の荷台は結構容量があって学生の一人暮らしの引っ越しくらいならこのサイズで十分だ。さすがに鉄工所の車ばかりを借りてはいられないと、今までの僅かな利益をやりくりしてローンで買った。後ろのボックスの中にはいろんな専門道具や、応急処置ができる各種材料が積んである。

「じゃあ、俺も帰って飲み直すかな」石山も帰って行った。

須々木は三本目を開けた。

劇団の稽古まではまだずいぶん時間があったので、岡野もビールを一本だけ飲もうと手を伸ばしたその時、電話が鳴った。

「はい、こちら便利屋タコ坊」

「あのー、トイレが詰まってしまって困ってるんです。水道屋さん今日は来れないって言うので、何とかしていただけないでしょうか?」

「お任せください。トイレのトラブルには便利屋タコ坊ですよ。すぐに伺います」

二十四時間対応、水のトラブル×××などがなかった時代である。

「忠ちゃん、留守番よろしく」

3号は自転車にまたがり現場に向かう。しかも手ぶらで!?

「わかった、じゃあ、こっちはおいらに任せろ!」

そう言って2号は四本目を開けた。


涌田はホームセンターにいた。明日から不動産屋に頼まれた賃貸住宅の壁紙の張替えや襖の張替え、畳の張替えに掃除全般といった総合的な仕事を取ってきたのだ。

「いちいち違う職人さんに仕事を発注するのは無駄ですよ。鍵の受け渡しだって面倒でトラブルの原因になりますよね。そこで我々便利屋タコ坊に任せてくれたなら全部まとめてできますよ。効率がいい分見積もりも安くできますし、時間も短縮できます。一回やらせてみてください」

涌田の熱い営業に西葛西駅前の不動産屋の社長が興味を示した。

「ホントに壁紙とか大丈夫？」

「当たり前じゃないですか」

嘘をついた。

前回やった時は大クレームだった。四苦八苦したあげく、一日がかりで天井と壁を張り替えたのだったが、翌日依頼人から呼び出されて現場に行ってみると、紙のつなぎ目がぱっくりと割れているではないか。その後も何度張り替えても、乾くと紙と紙の間に隙間ができて割れてしまうのだった。結局知り合いのつてで紹介してもらった職人さんに頭を下げてコツを教えてもらった。

「畳は？　いくらなんでも畳は便利屋さんじゃ無理でしょ？」

「まあ、畳は実際無理です。しかし我々が畳屋に運んで、張り替えてもらってから納めます。畳屋さんはこの納める作業がそうとう時間のロスで困ってるんですよ。他の職人さんが仕事してたら畳入れられないから二度手間や三度手間なんてしょっちゅうなんです。畳屋に頼んだのと値段も合わせられますから一度我々に任せてみてください」

遂に不動産屋の心が動いた。

「よし、じゃあ一件急ぎのがあるから頼もうかな。今入ってる人、来週の水曜日に引っ越すから……」

今度はしくじるわけにはいかない。今の自分たちの技術をカバーするためには道具が大事だ。と、ホームセンターに来ていたのだ。ホームセンターといえば日曜大工のお父さんが来るところだろうと思って、江戸川区のホームセンターを侮ってはいけない。結構プロの職人さんもちょくちょく利用するほどの品揃いだ。

涌田が壁紙用のカッターや定規や気泡を取り除くためのローラーなどを物色していたところにポケベルが鳴る。

公衆電話から表示された番号にかけてみると岡野だった。

「あーすまん。今〇〇保育園にいるんだけどさ、トイレが詰まって流すと溢れちゃうんだよね。お前便利屋カーにいろいろ道具積んでるだろ？　すぐにこっちに来てくんないかなあ？　保育園の先生が泣きそうなんだよねえ」

「分かった。今ちょうどホームセンターにいるから念のために汚水管のジョイントのパーツを幾つか見繕って行く。二十分で行くから待ってろ」

「助かるわータコちゃん！」

「ところで岡野」

「何だ？」

「先生は可愛いのか？」

「めっちゃ可愛い！」

「十五分で行く」


夕方四時、1号が到着する。想像していた保育園とは違って、一軒家を改造してやっている一時的な幼児の預かり所といったところだった。

「お待たせ」三十分かかってしまった。

結構時間がかかってしまってさぞかし岡野は一人で奮闘して焦っているだろうと思いきや、床に転がって子供たちとプロレスみたいなことをやりながら思いっきり遊んでいた。

「ほら来た、アンパンマン！」

つい最近始まって、やたらと子供に人気があるというテレビアニメの主人公の名前を叫びながら岡野は涌田を指さす。子供たちは、わー！　ほんとだ！　と叫び、保育園の先生はぷーっと噴き出した。

「何やってんだ、岡野！」

しかも先生はどう見ても中年の主婦だ。涌田はぶつぶつ言いながら問題のトイレに行く。「ちょうどもよおしてきたところだから、まずすっきりさせて……と、そんなわけにいかないか！」涌田は慌ててチャックを戻す。

「あのう、直りますか？」先生が心配そうに尋ねる。

「もちろん直ります。ただし、必要な材料が持ち合わせになければ明日になってしまうこともありますが」と涌田がちょっと拗ねてるように答えると
「いや、それじゃ困るんです。みんなトイレが使えないから公園まで行ってるんです」

するとと岡野が間に入って「先生、大丈夫です。全然問題ありません。われわれに任せてください！　あとこの辺汚れますから古新聞あったらお願いします」

先生の顔がパッと明るくなって「嬉しい！　じゃあお願いします」と保育部屋に戻って行った。

「任せろって、お前直せるのかよ？」涌田が岡野に言う。

「いや、俺はできないけどお前ならできる。いつもピンチな場面を何とかしてきただろ」

「まあ、そりゃあそうだけど……」

「水道屋にできてタコ坊にできないわけがない！　そうだろ？」

「よし、俺に任せろ！」

「さすがタコちゃん！　頼もしい！　あ、それからさあ、俺七時から劇団の稽古あるんだよねえ」

「はあ、俺だってそうだろが！」

「いや、お前の役は代役でいいけど俺は演出だから代役ってわけにいかねえだろ？」

「ちっ、じゃあ七時までにさっさとやっちまうぞ。車に行って工具箱持って来てくれ！」

「それがさあタコちゃん、おれ最近腰痛めちゃって、重たいものは持つなって言われてるんだよ。ほらコルセット巻いてるだろ⁉」岡野はシャツをめくって見せる。

「ふざけんなよてめえ！」

そう言って涌田は岡野の肩めがけてパンチを入れる。

「ノー、ノー、暴力反対！　アンパンマン人殴らない！」

「手の込んだ芝居しやがって！」涌田がもう一発お見舞いしようとした時
「タコ坊さーん、新聞これでいいかしら？」先生が小走りでやって来る。

「ハーイ！」

一瞬で笑顔に切り替えて二人は振り向いた。

「何か固いものが詰まってるな」

涌田が袖を肩までめくり上げて便器の中に右手を突っ込んでいる。岡野はドアの枠に肘をつけて見守っている。

「しょうがない、便器外すか」涌田が言うと岡野が「うん、それがいいな」

涌田が岡野を睨み付ける。「お前も手伝え」と言いたいが、しかしトイレが狭くて結局一人でやるしかない。「まあいいや」と独り言を言うと涌田は手際よく便器を外す。元栓を閉め、タンク内の水をバケツの中へ流し、タンクと便器を分離させ、レンチでボルトを外し……外し終わると便器をひっくり返して逆の方から手を突っ込む。つっかえているところを力任せに押す。スポンと何かが床に落ちた。

ブルーレットだった。

「先生！　これですよ、詰まっていたのは」

涌田がブルーレットをまるで金メダルのように誇らしげにかざす。

「さすがですね！　ありがとうございます。」

先生も嬉しそうに走って来た。

今度は逆の手順で便器を元通りにして配管を接続し、水を流す。

「ほーら、ご覧ください！」

岡野は得意げにマジシャンがシルクハットから鳩でも出すかのような仕草で言う。

気持ちよく流れていた水が急に「ゴボッ、ゴボゴボ」と音を立ててそれから水位が上がって来る。

「あれ！　おかしいな」岡野はガチャガチャとレバーを回す。隣で涌田が「うそだろ」という顔をする。

遂に水は便器を溢れ出し床にこぼれる。

「きゃー！」先生が悲鳴を上げる。

「……その先が詰まってるんだな」

涌田がぽつりと言った。すると突然鋭い口調で
「先生、床下に入れる所ありますか？」

涌田に何かのスイッチが入った。

「床下ってお前、えー？　床の下に潜るの？」

岡野の言葉を無視しながら「先生、床に点検口みたいな出入り口無いですか？」

「さあ、見たことありませんが」

「そうですか、じゃあ床を切って床下に入ります。いいですか?」

「はあ? お前何言ってんの?」岡野が涌田の耳元でささやく。

「え! 床を? 後で元に戻せるんですか?」先生は心配そうに聞く。

「もちろん元に戻しますよ。まあ、見た目は多少変わりますが」涌田は答えながら、拳骨で床を叩いて空洞になっている場所をさがす。

「……そうね、それしか方法がないのならお願いします」


ギュイーン、ガー、バリバリ、ガリガリと涌田は電気のこぎりで鋸くずを巻き上げ床をくり抜いていく。大きな音にちびっ子たちは興味津々で近寄ろうとするが先生が「危ないから近寄ったらだめ!」と静止する。やがて人が入れる大きさの四角い穴が開いた。

床下は意外と狭くて四十五センチほどの深さしかなく、土間には白いカビがあちこちに生え、虫の死骸やら何かの卵の抜け殻が散乱している。

1号はジャンパーを脱いでTシャツになると、炬燵にでも入るかのようにすっと腰まで床下に潜る。

3号がかがんで涌田の耳元で「あのさ、俺そろそろ劇団の稽古に……」

1号はちらっとだけ3号を見て、それからすぐに上半身も器用に滑り込むように床下に潜った。訓練された人のような動きだ。確かサンダーバードの乗組員が出動する時もこんな感じだった。

「懐中電灯」穴から声と手が出てくる。3号が懐中電灯を渡す。

「ハンマー」渡す。「タオル」渡す。

って、お前はドクターか！

汚水管はトイレの便器の真下から垂直に下へ伸び、そこから九十度曲がって地表を這うように遠くに伸びている。

涌田はその曲がっているところをハンマーで叩く。

「詰まってる音がするな」

「おい涌田、じゃあ俺そろそろ……」

3号が顔だけ床下に突っ込んで言う。

「岡野、このパイプ切るぞ！　シャーパー（塩化ビニールのパイプなどを切る鋸）とエルボ（エル字型のパイプのジョイント部品）持ってお前もこっちに来てくれ。あと接着剤も！」

「パイプ切るって、この寝返りも打てない状況でお前、正気か！」

「何とかするのが俺たちだろ?」

岡野も渋々床下に入る。涌田はパイプが曲がっている箇所を指して「ここを押さえてくれ」と言った。

狭い空間の中、問題のパイプのすぐ脇に二人の顔が、恋人でしか近づけない距離で並んでいる。

「いいか、いくぞ」意を決して1号が言う。3号も覚悟を決めて「はい」と言いながら、もしかしたら昔、太宰治が心中した時もこんな感じだったのではないかと思った。いや、そんなロマンチックなものはここには一ミリもなかった。

「岡野、絶対手を離すなよ。とんでもないことが起こる」

もちろん離すわけがないが、離さなかったとしてもパイプを切っただけでとんでもないことが起こるのは百パーセントわかった。

目の前にある汚水管が詰まっている。何が詰まっているのか? 答えは汚水である。汚水にもいろいろある。淀んだ川も汚水だし、残して捨てた味噌汁も、放置されたバケツの水も、期限の切れた飲み物も汚水と言えるかもしれない。しかし今回の汚水は、排泄物なのである。汚水界の中のキングである。もうこのキングの右に出るものはいない、だからこそキングなのである。

しかしさすがの涌田もなかなか切り始めることができない。パイプにシャーパーを当てたまま静かに時間が過ぎていく。

どうする？　やるしかない！　しかし手が動かない！　「くそー」と涌田が声を漏らす。

それを見ていた岡野が無意識に語りだす。

「涌田、こう考えてみろ！　今この保育所は謎の病原菌で犯されているんだ。どんどん被害者が出て園児が犠牲になっている。原因はこのパイプの中だ。このまま放っておくと、この保育園はおろか、この地域一帯、いや日本中、最終的には世界中の人の命が奪われてしまう。それを救うことができるのは世界の中で俺たちだけだ！　俺たち二人の命が犠牲になっても、園児の命を救うのだ！　行け、1号！　パイプを切れ！」

「うぉーりゃー！」と声を荒げて1号がパイプを切り始める。

ガリガリと音を立てシャーパーがパイプに食い込み、切り口から茶色い液体が漏れだす。

押さえる手に液体が接触する。

1号は躊躇なく切り続ける。

突然しぶきがプシューっと噴き出す。

水圧で上から押された汚水がその小さな切り口から勢いよく飛び散る。

容赦なく二人の顔面に襲い掛かる。

それでもパイプを切り続ける。

傷口が大きくなるとしぶきは止んだが、今度はドロドロしたものが溢れ出る。

横でアンパンマンが鬼の形相で鋸を引く。いや、この男はアンパンマンを越えていた。アンパンマンは顔が濡れると役に立たなくなるが、この男は顔が濡れてもパワー全開で戦っている。


人間バカになったときに強くなる。そしてそれが誰かのためにだとしたら無敵になる。


3号は汚水まみれになりながらもちょっと感動していた。

原因は紙おむつだった。ちょうど汚水管が九十度に曲がったところに数枚の紙おむつが詰まっていた。

切断部分をジョイントの部品で接着し直して床下の作業を終え、床の上に這い上がる。明るい所に出ると、二人は完全に地獄から這いずり上がってきたゾンビである。

保育部屋の方で幼児たちが喧嘩をしていて誰かが「くそじじい！」と叫んだ。一瞬自分たちのことを言ったのかと思った。

先生が物凄い勢いで新聞紙を玄関まで敷き詰めてくれていたので、とりあえずレッドカーペットならぬニュースカーペットの上を伝って一旦外に出た。

園児が二人の姿を見つけると園内はパニックになった。怖くて泣き出す子供や、やっつけると言って攻撃してくる子供。いつの間にかアンパンマンからバイキンマンに格下げされていた。

外の水場で頭から水をかけて洗った。季節はもう冬の始まりである。凍えながら何度も洗ったが臭いが取れない。

仕方なくトイレに戻り素肌の上にジャンパーを羽織って、それから祈る気持ちでトイレのレバーを回す。

勢いよく流れた！

しかしここからが問題だ。

息を呑んで便器の中を見守る二人。

よし、今度は大丈夫だ。水はどんどん気持ちよく吸い込まれていく。

三回試した。

床も応急処置の縫合をして後日抜糸するという寸法だ。

やった！　我々二人の名ドクターが保育園という患者の大動脈瘤という難しい危険な手術に成功したのだ！

「もう大丈夫だよみんな！」

「わー、アンパンマン、ありがとう！」

「すげーアンパンマン」

「食パンマンもありがとう」

保育園一同が喜んだ。

バイキンマンの汚名は返上できた。ちなみに食パンマンとはアンパンマンの仲間で、ハンサムな正義の味方である。しかし今は二人ともどちらかと言うとカレーパンマンであったのだが!?

先生が「おなかすいたでしょ？　これ召し上がって」と差し入れをしてくれた。出してくれたものを見ると、なんとおにぎりと豚汁だった！

うーん、このタイミングに手で掴んで食べるおにぎりと、何かを連想させる豚汁

とは、「嫌がらせか、真心か、試練か？」二人は何度も考えた。親切が仇になると
はよく言ったものだが、そこは心優しきタコ坊、仇になっていることを感じさせな
いように有難く食べた。あんまりおいしそうに食べていたので先生が「お代わりす
る？」と聞いた。
「いいえ！　結構です!!」シンクロの選手より息がぴったりだった。
「ありがとう！」「またきてね！」「バイバイキーン！」「こんどいつくるの？」「か
えっちゃやだ！」と、帰り際には、園児総出で見送ってくれた。
先生も申し訳なさそうに何度も頭を下げた。
プロの水道屋なら、こんなドタバタ騒ぎはなかったかもしれない。しかし園児に
とっても、先生にとってもこの一日の出来事は、ずっと忘れられない大変で可笑し
かった思い出として記憶に残ることだろう。そして便利屋の二人にとっても。

人生とは不思議なもので、大変だったことも、辛かったことも、苦しかったことも、後になってみればみんな「可
笑しかった話」になってしまうのだ。

二人とも稽古には完全に遅刻だったが、いったん便利屋に戻ってシャワーを浴びて着替えてから稽古場へ向かった。須々木はありったけの缶ビールを飲み干し、テーブルに上半身を投げ出し、電話機を枕に眠っていた。

案の定チッチがプンプンしながら

「よっちゃん、タコちゃん、遅い！　何やってんの！　だいたい座長が……」と言いかけて「ん!?　何この臭い？」と、突然後ろに下がって壁にへばりついた。

二人は自分たちの臭いをくんくん嗅いでみたがもう既に鼻は馬鹿になっており、臭わない。

当然他の劇団員も異臭に気付き稽古場は騒然となる。その日はまったく稽古にならなかったことは言うまでもない。

岡野と涌田はにやにやしながら「どうしたチッチ！」と囲むように近づく。

「キャー！　来ないで！　あっち行ってー！　バカー！　くそじじい！」

第九話　「便利屋4号登場！　驚愕の真夜中の掃除」

一九八八年当時はバブル全盛期。地価が高騰しているにもかかわらず、建設事業の勢いは東京ドームを筆頭に留まるところを知らず、公団や都営住宅の新築ラッシュがあちこちの工事現場で人手不足を発生させていた。

もともと便利屋の仕事がない時は、水道屋、電気屋、大工、足場屋、ペンキ屋、内装屋、建具屋など様々な業種の「手元」という仕事を請けて日銭を稼いでいた。

仕事内容はいたって単純で、簡単に言えば職人さんの無駄な手間を省くためのアシスタントだ。材料を運んだり、セメントをこねたり、穴を掘り続けたり、掃除をしたり、休憩のたびに職人さんの缶コーヒーを買いに行ったり。そんな誰にでもできる学生のアルバイトでも十分な仕事だ。手を抜こうと思えばいくらでも抜ける。

しかしそこは志ある三人。ただぼんやりと言われた仕事をこなすのではなく、いつかはその専門の技術を身に付けようと、必死に職人さんの技を目で盗んでいた。

何とかあの職人技のツボとコツを聞き出せないものか？　三人は職人さんの技術

に大袈裟に感動し、褒めちぎり、その行為と交換するかのようにテクニックのコツを聞いた。きっと聞いたのがもし弟子だったら、「お前には十年早い」と、何も教えてくれなかったかもしれない。口で教えるのではなく、背中で語るのが職人気質というものだ。

しかし職人さんたちも人の子。便利屋に褒められたせいなのか、むしろ嬉しそうに、教えるというよりも「ちょっとした自慢話」といった感じで、親方について十年がかりで習得した、決してお金では買えないような技やコツを教えてくれた。

どうせ教えてくれるわけがない、とはなから疑ってかかるよりも、僅かでも可能性があるのならアタックしてみることだ。それでだめならどうする？　やり方を変えてもう一度アタックだ！

ところでその一見難しそうに見える職人さんの仕事も、コツさえ何とか掴んでしまえば、そして専門の道具さえ揃えられれば、見様見真似でもある程度プロっぽくできてしまうもので、これは目から鱗だった。素人には無理だ、というのは実は誤った先入観で、水道の配管でも、電気工事でも、壁紙の張替えでも、また簡単な大工仕事でも、もちろん職人さんに比べればまだまだ出来栄えも違えば、倍以上の時間はかかってしまうものの、数年後には自分たちで直接仕事を請けられるまでに立派に成長していくのだった。

同じ人間がやれることなら、俺たちにもできないはずはない。一つの業種の道を深く極めることもプロではあるが、浅いレベルでも広い業種のノウハウを身に付けることもまたプロフェッショナルだと思う。それが便利屋だ。

その成功の立役者がタコ坊に新加入した4号こと羽嶋之雄だった。彼がいなければその後の便利屋の経済的な発展はなかったかもしれない。

羽嶋は、3号岡野の高校時代の同級生で、岡野と同じく愛知県一の進学校の落ちこぼれ組だった。「鶏頭牛後」という諺があるが、二人とも牛のシッポだった。いや、シッポにたかるハエ？

勉強はからっきしダメなくせに、岡野ほど人生に冒険心はなかったので人並みに受験し、とりあえず関東の私立大学に通っていた。が、四年間の学生時代をボーっと過ごし、なんとなく就職した弱小広告会社の営業にもすぐに嫌気がさし、そのうち何の取り柄も夢もない自分に呆れ、暇があればパチンコで時間を潰すという毎日を送っていた。

しかし何の取り柄もない人間などいるはずもなく
彼はただ自分の活躍できる場所を見つけられないだけなのだ。

まあそんなわけで、有意義とは言えないお気楽な学生時代を卒業した羽嶋は、社会という厳しい現実の陸に上がってしまったイカのように、もうすぐ干上がってスルメになってしまうところをたまたま劇団を立ち上げた岡野に声をかけられたのだった。まだ便利屋を始める前のことだ。

「もしもし、羽嶋？　俺、岡野だよ。元気してる？　ねえ、明後日の土曜日は暇？久しぶりに飲もうぜ。実は今度劇団の旗揚げ公演やることが決まってさ、よかったら稽古見に来てその後で劇団の連中と一緒に飲まない？」

「へー、ついに劇団公演するのか。やっぱりお前は面白いな。わかった、土曜日だな。会社も休みだから行くよ」

羽嶋は、久しぶりに同級生に会えることが少し嬉しかった。しかも自分と同じ落ちこぼれ組の岡野。彼が自分よりも適当な人生を送っていることが、何となく今の自分には慰みになる。羽嶋はそう思った。

約束の土曜日、羽嶋は岡野の劇団の稽古場へ向かった。稽古場と言っても高田馬場界隈の公共施設で、区民会館とか児童館とかそういった場所に「ボランティア児童劇団サークル」などと名前を偽って稽古をしていた。そういった施設は通常、営利目的の劇団には貸してはくれない。東京ではまともな稽古場を借りるだけでもかなりのお金がかかるので、少しでも安く抑えるために「ボランティア」ということにして、極力安く借りられるところを転々としていた。

その日は新宿区民なら誰でもただで借りられる区民館の集会室だった。

「おー羽嶋！　来てくれたか。おーい、みんな集合。紹介する。高校の同級生の羽嶋、通称『はし君』です！」

「はし君！　こんにちは。私チッチ、よろしくね。製作とか音響とかいろいろやってまーす！」

すぐにチッチが愛想よく羽嶋に言葉をかける。つられて役者たちも挨拶する。こんなふうにたくさんの人に歓迎されたのは久しぶりだった。

「あ、羽嶋です。今日は見学でお邪魔します」

「じゃあ、そこに座って見てて。あ、チッチ、はし君にコーヒーか何かいれてあげて」

チッチが家から作って持ってきたコーヒーをポットから注いで羽嶋に渡す。

「どうぞごゆっくり」

男にはそんなことに気付く余裕はなかった。

「あ、すみません」

コーヒーもそうだが、それよりもみんなの気持ちの方が温かかった。

岡野がチッチと目を合わせてにやりとする。よく考えてみれば、この手厚いおもてなしぶりは何か裏があるのでは？　と思いそうなものだが、干からびていたイカ男にはそんなことに気付く余裕はなかった。

「じゃあ、二幕の頭から行くぞ！　暗転から明かりが点いて……よーい、スタート！」

岡野が別人のように真剣になる。

「では、みなさん、そういうふうに川だと言われていたり、乳の流れた後だと言われていたりした、このぼんやりと白いものが何か……」

役者の男が演技を始める。他の役者たちが動く。台詞を吐く。時には静かに、時には激しく。

「違う違う、そのセリフはもっと遠くから聞こえるように……」

岡野が熱く語る。音楽が鳴る。役者たちが踊る。歌う。

みんなきらきらしていた。稚拙な台詞に稚拙な演技だったが、羽嶋には十分過ぎるほど眩しく輝いて見えた。

同じ負け犬だと思っていた岡野のことが何だか遠くに感じた。

稽古が終わった後で岡野が羽嶋に言った。

「どうだった？」

「うん、何かよくわかんねえけど、マジでちょっと感動した。凄いよ」

「そうか、それは嬉しいよ！　ありがとう。じゃあさ、ついでにお前にもこの感動に加わって欲しいんだよね」

「は？　俺が？　俺役者なんか無理、無理」

「誰が役者やってくれなんて言ったよ。お前にしかできないことを頼みたいんだよ」

「俺にしかできないこと？」

「そう、お前さ、高校の頃から絵を描くのが上手かったじゃん？」

「いや、たいしたことないよ」

「でさ、大道具……つまりこの劇団の美術を担当してくれないか？」

「劇団の美術!?　いや、俺なんか無理だって」

「そんなことないよ。お前は自分の才能を過小評価しすぎだよ。お前はまだ自分の正体に気付いていないまるで醜いアヒルの子だ。お前は眠れるゴッホなんだよ！」

岡野が三文役者のように大袈裟に語る。

「ゴッホ？　そりゃあ言いすぎだろ！」

「じゃあ、エゴン・シーレ！」

「誰だそれ？」

「んじゃあ、山下清」

「放浪者じゃねえか！」

「まあ、つまり天才だってことだよ」

「いや、天才なわけないけどさ、美術ってどんなことやるんだ？」

「舞台の大道具を全部段ボールで作りたいんだ。ダンボールにペンキ塗って、どこかチープだけど温かみがある舞台にしたいんだよ。等身大のジオラマって言うかさ、人が乗っても壊れないピアノ、町の街灯、回転木馬、そこに手回しオルガンを弾きながらネコが登場して……」

岡野は舞台に上がってそれぞれのイメージを空間に描いて見せる。

「岡野、馬鹿言ってんじゃねえよ。俺は会社だってあるし、第一お前、俺のこと買い被ってるよ。俺にできるわけがないだろ」

羽嶋は突然の予期せぬ誘いに戸惑っていた。

「まあまあ、はし君。そりゃあ突然言われても何だよな。よし、今の話は忘れてくれ。とりあえずみんなで飲みに行こうか！」
「おー！」
みんなで居酒屋に移動した。羽嶋は自分を頼りにしてくれたことが内心嬉しくはあったが、もともと小心者であるが故に、この話は断ろうと思った。安定した生活を捨てて夢なんか追いかけるのは自分の柄じゃない。しかし羽嶋の最大の特徴は、体にアルコールを入れると突然ジキルとハイドのように人格が変わってしまうことだった
たっぷり酒が入り、宴会が最高に盛り上がった頃、羽嶋はいきなり立ち上がり
「よし、大道具は俺に任せろ！　何でもやっちゃうよ！　なんなら俺が稽古場も作ってやろうか？　ダンボールでね！　がっはっは」
こんな調子だった。
結局飲んだ勢いで美術を引き受けてしまった羽嶋はそれから二か月間、自宅アパートでダンボールと、ダンボールにくっ付いて来たダニと悪戦苦闘を続けるのだった。

本番が近付いたある日、大道具の進行具合を見に羽嶋のアパートを訪れた岡野はアパートの扉を開けて驚いた。六畳一間のワンルームにダンボールの作品がギッシリ。そして、まだ使っていない段ボールの束と、ダンボールの切りくずが足の踏み場もないほどいったいどこで寝ているのか？　まさかこんな状態で製作していると は岡野は考えてもみなかった。

しかし何より目を見張ったのは製作物の出来栄えだ。それは、岡野の予想をはるかに上回るプロの仕事だった。ピアノはうっとりするような美しいフォルムに本物を思わせる質感、蓋を開ければちゃんと鍵盤がある。回転木馬にいたっては未完成にもかかわらず、もう芸術作品としか言いようのないできだった。

正直岡野は感動していた。羽嶋にこんな才能があったなんて、先日お前は天才だとは確かに言ったが、いや、本当に凄い奴だ。

「羽嶋！　ひょっとしたらお前は天才じゃないの⁉」

段ボールのくずの中に埋もれながら作業をしていた羽嶋は、今の一言であの時に言われた言葉はでまかせだったことに気付いたが「お前にまんまと嵌められたよ」と岡野の方を見て照れくさそうに笑うと、またカッターナイフでダンボールを削る作業を黙々と続けた。

こうして羽嶋もやっと何かを見つけた。まだ自分の人生を決定づける確かなものではなく、ぼんやりと輪郭がぼやけた「何か」ではあったが。

旗揚げ公演における美術の評価は言うまでもなかった。そして羽嶋は、正式な劇団の一員として迎えられ「ダンボールの魔術師」という称号を貰った。これが羽嶋之雄の人生の転機だった。

良い方に変わったのか、さらに悪い方に変わったのかは本人にしか知る由はないが、間違いなく彼の人生の方向が大きく変わった瞬間だった。

劇団なんかに足を突っ込むと、まともにサラリーマンなどはやっていられなくなる。やっていけないからサラリーマンを辞めたとしても、劇団では食っていけない。しかしサラリーマンを辞めても都合がいいことに便利屋という仕事がある。都合がいい時に働いたり都合がいい時に休んだりできる。本当に都合がいい。

羽嶋は二回目の公演までは何とかサラリーマンという安定をつなぎとめながら劇団を続けていたが、やがては海の浸食によって岩山も崩れてしまうように、気が付くと会社を辞めて、正式な便利屋の一員になっていた。

「あんた、大学まで出て、劇団とか便利屋とか、何を考えてるの！」

と、親に叱られたことは間違いない。羽嶋の実家は田舎のショッピングセンターで惣菜屋を営み、三十円の豆腐を売って五円の粗利。それでも何とか上京する息子のために四年間学費をひねり出してくれたのだ。

しかしこの羽嶋の加入が、便利屋を大きく成長させた。天性の手先の器用さ、コツの掴み方、技術を習得するスピード、美的感覚、何をとっても一流だった。襖、壁紙、絨毯の張替え、フローリング工事、左官、とにかく何でもできるこの男のおかげで便利屋のクォリティが格段に上がった。課題だった例の西葛西の不動産屋からも、賃貸の引っ越し後の内装やリフォームの依頼がどんどん舞い込むようになった。そして羽嶋も水を得た魚のように夢中で働いた。働くことが楽しかったし、嬉しかった。いつか陸に上がって干からびていたイカが、もう一度海に引きずり込まれて、今度は元気なタコに生まれ変わっていた。

便利屋タコ坊４号の誕生だ。

ただし酒を飲むと人格が変わるということの他にもう一つある欠点は、自分たちで会社を経営していくには物凄く小心者でネガティブ思考であったことだ。しかし四人とも能天気でおっちょこちょいよりも、一人くらいは慎重でブレーキ役になる人間がいたほうが、かえって便利屋にはよかったのだった。

それから4号の欠点がもう一つ。暇ができると金もないのにパチンコをする癖。

これは一生直ることはないだろう。


4号は入社して以来、職人の仕事ばかりを任せられ、本来の便利屋ならではの奇怪な依頼の洗礼はまだ受けていなかった。だからこの日入って来た飛び込みの仕事も、当然普通の依頼だと思っていた。


「はい……今晩……事務所が引っ越した後の掃除ですね。じゃあ、今から見積もりに行きます」

岡野が電話を切って「ちょっと行ってくる」と、自転車で新小岩に見積もりに出かけた。

木枯らしが顔に当たって冷たい。しかし免許を持っていないからしょうがない。

大通りから一本奥に入ったところにある細長い小さなビルの四階だった。ワンフロアに一社しかなく、広さはちょうど学校の教室くらいで、何の会社なのかはよくわからなかったが、普通の事務仕事をしている感じだった。

「どれくらいゴミは出ますか？」

「そうですねえ、荷物は全部持って行くからダンボールがちょっとと、いらない書類や本とか雑誌ぐらいかな。それで床とか壁とか汚れてるところは拭いてくれる？」

三十代後半くらいのいかにも公務員のような雰囲気の真面目そうな男性だった。

「ええ、わかりました。後は水廻りとサッシですね。エアコンとか換気扇はどうしますか？　別料金になりますけど」

「エアコンとかサッシはいいです。水廻りも簡単でいいかな。床と壁が綺麗ならね」

ということは、通常の掃除料金に粗大ゴミの処理分を足して、どうせ値引きしてくるだろうからちょっと高めに
「わかりました。それなら、八万円でやらせていただきますがいかがですか？」

「オーケー、じゃあお願いします。今現金で払っておくからね」

そう言って封筒に入った現金を岡野に渡した。数えてみると一万円札が十枚入っていた。

「え、十万円ありますけど」

「ええ、その代わり引っ越してしまうから終了の確認ができないけどしっかりお願いしますね」

「はい！　もちろん！」

「あ、それから一つだけお願いがあるんだけど、深夜十二時を過ぎてからこの部屋に入ってください。ちょっと社長が縁起担いでるからさ」

「はい、深夜の仕事は慣れてますから任せてください」

「鍵はガスメーターの所に置いておくから。じゃあ、くれぐれも十二時過ぎにね、それだけはよろしくお願いします」

「はい！　わかりました」

やった！　なんていい人だ。岡野は勢いよく自転車のペダルを踏んで事務所に戻った。

「えー！　壁と床拭いて十万⁉」

須々木と羽嶋が声をあげて驚いた。この時期1号の涌田は、北島三郎ショーの時代劇の斬られ役に出演していて、仕事を休んでいた。

涌田は岡野が劇団を立ち上げる以前から、年に一か月間だけ新宿の歌舞伎町にあった「新宿コマ劇場」で行われる北島三郎ショーに殺陣役者として出演していたのだ。サブちゃん側から依頼が来た理由は、決して涌田の殺陣が上手かったからではなく、おそらく顔が見事な悪人面であったからだと思われる。

「三人でやれば一、二時間で終わるだろ」

　岡野がそういうと須々木が
「じゃあ、俺とはし君二人でいいよ。岡野は次の公演に使うでっかい絵を夜中に石山さん家で描いてるんだろ？」

　その絵というのは岡野の心象風景だったので、これだけは美術の羽嶋には頼まずに、ペンキ屋の石山の作業場を借りて、何とか自分で描いていたのだ。

「えー、そうだけどでも深夜十二時からだぜ。三人の方がいいんじゃない？」

　一応申し訳なさそうに岡野が言うと、今度はいつもはネガティブなことばかり言う羽嶋が「いいよ、いいよ。俺と忠ちゃん二人でも二時間あれば終わるよ。楽勝だよ」と言った。

　本当は「三人で一緒にやって、とっとと終わらせようぜ」と言いたかった。そもそも十二時を過ぎてからという条件が不気味で嫌な予感がしたが、たまには男気のあるふりをしてみた。

「そうか、悪いな。そこまで言ってくれるならじゃあ俺は絵を描かせてもらおうかな」

　すかさず岡野が答える。

まあ、しかしそんなにたいしたことはないと、この時は誰もこの後に起こる事態を予想できなかった。いや、できるはずがない。

そして十二時過ぎ、須々木と羽嶋が現場に到着した。大通りから一本奥に入るだけで急に夜の闇の量が増す。酔っぱらっているのか帰る場所がないのか、二つ隣のビルの入り口にフードを頭からすっぽり被った誰かがうずくまっている。闇には必ず何かが潜んでいるものだ。

二人は掃除道具を持ってエレベーターで四階まで上がり、ドアの隣にあるメーターボックスの扉を開けて、ガスメーターの所にあるカギを取る。須々木がもう一度時計を見る。確かに十二時十二分。「よし」　鍵穴に鍵をさし込み右側にひねるとカチンと音がしてドアが開いた。

開けた瞬間、何かが須々木の鼻を襲った。異臭だった。

「何じゃこりゃ……」

須々木は思わず声に出すが、中は真っ暗で何も見えない。ただ臭いと言うよりも恐怖を煽るような嫌な臭いだ。

「どうした、忠ちゃん！」

羽嶋はワンテンポ遅れて異臭に気付く。

「う、何だこの臭い」

強烈に生臭いその異臭が二人に鳥肌を立たせ、心拍数を高め、恐怖を与えた。間違いなく本能的に危険を知らせる臭いだ。

いったいこの部屋で何が起きているんだ！

須々木が手探りでスイッチをさがして電気を点けようとしたが反応しない。ブレーカーが落ちているのだ。

「忠ちゃん、車から懐中電灯取ってこようか？」羽嶋がそう言ったが須々木が「いや、ちょっと待って」と天井近くの壁を探った。

「たいがい玄関の扉の上辺りに……あった」

須々木はブレーカーを見つけると、恐る恐る通電させた。

次の瞬間、蛍光灯が一斉に明かりを灯し、異臭の原因である異様な光景が目の前に現れた。

がらんとした教室大の部屋の中央に、首を切られた鶏の死骸が山積みにされている。よく見ると頭の方も部屋のあちこちに転がっている。

さらに二人を凍り付かせたのは、壁一面にいたずらに書かれた血の文字だった。

いったい何語で書かれているのかは分からなかったが、奇妙な見たこともない文字が呪文のように書き殴られていた。

そこはただの事務所ではなく、新興宗教の事務所だったのだ。信じがたいことだが、最後に何かの儀式でも行ったかのような光景だった。

狂っている。これはまるでナチスのアウシュビッツではないか！　切られた頭のいくつかが、今にも「クワァーッ」と鳴き出しそうだった。

羽嶋の手からバケツが落ちる。

後ろでバタンと玄関のスチールドアが閉まる。

「ひ〜っ！」

二人は驚いて縮み上がった。

その頃岡野は、絵の制作はそっちのけで公衆電話ボックスの中にいた。劇団員の稲筑葉子に電話をかけていたのだ。葉子は岡野が昔のバイト先で知り合った友人で、岡野より四つ年上だ。彼女もまた岡野によって劇団に巻き込まれた被害者の一人だった。実は岡野は密かに葉子のことが好きで毎晩のように電話をしていた。彼女は横浜に住んでいたのでテレホンカードの数字が見る見る減っていくのが岡野は悲しかった。岡野の少ない給料のほとんどはこの電話代に消えていた。

「えー、じゃあ忠ちゃんとはし君が今仕事してるの？　おっさんは行かなくていいの？」

彼女は何故か岡野のことをおっさんと呼ぶ。

「あー、もう全然楽勝。一時間くらいで終わるんじゃないかな」

「へー、ならいいけど」

「ねえ、それよりさあ今度の芝居の例の絵、石山さん家の部屋借りて描いてるんだけどさあ、思ったよりいい感じなんだよね。結構できてきたから今度見に来ない？」

「えー、でも石山さん家でしょ？　悪いよ」

「あー、全然大丈夫。平気、平気、石山さん家みんないい人でさあ……」

などと浮かれて、いつも自分の話ばかりしてしまう岡野であった。それを葉子は楽しそうに「うん、うん」と聞いている。

一方その頃涌田は、そんなことが起こっているとはつゆ知らず、切られ役の仲間たちと公演後のお決まりになっている新宿のカラオケで、プロ顔負けのコブシを効かせながら歌っていた。

「へいへいほ～、へいへいほ～」

「よ！　タコちゃん日本一！」

「次、サザン歌って！」


結局、二人が帰って来たのは翌日の昼だった。

「お帰り！　遅かったね。あの後どこかで朝まで飲んでたの？」

岡野が能天気に聞く。

「……」

沈黙の二人に岡野も気づく。

「え！　うそ、まさか今までかかってやってたの？　何で？　何があった⁉」

羽嶋はこの十二時間で便利屋という仕事の真の恐ろしさを初めて痛感したのだった。と同時に、自分の人生がこの岡野芳樹という男に調子よく巻き込まれ、既に無難な人生が崩壊していることに気付いた。

「やっぱりお前にまんまと嵌められたよ」

二人は精も根も尽きていて、説明する余裕もなく死体のように眠った。

そしてその晩、腹が減りすぎて起き出してきた二人から事の顛末を聞いて岡野は青ざめる。洒落ではなくまさに鳥肌ものの話だった。だから前金で十万円もくれたのか。


理不尽なことこそ真剣にやる。

そうやって精神は磨かれていくのだ。


いつもより遅い時間、便利屋母ちゃんが二階の三人に声をかける。

「お待たせ、ご飯できたよ！」

母ちゃんは毎晩貧乏な三人のために栄養満点のご飯を作ってくれる。いや、普段は四人だ。

三人は階段を下りて台所のテーブルに着く。

香ばしい香りが漂っている。

「遅くなってごめんね。今日はね、ちょっと時間がなかったから、奮発して買ってきたのよ。ほら、フライドチキン！　大好きでしょ！　広幸には内緒だよ」

「チキン!!」

母ちゃんの嬉しそうな顔に、須々木と羽嶋は込み上げてくる何かを必死で押さえながら、引きつって笑うしかなかった。岡野は先月の保育園のことを思い出していた。もしかしたら神様はいるのかもしれない。だってこうして三人に平等に試練を与えてくれるのだから。そして一人にやにやしながらチキンをパクつく。

「母ちゃん、やっぱりケンタッキーは最高だね！」

その頃涌田は新宿のカラオケで
「エリー、マイーラ～ブ、ソースィー
ウォ～ベイベー、エー、リ～」

第十話　「便利屋探偵物語。軽とベンツ、クリスマスのカーチェイス」

便利屋タコ坊は朝八時に始まる。といっても基本は二十四時間営業だが、もちろん二十四時間誰かが起きているわけではない。起きているどころか起床時間の七時半を過ぎても誰一人起きるものはなく、目覚まし代わりにステレオにセットされているマドンナの「トゥルー・ブルー」がリピート機能で延々と鳴り響く。そこに便利屋母ちゃんの物干し竿が登場し1号が竿で突つかれる、という具合だった。

そして今日も無事に便利屋タコ坊は朝八時に始まる。

「おはようございます！　よし、じゃあ今日の仕事の確認」1号涌田が仕切る。

時は一九八八年、歳の瀬も迫った十二月。街は毎年恒例の世界一有名な誕生日会に向けて、陽気にジングルベルが鳴り響いていたが、便利屋タコ坊にはクリスマスなどまったく関係がなかった。

「須々木と羽嶋は市川の○○マンション二〇一号室の内装工事。鍵は昨日渡してあるよね」

「オッケー、鍵は大丈夫。壁紙はいつもの柄でいいんだよね？」と須々木が聞き返す。

「おう、材料はＡＢ商店から届いてるぞ。それから網戸の張替えもあるから道具忘れるなよ」

「ラジャー」

「岡野は例の尾根田のお婆ちゃんの白髪抜きね。終わったら市川の現場に合流してくれ」

「え？　白髪抜きって何？」羽嶋が岡野に尋ねる。

「あ、そっか。はし君はまだ行ったことないもんね」

「そんな仕事もあるの？　白髪なんか自分で抜けるんじゃないの？」

「いやあ、ときどき依頼してくれるんだけどさ、白髪を抜いて欲しいって言うのは建前で、一応初めの五分くらいはお婆ちゃんの後ろに正座して白髪を抜くんだけど、ほんとは話し相手が欲しいだけなんだよね。だから白髪抜きはすぐに止めて、一緒にお昼ご飯食べながら二時間くらい話を聞いてあげるのよ。しかもずっと戦争と死んだ旦那さんの話。なんか可愛いでしょ」

「いや、可愛いかどうかは分かんないけどさ、へええ、そうなんだ」

「じゃあ、次回は４号羽嶋君、君が行ってみたまえ！　工事ばっかりじゃ飽きて来ただろ」

「いや、俺はそういうの無理。俺だったら気の利いた相槌も打てないから、ただ黙々と白髪を抜いちゃうよ」

「そりゃあまずいよ。だってお婆ちゃんほとんど白髪なんだから、毛がなくなっちゃうよ！」

朝から大事なお客さんをネタに大盛り上がりする不謹慎な四人だった。

「じゃあ、みんな現場に行ってくれ。俺は一件集金と二件賃貸住宅の内装の見積もりに行ってから夕方にはそっちに合流する」

三人は真っ赤な便利屋ジャンパーを羽織って事務所から出ようとした。と、そこに電話が鳴ったので、三人は無意識に電話を取った涌田を見る。

「はい、便利屋タコ坊です。はい、そうです。ええ、ええ、はい？　浮気調査!?」

浮気調査って何だ？　ついに来たか！　憧れの探偵業！　三人は顔を見合わせてからテーブルに戻ろうとする。涌田が左手の腕時計を指さしながら「じ、か、ん」と口パクで怒鳴る。

「あ、はい、もちろん大丈夫ですよ。詳しくお聞かせください……」

三人はその続きを聞きたかったが、しぶしぶ事務所を後にした。

3号は自転車にまたがって尾根田さんの家に向かう。

2号と4号は材料や道具を便利屋カーに積み込んで2号の運転で市川の現場へと急ぐ。

「忠ちゃん、浮気調査とかよくあるの？」

「いや、初めてだね」

「まじで？　そんなことできるの俺たちに？」

「さあ、でもワクワクするねえ。かっこいいじゃん、『探偵物語』！」

「忠ちゃん、そんなドラマみたいにうまくいかないから」

「やっべえ、こんな軽トラックじゃなくてベスパに載らないと！」

「いや、それは松田優作だから。それにベスパは原付、工事道具乗らないから」

「それから赤いシャツに白ネクタイと黒のスーツに黒いハットもいるな……」

「だからそれは松田優作。それじゃあ壁紙張れないから」

突然2号がタバコ屋の前でブレーキを踏んだ。

「はし君、煙草まだある？」

「ああ、俺は大丈夫だけど」

2号は車を降りてタバコ屋のガラス窓を開けてでかい声をあげて言った。

「おばちゃーん、キャメル頂戴！」

だからそれは、松田優作だっての！　あんたはいつもロングピースでしょ！


その頃1号は、浮気調査を依頼してきたクライアントが待ち合わせ場所に指定した新小岩の喫茶店に着いていた。ベスパではなくスズキのバイクで。

喫茶店はいかにも昭和の喫茶店という感じで、見た目よりも奥に広く、店内はがらがらでそれらしき依頼人は一番奥の四人掛けに座っていた。有線でカルチャー・クラブの「カーマは気まぐれ」がかかっていた。

「黒木さんですか？　タコ坊です」

探偵っぽく可能な限り最も低いトーンで話す1号。

「はい、黒木です」

その女性は結構な大柄で、四十代後半くらい。化粧っ気はなく、髪質も傷んでおり、地味な色のカーディガンを羽織っていた。表情は暗く、もし運がいい顔と悪い顔があるとしたら、確実に後者の方だった。

注文したコーヒーが来るまでは依頼の話題を避けた。コーヒーが来て、店員が去ってしまってから本題に入った。

「それで奥さん、依頼の件ですが」

「ええ、電話でも話しましたけど、主人が浮気してるみたいなの。これが主人の写真です」

旦那の方も恰幅がよく、あまりにも似合っているパンチパーマがその筋の職業を思い起こさせた。まさか……。

「ご主人の仕事は？」

「うちはね、花輪屋なの」

「鼻輪？」

1号は牛の顔を思い浮かべた。

「ほら、葬儀とかの」

「ああ、そっちの！」

「え？　どっちの花輪だと思ったのよ」

「いえ、あの、開店祝いとか」

「そっちもやってるわよ！」

「……でしょうね」

今さら牛のことは言えなかった。

「それで何か浮気している具体的な証拠みたいなものは？」1号がメモを取りながら尋ねる。

「証拠？　証拠はないけど間違いなく浮気してるのよ。夫婦だからそれくらい分かるわよ」

「その、怪しいと思われた何かきっかけみたいなものは？　たとえば最近急に帰りが遅くなったとか、朝帰りだとか」

「だからそんなの夫婦だから分かるって言ってるじゃないの！　帰りなんかいつも遅いし、いつだって怪しいのよあの人は！」

気が短いのか突然目が鋭くなって苛々し始めた。

「それに相手だってだいたい分かってるんだから！」

何！　それは有力な情報だ。

「誰ですか？」

「錦糸町のスナックの女よ」

彼女は世界で一番不味いものを口にしたかのような苦々しい顔で言った。

その日の夕方、1号も3号も市川の内装工事の現場に合流していた。壁紙の張替えなどの大きな仕事はだいたい終わり、1号涌田が買って来た弁当をみんなで食べながら浮気調査の依頼の詳細を聞いている。

「で、そのスナックに旦那は必ず水曜日には行くらしいんだよ」

「水曜日？　っていうと」3号岡野が息を呑む。

「そう、今日だ。だから飯食ったら羽嶋、一緒にそのスナックに行くぞ！」

「ゲホッ、はあ？　何で俺？」4号羽嶋が喉を詰まらせる。

「涌田、俺が行こうか！」2号須々木が珍しく名乗りを上げる。

「忠、お前は駄目だ。お前は酒飲んだら何も喋らなくなるだろ？　かえって怪しまれる」

「あちゃー」2号が悶えながら死ぬ。

「でも、お前にも重要な任務がある」

「お、何だ？」2号がむっくり生き返る。

「ターゲットはいつも七時には店に行くらしいから、今からバイクで行くしかない」

「うん、うん」張り切る2号。

「で、スナックで酒を飲むわけだ」

「そんで、そんで」

「すまん、いったん便利屋に車で戻ってから電車で店までバイクを取りに来てくれ。合鍵が事務所にあるから」

「あちゃー」2号は二度死ぬ。

「じゃあ、岡野は？　岡野の方が適任じゃん！」羽嶋が食い下がる。

「ごめん羽嶋、俺今から劇団」

「お前この間公演終わっただろ？」

「終わった後もいろいろあるんだよ」

「というわけだよ便利屋4号」

にやりと笑い、嫌がる羽嶋を後ろに乗せ、涌田は錦糸町にバイクを走らせた。


午後七時過ぎに錦糸町のスナック「アカシア」に着いた。表の大通りは華やかなイルミネーションとクリスマスソングで賑わい、仲睦ましそうに親が子の手を引いて歩いているが、そこから一本奥に入ると怪しげなイルミネーションと五千円ぽっきりの呼び声で賑わい、インチキ臭いお兄さんが二人の手を引っ張ってくる。

ミニスカートのサンタのお姉さんの誘惑を断ち切って1号と4号はスナック・ア

カシアに入る。「情報によると相手はちいママらしい」と羽嶋に小声で伝える。ちいママとは小さいママでママの次という意味だが、事実上店のナンバー1のことだ。

もう既にターゲットはいるんじゃないかとドキドキしながら扉を開ける。

「いらっしゃい」髪を上げた中年のママと、赤いワンピースを着た酒井法子似のきれいな女性。そして紫の布のようなものをまとった肥った女……もしくはナスの着ぐるみ、いや、紫のサンタか？　つまり合計三人がいた。間違いなくあの赤いワンピースの娘が浮気相手だ。

既に常連と思われるスーツの中年の男が一人カウンター席にいたが、ターゲットの黒木という男はまだのようだ。

ママが二人のことを一見の客と察し、しかも小汚い作業着であったためナスの着ぐるみの方を送り込んできた。「まほでーす、ヨロシク〜」そしてこの女がよく喋る。根掘り葉掘りいろんなことを聞いてくる。

4号は水割りを一気に飲み干すと「あ、俺は之雄。でこいつはタコ坊。タコちゃんって呼んでやってよ」あんなに来るのを嫌がっていたのに、羽嶋は酒が入るといきなり饒舌になる。しかも性格が一八〇度変わる。

「じゃあ、タコちゃんに乾杯！　でも何でタコちゃんて言うの？」

「え？　そんなの顔みりゃ分かるじゃん！」と4号がはしゃぐ。

「あ、ほんとだ！　って、もう嫌だあ之雄ったらー。きゃははは」

くそー、てめえだって「まほ」じゃなくて「まーぼ」だろが、このマーボナスが！

と1号は思ったが、いかん、これは仕事なんだ仕事、冷静に。

「ねえ、まほちゃんがちいママ？」涌田は尋ねながら煙草をくわえる。

「えー？　ちいママはみゆきちゃん」と言ってまほは、赤いワンピースの娘を指さしてからライターで1号の煙草に火を点ける。思った通りだ。

客が入って来た。これも常連のようで、みゆきがご主人様を待ちわびた子犬のように駆け寄って行く。可愛い……しかしターゲットではない。

時計は八時半を過ぎる。マーボナスは水割りをじゃんじゃん作る。4号はガンガン飲んで、どんどん出来上がっていく。旦那は来ない。

「何か歌ってよ」まほが言うと「よーし、んじゃあ歌っちゃうよ！　ママ、五番街のマリー！」と4号が歌い出す。

何やってんだ！　歌ってる場合じゃないだろ！　しかも暗い歌だし下手過ぎる！

その時また客が来た。しかも体格がいい。ついに来たか？　しかしママと立ち話をしていて顔がよく見えない。こっちを向け！　こっちを向け！　1号は念じた。

向け、向け、こっちを向けーっ！　向いた！

全然別人だった！

「ねー、今度タコちゃんも歌ってぇ」

「ちくしょー、よし、歌ってやる」

「タコさん、何歌う?」とママ。

「北島三郎の『祭り』！」

するとママが「わーっ、サブちゃん大好き」と喜んだ。


涌田はの歌の上手さは並外れていた。さすがバンドのボーカルをやっていただけのことはある。店は盛り上がり、ママは感動し、涌田は気持ちがよくなり、今までの緊張の糸がぷつんと切れて酔っぱらった。

「次はサザン行ってみよーか」と羽嶋が煽る。他に歌う客がいなかったのとちいママみゆきが酒井法子のスマイルで褒めてくれたので、それから1号は調子に乗って三曲歌った。


気が付けば夜の十時前で、涌田はいったん外に出て公衆電話から奥さんに電話を

かけた。今日は旦那さんが現れなかったことを告げると
「そうなのよ。今日はもう家で寝てるわ」

え、そーなの？　じゃあ、早く言ってよ！　と言われてもケータイのない時代である。

お会計は三万九千円！　何？　高過ぎる！　いくら経費を貰う約束をしているとはいえ、今日の空振りではさすがに全額請求するわけにはいかない。何故こんなに高いんだ？　涌田がテーブルに目をやると、注文した覚えのないフルーツが置かれていた。この手の店でフルーツは絶対頼んではいけない。

「羽嶋、お前何でフルーツなんか頼んだんだ！」

「いや、俺頼んでないよ。お前が頼んだんだろ？　確かまほちゃんそんなこと言ってたぞ」

やられた！　電話中にまんまとあのナスの着ぐるみにしてやられた。二万円を経費で請求して残りは自腹になった。

それから二日後の十二月二十三日の金曜日。朝早くに、また奥さんから電話が入った。

「涌田さん、今日よ。間違いない」

そう言ってこの前はガセネタだったでしょうが。とは言えなかった。

「そうですか、間違いありませんか?」

「ええ、間違いないわ」

「でも、明日はクリスマスイブだから明日の方が確実なんじゃないですか?」

「あなた馬鹿ねえ。そんな日に家に居なかったら絶対私に怪しまれるじゃない。浮気してる人のクリスマスは二十三日って昔から決まってるでしょ!」

え、そうなの? 知らなかった。

「今日三時過ぎに押上にある元請の葬儀屋に行って、帰りが遅くなるって昨日言ってたから間違いないわ。葬儀屋の帰りに会うつもりよ」

「そうですか。わかりました。葬儀屋の住所は?」


朝八時になった。

「というわけで、今日が勝負だ」

「ほんとに今日かなあ。明日のイブの方が怪しいんじゃない?」

「岡野、お前も馬鹿だなあ。クリスマスイブに家に居なかったら、百パーセント家族に怪しまれるだろ？　浮気する人間のクリスマスは二十三日って昔から決まってるんだよ」1号が得意げに言う。

「ほう、なるほど。説得力あるな」

「だからみんな、今日の内装工事は午前中で切り上げて、三時に押上の葬儀屋の近くで待機だ」

いよいよ探偵業務の本番だ。涌田鉄工所からトラックを借りて二台で追跡する。トランシーバーの代わりにFMワイヤレスマイクを使って無線で連絡する。しかし便利屋カーからトラックへの一方通行の上に、三十メートル離れると受信できない。

午後三時ちょうど、押上の葬儀屋の前に旦那の白いクラウンを確認した。

涌田と岡野が便利屋カーでクラウンが見える位置にて待機。須々木と羽嶋はたぶん帰り道に使うであろう大通りにて待機。

しばらく張り込みを続けるが、なかなか旦那は出てこない。腹が減っていたので、来る途中で買っておいたヨッテリアのバーガーをほおばる。1号はイタリアンホットサンドで3号はエビバーガーだ。

「岡野、お前海老アレルギーって言ってなかったっけ？」

「ああ、そうだよ」

「じゃ、何でエビバーガーなんだよ」

「ああ、海老のまだら模様が見えなきゃいいんだよ。だから寿司とかエビチリは駄目だけど、海老フライとかはむしろ好物だ」

「なんじゃそりゃ？」

「いや、何でなのかは俺もわからん。けどそうなんだから仕方がない」

「お前はすべてがうさんくさいな」

「そう言う涌田は口が臭い」

「はあ？　お前こそ足が臭い」

そんなことを言い合っていると、誰かが運転席の窓を叩いた。「ここ開けて！」

涌田はびくっとして窓を見ると警官だった。

「ここ駐車駄目だよ。ここで何してるの？」

すかさず3号が隣でヨッテリアの袋を口に当て「おえーっ」とやると
「すいません、こいつ乗り物酔いがひどくて。ちょっと休んだらすぐに車出しますから」と1号。

「ああそう。それはかわいそうだけど、ここは近所から苦情が出てるから、早目に移動してくださいよ」と立ち去った。

二人の阿吽の呼吸でピンチを免れた。

「危なかったな」と涌田が煙草を吸おうとしたその時
「おい、涌田！」岡野が葬儀屋の方を顎で指した。

クラウンが動いた。

涌田がエンジンをかける。

乗っているのは確かにターゲットだ。写真の男が一人で運転している。やっとお目に掛かれた。

案の定、大通りの方に向かう。大通りに出たタイミングで岡野が無線を入れる。

須々木たちに無線が届いたようで、涌田たちのすぐ後ろにトラックをつける。

ターゲットの真後ろではさすがに気付かれる恐れがあるため、涌田はクラウンと間に一台車を挟んだ。

ドキドキしていた。今まさに本物の尾行しているのだ。

「運転手さん、前の車追って！」「よし、任せときな！」

という、テレビでよくあるあのシーンが今なのだ！

『太陽にほえろ！』のテーマソングが頭に流れる。ジーパンが走る。テキサスが跳ぶ。ボスがブラインドの隙間から夕陽を見る。涌田がそんなことを考えているうちに、白いクラウンはひょいと車線変更する。その後に車をつけたいが、思うように車線変更ができない。

「くそー、車で尾行なんて、ドラマみたいに簡単にいかないじゃないか!」運転にはかなりに自信があっただけに涌田は焦った。

そうこうするうちにクラウンとの間に二、三台の車が入ってきて、あれよあれよという間に信号で引っ掛かり、見失ってしまった。僅か十分足らずの追跡劇だった。もちろん、後ろの須々木たちのトラックも何もすることはできない。

隣で岡野が煙草を吸いながら呑気に言った。

「ねえ、タコちゃん。これ、もしかしたらまずい状況じゃないの?」

2号と4号のトラックはいったん便利屋に帰り待機して、1号と3号は、例のスナックの近くで見張ることにした。

「タコちゃん、ここで見張っても望み薄いよ。浮気するなら彼女のアパートか、ホテルでしょ」

「うるさい、そんなこと分かってるよ。アパートが分かってりゃ苦労はないよ。でも、もしこの後一緒に同伴で店に来たら、かなりな証拠になるだろ？」

「まあ、来ればな」

ラジオをつけると山下達郎の「クリスマス・イブ」が流れていた。

♪きっと君は来ない　ひとりきりのクリスマス・イブ……

不吉な歌だ。


やがて六時を過ぎた頃、例のみゆき嬢が出勤してきた。やはり一人だった。

「あーあ、残念だったな。どうする？」

「しょうがない。電話してくる」

1号は電話ボックスに入って奥さんに電話した。

「涌田です。今電話大丈夫ですか？　はい、今日は四人体制で追跡しましたが結論から申し上げると、女は車には乗せてないですね。ずっと一人でした」まかれたことがばれないように、わざと声のトーンを落としながら言った。

「そうみたいね。四時頃帰って来て仕事して、今シャワー浴びてるのよ」

はあ？　じゃあ、また奥さんのガセネタ？

「そうですか、やっぱりね。いやね、押上から真っ直ぐ自宅の方に向かって行ったので、あーこれは帰宅するのだなと思ったんです。しかしまたすぐに出かける可能性もありましたから、家の近くで今の時間まで待機していたんですよ。それからもう一つの情報によりますと彼女の方は今さっきお店に一人で出勤したそうです」

何という機転。そういえば1号は昔から言い訳の天才だった。

「それでね涌田さん、シャワー浴びたらまた出かけるって言うのよ。だから今度こそ間違いないわ」急に小声になる奥さん。

「え、で、でも彼女はお店だから、普通に飲みに行くだけなんじゃ……」

「あ、出てきた！　それじゃあ頼んだわよ！」そう言って一方的に電話は切られた。

やべえ、間に合わねえ。ここ錦糸町から自宅のある小岩まで約八キロ、距離的には近いとはいえ今車で出かけられたら完全にアウトだ。

「岡野飛ばすぞ！」

1号は車に飛び乗ると急発進させた。

「ど、どうしたんだ涌田⁉」

「旦那が今家から出るところだ」

「えー！　家にいたの？　浮気してないじゃん。奥さんの思い込みじゃないの？」

「俺もそんな気がしてきたけど、とにかく追跡するぞ」アクセルをふかす。

「おーっと、安全運転で頼むよー！」

しばらく行くと見覚えのある白いクラウンとすれ違った。

「今のだ！」

1号はハンドルを切りながら急ブレーキをかけた。きゅるきゅるきゅるーっ！

と物凄い音を立てながら、F1レーサーさながらに車を回転させて止まった。

「涌田、やばい、エビが、エビバーガーが……」と3号岡野が隣で口を押えている。

とにかく今度はどんなことがあっても突きとめる。もうまかれたりはしないぞ！

と1号涌田はアクセルを踏み込む。何台も車をごぼう抜きにする。投げつけられる
クラクションにも動じずに前の車を抜いていく。

「よし、捕まえたぞ。京葉道路に向かってるな。右折してやはりあの店に行くのか」

1号はつぶやく。今度は逃げられないようにぴったりと相手の車の後ろにつけて走る。

しかしクラウンは左に曲がった！

「え！　店じゃない？　別の女？」

旦那の車は店とは反対方向の便利屋事務所のある一之江方面に向かう。

「ほー、灯台下暗し。一之江あたりで浮気しておったか！」3号が復活して言った。

ところがターゲットは一之江も越えて江戸川も越えて千葉の市川市に入っていく。

「ねー、涌田、これ浮気じゃなくて、また仕事に行ってるってことないよね」

「知るかそんなこと。あ、脇道に入るぞ。いよいよか？」

だが、狭い道を何回か曲がって結局また元の京葉道路に出てきた。

「なんか変だな」いぶかしそうに1号が言うと
「新しい女だから道間違えちゃったんだろ?」と3号。

やがてクラウンは京葉道路沿いの電話ボックスのある所で止まった。

便利屋カーはいったん旦那の車を通り越して、少し先の自販機の前に止めた。エンジンはかけたままにしておく。

あたりはすっかり真っ暗だ。大型トラックが二人の横をびゅんびゅん飛ばしていく。

旦那は電話ボックスで誰かに電話をかけている。誰に？　たぶん女だ。

いよいよ探偵物語もクライマックスになってきた。

「ほい、おしるこ」3号が販売機で買って来た缶しるこを1号に渡した。

「何でおしるこなの！　普通コーヒーでしょう！　お前は何飲んでるんだ?」

「味噌汁」

「え？　缶の味噌汁？」

「ああ、いがいと美味いよ、これ」

「……なあ、ちょっと電話長くないか？」1号涌田がシートから上半身だけを反転させて後ろの車と男を見ながら話す。

「まあ、彼女と揉めてんじゃないの？」

「もう三十分になるぞ」

「恋人との電話の時間はあっという間だよ」缶の底に残った豆腐を吸い出しながら3号が答える。

「なぁ岡野、もしかしたら俺たちの尾行ばれてるんじゃねえかな？」

「え、何で？」

「さっきさ、脇道に入っただろ？　あの時あんなでたらめな道にぴったりついて来る車があったら、俺だったら絶対わかると思うぜ」

「そりゃあ、まずいね。だとしたら……あれあれ？　涌田さん、ベンツが三台、あそこでUターンしてるぞ」

「ほー、そのようだね岡野さん。Uターン禁止なのに悪い奴らだねえ。あ、旦那の所で止まったね」

「おや？　旦那がボックスから出てきてベンツと何か会話してるね。偶然知り合いだったのかなあ？　あんな人たちとは、あんまり関わりを持ちたくないねえ。あ、旦那がこっちを指さしてるよ」

「ほんとだね。ありゃ？　ベンツが三台動き出してこっちに来るね。何か獲物でも見つけたのかな？」

「ははーん、こりゃ完全にばれてるねえ」

二人は顔を見合わせて
「やばい！」

すぐに涌田が車を走らせる。岡野が慌ててシートベルトを着ける。

次の信号で無理やりUターンさせる。信号に引っかかってくれと祈ったが、ベンツには交通ルールがないのか赤信号を振り切ってUターンしてくる。

「くそー、旦那の奴、仲間を呼びやがったな」

「マジでやばいぞ、大丈夫か涌田！　あっちは三〇〇〇ccのベンツで、こっちは五五〇ccの軽トラックだぞ！」

「大丈夫だ、任せとけ！　あっちの六倍の運転すりゃあいいんだろ！」1号はそう答えるしかなかった。

「脇道に入ればここは俺の地元だ！　絶対に振り切ってやる！」

それからのことは二人ともよく覚えていない。どこをどう走ってどこにたどり着いたのか。命の危機を感じながら、裏通りを走り回ってベンツを振り切り、セメント工場の敷地内にあるタンクローリーの陰で車を止めた。

車を乗り捨てて、駐車してあったいくつかのタンクローリーのドアを片っ端から開けようとする。急げ！　焦るな！　心が葛藤している。頼む、開いてくれ！

するとようやく、一台のドアが開いた。

二人はそのタンクローリーのシートにすばやく乗り込むと、静かに身を潜めた。

息を切らせていた。

「……なあ、涌田」

「何だ岡野」

「これ、浮気じゃないな」

「そうみたいだな」

「旦那がこそこそやってるのは、もっとやばい何かだろ」

「そうかもな」

「どうする、この依頼」

「まあ、潮時だな。旦那にも顔ばれてるしな。それよりも明日の朝まで命があるかな」

「ああ、二人揃って冬の東京湾にドボン……って、ここセメント工場じゃん！」

情けない顔をしながら3号が助手席のボックスを開け、何かを見つける。

「涌田、こんな時ドラマならピストルがあるよな」

「え？　何かあったのか？」

「ラジオがあった」

使い捨てカメラくらいの小さな黒いトランジスタラジオだ。

「ふっ、つくのか？」

3号がスイッチを入れると音が鳴った。ダイヤルを合わせると、突然大音量でジャクソン・ファイブの「ママがサンタにキッスした」が流れた。

「バカ！　音でかいよ！　……ああ、でもそういえば今日はクリスマスだったな」

1号が思い出す。

「子供の頃お前の家にサンタは来たか？」涌田はそう言いながら煙草に火を点ける。

「いや、うちは仏教だから来ないって言われた」

「はは、どこもおんなじだな」

「でも友達の本田君の家も仏教なのにサンタが来たって言ったら、何て言い返したと思う？」岡野も煙草に火をつけながら涌田に聞く。

「何て言ったんだ？」

「ああ、本田君の家は隠れキリシタンなんだ、って」

「は、そりゃいいや」涌田が鼻から煙を出して笑う。

「……腹減ったなあ、怖いお兄さんじゃなくて、サンタがプレゼント持って来てくれないかなあ。今日だけキリシタンになるから、何か食べものを」3号がつぶやく。

「キリシタンじゃなくてクリスチャンだろ。俺は食い物より命が欲しいよ。あ、そういえば、おしるこがまだ残ってるぞ！」

「ほんとか涌田？」

「でも、あっちの車に」

「お前取って来いよ」

「いやだよ、お前が行けよ」

「やだよ！」

「じゃあ岡野、じゃんけんな。負けた奴はパンも買ってくる」

「絶対やだ！　パンを得ても、命落とすじゃん！」

「だってお前は命よりパンが欲しいんだろ？」

「パンも命も欲しい！　サンタクロースお願い！」

人生ピンチなときは笑え！
映画の中に出てくる嵐の中の海賊のようにだ。

クリスマス前夜、こんなぎりぎりの状況を笑い話にすり替えてしまう二人に、ラジオは軽快なクリスマスソングを響かせている。

♪ If Daddy had only seen. Mommy kissing Santa Claus last night.

今夜の東京の空は満天の星空ではなかったから、きっと三等星くらいは輝いていた二人の小さな命も、空からならよく見えたに違いない。今夜ばかりは気まぐれなサンタでも気が付いてくれるだろう。

第十一話　「給料五万円で⁉　便利屋3号プロポーズ大作戦」

年が明けて一九八九年一月五日。

よく晴れた気持ちのいい冬の朝、石山塗装店の二階で寝ていた岡野が九時を指して鳴っている目覚まし時計を止めて布団から起き出した。三畳一間の部屋で、片側の壁に箪笥と本棚があり、窓がある方の壁の隅に四角いちゃぶ台をくっ付けて布団を敷けばもう部屋は一杯になってしまうのだったが、便利屋タコ坊の四畳半に三人の生活を思えば岡野には十分快適な空間だった。

しかし思い起こせば、公演で使う絵を描き上げるまでの間だけ借りる約束であった部屋のはずだが、絵を描き上げるどころか、既に公演も終わっていたのに岡野はこの部屋に居ついてしまっている。もちろん家族そろって人のいい石山家の誰一人「出て行ってくれ」という者はいない。それをいいことに岡野は厚かましくも居心地のいい個室を占領しているわけなのだが、タコ坊の住居スペースの方にも4号羽嶋が入居して来たので実際岡野に帰る場所はなかったのだ。

「ちいちゃん、おはようございまーす」

階段を下りながら岡野は石山高志の母親石山ちい子に挨拶をする。高志も父親ももうとっくに今年の仕事始めに出かけていた。岡野は馴れ馴れしく彼女のことを「ちいちゃん」と呼ぶが、家族の誰もそんな呼び方はしない。

「あら、岡野さんおはよう。今日は休みなんでしょ。もっと寝ていればいいのに」

「もっと寝ていたいのはやまやまなんですけど、今からちょっと出かけるんですよ」

今日は久しぶりのタコ坊休業日であった。年末年始も休むどころか猫の手も借りたい忙しさだった。人が休んでいる時の方が忙しいというのが便利屋の宿命だ。

「そう、じゃあ朝ご飯できてるから食べてってね」

「うわあ！　ちいちゃんの卵焼き、ふわふわしててホントに美味しいんだよねえ。いただきまーす」

「もう、岡野さんたらー、そんなこと言ってくれるの岡野さんだけよ。高志なんか一度も美味しいなんて言ったことないのよ」ちい子が女学生みたいにはしゃいで答える。

「そんなことないですよ。家族って照れちゃって言わないだけで、みんな美味しいと思ってるよ、絶対！」

「そうかしら」

「だってこんなに美味しいんだもん、ちいちゃん、卵焼き屋さん始められるよ！」

「もう、岡野さんったら！　ねえ、ハム食べる？　美味しいのあるのよ、切ってあげようか？」

「うん、食べる！」

ちい子が嬉しそうにハムを切る。

「はいどうぞ、美味しいよ。あ、そういえばあの絵を見に来てた劇団の感じのいい娘、ほら、名前なんだっけね？」

「葉子さん？」

「そう、葉子さん。それからどうなったの？」

「……実はね、ちいちゃん。彼女と結婚しようと思ってるんだ」岡野はハムを海苔巻のようにご飯に巻いて食べながら言う。

「え！　ほんと？　それはおめでとう！　何だ早く言えばいいのに！　じゃあ今晩お祝いしないとね」我が子のことのように喜ぶちい子。

岡野は箸を持っている手をメトロノームのように振りながら「いやいや、ちいちゃん。気が早いよ。僕はそう思ってるんだけど、向こうがどう思ってるか、それが問題なんだよねえ」

「へ？　何あんた、婚約したんじゃないの？　プロポーズはちゃんとしたのかい？」

「したよ」

「で、何て言われたのさ？」

「それがさあ、よく分かんないんだよねえ。はっきりしないっていうかさあ」

「はー、じれったいね、まったく」

「ねえ、ちいちゃん、やっぱり結婚とお金って関係あるかな？」岡野は以前そのことで別の女性に思いっきり振られていたのである。

「そんなことないよ！　そりゃあ多少の生活費は必要だけどさ。好いた者同士貧乏でも幸せにやっていけばいいんだよ」実際ちい子も結婚した当初は貧乏のどん底だった。そんな状態から、苦労しながらも今の一軒家を持つまでになったのだ。

「そ、そうだよね！　お金じゃないよね」

「岡野さんたち便利屋タコ坊頑張ってるじゃない、心配いらないよ。で、いま給料いくらくらいなの？」

「いい時はいいんだけどねえ、まあ平均すると五万円」

「あちゃー」さすがのちい子も呆れるしかなかった。便利屋稼業は甘くなかった。

「で、どうすんのさ?」

「うん、それで、今から九段下で会うことになってるんだけど、今日は決着をつける!」

「よし!」

「ちいちゃん!」

「何?」

「お代わり」

「はいよ! 大盛り食べていきな!」

ちい子はご飯をよそいながら胸が痛んだ。それはこの後に起こるであろう岡野の悲しい恋の結末を思えばのことだ。「かわいそうに。さすがにこの時代、月給五万円に嫁ぐ物好きな娘はいないわ」


岡野が稲筑葉子にプロポーズをしたのは、先月の劇団第三回公演の最終日のことだった。

打ち上げの最中に何かのきっかけで葉子と口論になり、葉子が帰ると言って店を飛び出した。終電ももうない時間だ。岡野は葉子を追いかけ、追いついて口論になった誤解を解こうと思った。

このままでは彼女は劇団を去ってしまう。いや、自分からも去ってしまうと思った岡野は必死に彼女を説得し、いつしか葉子に対する気持ちを支離滅裂にも熱く語り、気が付いた時はプロポーズをしていたのだった。

しかし、もしそばで誰かが見ていたとしたなら、酔っぱらった若い男が勢いで「じゃあ結婚すればいいんでしょ！」とやけくそになって言ってしまった、という構図に見えたかもしれない。

彼女はまったく予期していなかった言葉に驚いた。言葉を喋る猫にでも出会ったかのように驚いた。

この岡野芳樹という男は、引き留めるためなら誰にでも平気でそんなことを言いかねない調子のいい人間だ。それに何人か怪しい女性の影がある。突然過ぎるタイミングといろんな思いから、「嘘」、と言ったきり、葉子は言葉をなくした。

しかし岡野は本気だった。この公演が終わったら葉子にプロポーズをしようと決めていたのだ。なのに、何てことだ。最悪のタイミングになってしまった。

「嘘や冗談で言ってるんじゃないよ」と言えば言うほど嘘っぽく聞こえてしまうのが岡野の欠点だった。それを岡野は個性だと言うが。

岡野が葉子と結婚したいと思ったのはそれからさらに一か月遡る。今回の公演よりも前のことで、例の舞台で使用するための大きな絵を石山さんの家でペンキを使って描いていた時のことだった。

自分でも驚くくらいうまく描けてきたので、小学生が頑張っているところをお母さんに褒めてもらいたいと思うように、岡野も誰かに自慢したくなった。だから以前から好意を持っていた葉子を誘った。人様の家ということで遠慮する彼女を無理やり引っ張って。

「やっぱり悪いよ、しかももう夜だし、非常識じゃないかな？　今度お昼間に来るよ、ね？」葉子は思ったより残業が伸びて、来るのが遅くなってしまった。

「いいから、いいから。だってツクツクだって見たいって言ってたでしょ？」

「そりゃあ言ったけど……でも……」

岡野も劇団の人間も稲筑葉子のことを「ツクツク」とあだ名で呼ぶ。

「大丈夫、任せておいて。さあ、着いたよ。ただいまー」岡野は石山塗装店の玄関を開ける。玄関の脇にある材料置き場からシンナーの臭いがする。夜の八時を回っていた。

「お帰り岡野さん、あら?」台所からちい子がエプロンで手を拭きながら出てくる。

「あ、ちいちゃん、紹介しまーす。劇団員の稲筑葉子さん。こちら、ちいちゃん。すみません、どうしても絵を描いてるとこ見たいって言うもんだから、石山さん家に迷惑だって言ったんですけどねぇ、どうしてもって言うから」と岡野は葉子を引っ張って家に上げる。

葉子は一瞬岡野をキッと鬼の形相で睨み付けてから「あ、ほんとにすみません、夜分に。これ皆さんでどうぞ」と葉子折りを差し出す。

「あらまあ、すみませんねえ。岡野さん、うふふふ。えーっと、葉子さん? 汚いけど、さあ遠慮なくどうぞ、どうぞ。高志! 岡野さん帰ったよ! うふふふ」

そう言って、ちい子は二人を二階へ案内した。二階の六畳間の一つが、石山さんたちが自宅で塗装する時の作業場になっていて、岡野はその一角を借りて絵を描いていた。

「ほらね」と岡野が階段をのぼりながら得意げに言うと「ほらねじゃないでしょ! どうしても見たいなんて言ってないから」と葉子は怒っていた。

二階に上がると右手の奥の襖がすっと開き、はんてんを着た石山高志がひょいと顔を出す。

「岡野さん、お帰りー」葉子を見つけると「ありゃー、ツクツクさんじゃないですか⁉　こりゃあどうも、すんません、ちょっと酔っぱらっちゃって、いやーどうも。あいやー岡野さん、どうしたの？　何で？　あー、すんませんねえ、せっかくツクツクさん来ていただいたのに、こんなになっちゃって」

高志はべろべろに酔っていた。べろべろなのに礼儀正しく謝ってばかりいる高志を見て葉子はくすくす笑う。

「石山さん、今晩は。お邪魔します」

「あーどうぞ、どうぞ、すんません、私はもうちょっとだけ飲んで寝ますので、どうぞごゆっくりお願いします。ほんと、申し訳ありません」

葉子は高志のことをレイモンド・チャンドラーの小説『長いお別れ』に出てくる青年のようだと思った。

この家にはとても素敵な陽だまりのような心地よさが流れている。そして、この家族の誰一人としてそれに気付いていないことが、また素敵だった。

少し強引ではあったけれど、ここに連れて来られたことに葉子は少しだけ感謝した。

岡野が高志の部屋とは一番離れた、作業場にしている部屋の襖を開ける。今度はかなり強いシンナーの臭いがやってきた。

「ツクツクはここに座って」と岡野が座布団を用意する。絵は正面にあったが暗くてよく見えない。でもかなり大きな絵で、葉子には自分の部屋の窓よりも二倍くらいは大きく思えた。

岡野が電灯の紐を引っ張って明かりを点ける。蛍光灯がチカチカっとしてパッと点いた瞬間、葉子は時間も空間も越えてその絵の中に飛び込んでしまったような気がした。

すべて黄色の粒子だけで描かれたその世界は、心の中に浸透し、炭酸水になって体中を駆け抜ける。そしてプラネタリウムのように、この小さな六畳の部屋を無重力空間に変えてしまった。


「少年は自分の名前も年齢も、どこから来たのかも何も知らなかった。

ただ自分のことを『カイ』とそう呼んだ。

その少年がたった一つだけ憶えていることがあった。

それは一枚の風景。

空に届きそうなくらい、大きな工場が二つ並んでいて、上の方の三角の所にエントツのような窓が付いているんだ……。

家が豆粒のように小さい、そしてその工場から、ボウボウと白いケムリがそれはもうたくさん出ているんだ……。

ボクの住んでた町には雲を作る工場があった」

お芝居の台詞が冬の星座のように、点いたり消えたりする。

一時間くらい岡野は黙って真剣に絵を描いていた。後ろにいる葉子を振り返ることもなく、何種類もの黄色いペンキを使い分けながら、岡野自身も見たことのない、芝居の中の少年のたった一つの記憶を探り出すように描いていた。筆で重ね塗られていくたびに、少しずつ絵の放つエネルギーが増していく。とても温かい柔らかい懐かしいエネルギーが。

やがて、一息つこうと筆を止めて後ろを振り向くと葉子が泣いていた。

ただ黙って、ハンカチを顔に当てながら、目を細めて、でも大切な友達の手をぎゅーっと握り締める時のような、そんな眼差しで絵を見ていた。

泣いている理由は聞かなかった。理由はよく分かったから。いや、正確には分からなかったけど、でも不思議とちゃんと分かったんだ。

そしてこの時に、この人と一緒になりたいとはっきりと思った。そうなることが宇宙の法則に照らし合わせたとしても最も正しく、とても自然なことだと思えた。

一之江のペンキ屋の二階にだけ、幸せが音もなく降り積もっていた。


その後二人は、何て事のない会話をしながら、葉子が乗る地下鉄の駅まで歩いて行って別れた。絵のことも泣いていたことにも、まったく触れることはなかった。言葉にできないことがあるし、言葉にしない方がいいこともある。もし触れてしまえば、彼女が流した涙の結晶が溶けて消えてしまいそうで、岡野は便利屋の笑える失敗話ばかりを繰り返していた。


しかし現実のドラマは、舞台の台本のように思った通りに書くことは叶わない。

そのドラマの続きがあの打ち上げの夜だったのだ。はっきりと断られてはいないものの、かなり分が悪いように思えた。

彼女は岡野よりも四つ歳上で、御茶ノ水にある某有名予備校の職員で、既に立派な社会人だった。人望も厚く、いつも冷静で大人びた雰囲気の賢女。かたや岡野と言えば、赤字だらけの貧乏劇団の主宰で、仕事は自分たちで立ち上げた便利屋。平均月収五万円。立派な社会人どころか、いい歳をして人の家に居候している、まったく先の見えない社会の底辺をうろつく怪しい人物。

いや、そこまで自分を卑下することはないか。

大人になっても少年の心を忘れない、現実よりも夢の中で生きる男……あ、それをピーターパン症候群と言うんだっけ。

平凡な生き方を拒み、失敗を恐れず不可能と思われることにひたむきに挑戦し続ける人生のチャレンジャー。

あ、なかなかいいな。

などと独り言を言いながら岡野は石山塗装店を後にして、便利屋に向けて正月の雰囲気が残る住宅街を歩く。葉子との待ち合わせにはまだ時間があった。

「よし、とりあえず今のところは五分五分だ！」と自分に言い聞かせていた。

便利屋に着くと涌田が便利屋カーを洗っていた。せっかくの休みにもかかわらず、あるいはやることがなく。

「おー、岡野どうした？　今日用事があるんじゃなかったのか」

「ああ、時間があるからちょっと寄ってみた」

便利屋カーに目をやるとサイドのドアの所に便利屋タコ坊のオリジナルステッカーが貼ってある。

「涌田！　これどうした？　かっこいいじゃん！」

赤一色でオシャレなタコのマークにローマ字で、便利屋タコ坊の文字と電話番号が書かれている。

「だろ？　後ろのガラスにも貼ってあるぞ」

「お前がやったの？」

「貼ったのは俺だけど、デザインは羽嶋だ」

「へー、あいつセンスあるな。で、羽嶋は？」

「パチンコだろ」

「バカだねえ、わざわざ金を払って時間つぶしに行くとは。で、忠ちゃんは？」

「実家で店番だろ」

「はー、悲しいね。いい若いもんがたまの休みだというのにやることがないとは。

涌田お前もまあ同じだけどな」

「ほっとけ！」と言って持っていたホースを岡野に向けて水を飛ばす。

「バカ、止めろ！　俺はこれから一世一代の大勝負に行くんだぞ！」

「何？　それは聞き捨てならんな、今から何があるんだ。教えろ！」ホースの先を
潰して水の勢いを増す。

「止めろ！　分かった、分かったから止めろ！」

便利屋事務所の中に入った二人。
煙草を数本ふかし、コーヒーを二杯飲みながら岡野は今までの経緯を涌田に話し
た。涌田はにやにやしながらも「ふむふむ」と相槌を入れ共感して聞いている。
「なるほどな、そんなことがあったのか。打ち上げの時お前とツクツクがいなくなっ
たからみんな心配してたんだぞ」
「ああ、みんなを置いてきぼりにして悪かった。でもお前どう思う？」岡野が身を
乗り出すようにして聞く。

「何が？」

「だから石山さん家でのことだよ。ちょっと脈があると思わないか？　いや俺は確実に脈があると思ったんだけどな」

「そうだな……」涌田が言いかけると、岡野が急に大声を出した。

「あ、やばい！　もうこんな時間だ。涌田悪いけど駅まで送ってくれ」

「オーケー！」

便利屋カーに二人は飛び乗った。

時計を気にする岡野。

すると涌田が車を走らせながら重たそうに口を開いた。

「さっきの石山さん家の件だけどな」

「あ、ああ」

「実はな、俺はちょっと気になるんだよ」

「え？　な、何だよ」いつもとは明らかに違う涌田の低いトーンに岡野が怯える。

「ツクツクは黙って、ハンカチでこう口を押えて泣きながら見てたんだよな」

「そうだけど？」

「泣いてた理由をお前は確かめなかったんだよな？」

「だから?」

「俺たちは工事現場で相当慣れちまってるけどな、一般の人にはなあ、どうだろうな……」

「何だよ、その奥歯に物が挟まったような言い方は！　何が言いたいんだ、涌田」

「じゃあ、岡野よく考えてみろよ。……いや、やっぱり止めておこう」

「いいから、早く言えよ！」涌田の煮え切らない態度に岡野は苛立った。

「そうか。じゃあこれはあくまでも俺の思い過ごしだと思って聞けよ」

「分かったよ」

「一般の人、しかも女の子が、シンナーが充満してる部屋に一時間も居てみろ。どうなる?」

「どうなるって……え?」岡野の顔が引きつる。そして涌田が続ける。

「シンナーの臭いに堪られなくなってハンカチを出して口と鼻を押さえる。目はシバシバして涙目になる。優しいツクツクのことだ、せっかく来たのだからお前が描いてるところを見てやらないと、と必死に目を開ける。涙が出る。それでも目を開ける。シンナーのせいで声も出せない……な?　つじつまが合うだろ?」

そう言って涌田が横を向くと、岡野は人形に戻ってしまったピノキオのように固まっていた。

「岡野！　大丈夫か？　しっかりしろ！」

岡野の中で何かがひび割れて崩れて壊れた。当たって砕けろという言葉があるが、当たる前に砕けた。涌田の余計な名推理のおかげで、五分五分だった状況が一変して九対一、いや九十九対一くらいになってしまった。

車を降りてしょんぼりしながら駅に向かう岡野の後ろ姿に涌田が声をかけた。

「岡野、くよくよすんな！　お前は失敗を恐れない人生のチャレンジャーだ！」

どこかで聞いた台詞であった。


可能性が一パーセントもあれば充分さ。何故ならゼロではないからだ。

一方その頃、葉子の実家の横浜では、

「行ってきます！」

「あれ、葉ちゃん、そんな可愛いらしい服着て、今日はデート？」と妹が冷やかす。

「うるさい、いいの！」

何度も洋服を着替えていたせいで、遅刻しそうになってバス停まで走る葉子。

さて、このあと二人の運命は？　それは想像に任せるとしよう。

それから二十五年経った現在、岡野と葉子は三人の子宝に恵まれ、その子供たちももう充分に育って、便利屋でも始められるくらいの年齢になっている。

そして二人の小さな家の居間の壁には、今でもあの大きな黄色い絵が飾ってある。二十五年間色あせることなく温かく穏やかな黄色が、沈まない太陽のように輝いていた。

そんな出来事があった三日後の一九八九年一月八日、時代は昭和から平成に変わる。

第十二話「凶器か狂気か？　アライグマラスカルVS姿なきマイキー」

「みんな、聞いてくれ！　時代は平成になったことだし、ここで俺たちも一回り大きく成長しなければと思うんだ」

夕食の後、便利屋の事務所で1号涌田が三人に向かって話し出した。鼻の穴が膨らんでいるのでよほど何かいいことでも思いついたのだろう。

「便利屋はやっぱり人間力が大事だよな？」

「そりゃあそうだな」と3号岡野。

「それでだ、今年は人間力を鍛える修行をしてみないか？」

「修行？　面白そうだな」3号が食いつく。

「はいまた始まった、タコちゃんの暴走計画」と4号羽嶋がぼやく。

「……」無言の2号須々木。

「四人それぞれが時期をずらして一人で海外旅行をしてくるっていうのはどうだ？」1号の小さな目がキラリと光る。

3号「いいねえ、海外の一人旅っていうのは頼れるのは自分だけだからな」
4号「出た！　無鉄砲発言」
2号「……」
1号「だろ？　言葉が通じない中でどうやってピンチを切り抜けられるか！　勇気と度胸がカギだな」
3号「じゃあなるべく不便な国がいいな。だいたい言葉なんか通じなくっていいんだよ。ボディランゲージが最高のコミュニケーションだぜ！　よし、今夜はみんなでチャップリンの映画を観るか！」
4号「バカ言ってんじゃねえよ」
2号「……」
1号「オーケー！　じゃあどこに行くか決めようぜ。ハワイとかはNGだからな。あくまでも修行に行くんだから英語圏外限定だ」
4号「英語圏内だって話せねえよ！」
3号「いいね、いいね、じゃあ俺はインドだな。一回行ってみたかったんだよな。ビートルズの『アクロス・ザ・ユニバース』って曲知ってる？　ジョン・レノンがインドに行った時に感化されて作った曲なんだよなあ。よし、今夜はみんなでビートルズ聴こうぜ！」
4号「冗談じゃないよ。海外の一人旅なんてありえないでしょ」
2号「……」
1号「よし、じゃあ決まりだな！」
4号「って、全然民主主義じゃないな。涌田さん、あんたジャイアンか！」
1号「俺は何処にしようかなあ……そうだ、エジプトにする！　ピラミッドにでっかく便利屋タコ坊って書いてきてやるぜ！」
3号「電話番号忘れるなよ！」
4号「それ日本の恥だし、犯罪だから」
2号「……」
1号「で、羽嶋お前は何処にする？」
4号「え？　いやあ、俺は国内でいいよ」
1号「はあ？　そんじゃあ修行にならんだろが！」
4号「そんなこと言っても行きたい国なんかないよ」
1号「じゃあ俺が決めてやる。ケニアにしろ！　そんで、マサイ族の酋長と戦ってこい」

3号「いいね！　証拠に酋長のヤリを持って帰って来い」
4号「はあ？　馬鹿言ってんじゃねえよ。死んじゃうよ」
1号「駄目だ、ケニアか南極、どっちがいい？」
4号「分かったよ！　じゃあトルコ！　トルコに行くよ、それならいいだろ？」
3号「おー、いいじゃん。カッパドキア、世界遺産！　行ってみたいねえ」
1号「河童？　まあ、いいか。じゃあとは2号……おい、忠！」
2号「……」
1号「聞いてんのか忠助！」
2号「ん？　あー寝てた。何、何の話？」

とそこに電話が鳴った。

「何だ何だ、こんな時間に」と1号が受話器を取る。夜の十時を過ぎていた。

「おー、便利屋か？」

いきなりその筋の怖いお兄さんの低い声がした。

「……まあ、そうですけど」

「まあってどういう事だてめえ！」

めんどくさいのがかかってきたと涌田は思った。

「あ、いえ便利屋です。はい」

「なめんなよ、この野郎。おい、仕事やるから今から来い」

今からって、今何時だと思ってんだこの野郎、とは言わなかった。

「今からですか、どこに行けばいいですか？」

「新宿の……」

「新宿⁉」

「何だてめえ！」

相当仕事のストレスでも溜まっているのか電話の男はすぐにキレそうになる。一刻も早く仕事を変えた方がいいのでは？

「あ、いえ。新宿のどちらに」


新宿にある二十四時間営業の「花の名前」が付いた喫茶店に向かって1号は車を飛ばした。時間も時間だし、断ってもよかったのだが、便利屋の理念に反するので行ってみることにした。

涌田にしてみれば別に怖いことではなかった。よく吠える犬はたいがいチンピラに憧れてるような弱い奴だし、仮に喧嘩になったとしても負ける気はしない。

店に入ると大柄で肉付きがよく、黄色いサングラスにパンチパーマの三十代後半くらいの男が大股広げて手をあげて涌田を呼んでいる。

席に着くと「おう、アイスコーヒーでいいか？」と聞くので「ええ、ブラックで」と答えた。

男はでかい声で「おう、姉ちゃん、アイスコーヒーひとつ、ガムシロ抜き、ミルクもいらん！」と言って煙草に火を点ける。

「ところで便利屋さんよ、ほんとに何でもやってくれるんかな？」

「人殺しとか法に触れることはしませんが」とストレートに言ってみると
「ふざけんなこの野郎！　んな事ァ頼まねえよ！」と男は声を荒げた。

この黄色いサングラスの男はこの店の常連なのか、あるいは他の客も店の人間も偶然耳が遠いのか、誰も怯えるものはいなかった。

「ちょっと処分して欲しいものがあってな」

処分？　ハジキか⁉　だとしたらやばいぞ。処分するってことは、やばいことに使った後だということだ。

「これから見に行くか？」

へ？　見に行くって？　じゃあ、まさか死体？

「何を処分したいんですか？」

「ん？　まあ、黙ってついてこいや」

と煙草を消すといきなり席を立った。あれ？　アイスコーヒーは？　しかもお金を払わずに店を出ていく。この店の人間は耳が遠い上に目も見えないのか？

店を出ると男は歌舞伎町の深い方へ、つまり一般人は通らない裏道の方へ入って行く。立春は過ぎたものの寒さは一段と厳しい季節。男の真後ろを歩くとうまい具合に風が止んだ。あちこちから「ウッす」とチンピラ風の男たちが挨拶してくる。黄色い眼鏡は位が高い印なのかもしれない。

二人は雑居ビルの狭いエレベーターに乗り込んだ。ドアが閉まった途端、1号はその男の臭いにむせ返る。思い出せなかったが何かの臭いだ。ん……獣？　エレベーターは二階の中華屋、三階のテレクラを通り過ぎて四階に止まる。

ドアが開くとスチールのドアの擦りガラスに○○商事とか○○興業とか四種類の屋号が書かれている。間違いなく本物の組事務所だろう。

「ここだ」と男がドアを開けると、ドアが開いた瞬間「お帰りなさい」と威勢のいい声が聞こえてきた。新婚の妻よりも気づくのが早い。いいチームワークだ。

中には四、五人の男たちがいた。部屋の中央には無駄にでかいL字型のソファーとテーブルがあり、赤シャツに白ジャケットで大仏のようなパーマの男と、ストライプ柄のニュートラ上下にアイパーの若い男が涌田をじろりと睨んでいる。次回来る時には黄色いサングラスを持参しよう。

ざっと部屋を見回しても処分して欲しそうなものは見当たらない。あるいは都民にとっては全部を処分してしまった方がいいのだろうが。

「こっちや」と黄色いサングラスが奥の衝立の向こう側に行く。

「社長、連れて来やした」と黄色の声の後に続いてガシャン！　ガシャン！　と金属音がして「ギャーギャー」とサルの鳴き声のようなものが聞こえてきた。

「何しとるんや、こっちゃ来い！」と呼ばれて涌田が衝立の脇からそーっと顔を出すと、背の低い親分、いや社長がにこにこしながら「これや、これ」と指さした。

五十センチ四方のウサギを入れておくようなケージの中で何やら狸っぽい動物が暴れている。

「小さいうちは可愛かったんじゃけど、近頃じゃでっかくなりすぎてうるそうて、臭うてかなわんのじゃ」とにこにこしたおじさん、いや社長が話す。

これだ！　さっきエレベーターで感じたのはこの匂いだ。

「これ、狸ですか？」

「馬鹿野郎！　アライグマじゃ！」と黄色が怒鳴る。

「そんでのう、悪いんじゃがこいつをどっか遠くの方に逃がしてやって欲しいんじゃ。そうじゃのう、たとえば富士の樹海とか」

「はあ……樹海……」

社長は黄色のサングラスの男をあごで指しながら「このバカが、千葉の山奥に捨てて来たんじゃが、なんと一週間もしたら戻って来よる。いやあアライグマの帰巣本能っちゅうんはたいしたもんじゃのう」と言って笑った。アライグマは始終ギャーと、盛りのついた猫のように鳴いて暴れている。よく観察してみると黄色いサングラスの男に異常に反応している。檻から手を出して何かをおねだりしているように見える。きっとサングラスは飼育係なのだろう。

「分かりました。引き受けましょう！」

「いくらだ？」と黄色。

「いくら頂けるんですか？」と涌田。

「これでやってくれ」と男が左手を開いた。

「え？　四万五千円ですか？」と涌田が聞く。すると男が「てめえ、ぶっ殺すぞこの野郎！」と大声を出す。男の左手の小指は第二関節から先がなくなっていたのだ。

「あ、ああ、五万ですよね」

「はっはっは、面白いね、お兄さん」と社長が大笑いした。


アライグマは黒い布を被せると静かになった。1号は車の後ろにケージを乗せて深夜の道を帰って行った。アライグマを連れて事務所を出る時、サングラスの男は少し涙ぐんでいるように思えたが、サングラスのせいでよく分からなかった。

夜中の二時頃に涌田鉄工所に着くと、涌田家の飼い犬「ヤス」が異臭に気付いたのか吠え出した。天敵を意味する匂いなのか、普段は大人しい柴犬のヤスが深夜に吠えまくる。

これは車には放置できないと思い、二階の便利屋事務所にアライグマを持っていく。

残っていた2号3号4号の三人はとりあえず起きて待っていた。とりあえずというのは、三人でレンタルビデオの映画を観ていたからだ。

「ただいま」

1号に気づくことなく真剣に映画を観ている三人。

呆れて大声を出してみる。「ただいま!!」

「お、おう、タコちゃんお帰り！　今いいとこだったのになあ」

ちーっ、こいつらさっきの組に入ったら間違いなく初日にぶっ殺されるな。


生まれて初めてアライグマを見る三人は興味津々で、ちょっかいを出したり、エサをやろうとしたり、「ラスカル」と名前を付けたりして騒いだ。

「で、どうする？」涌田が三人の背中に尋ねる。

「どうするも、こうするも、富士山の樹海に捨てに行くしかないだろ？　それとも便利屋で飼っちゃうか？　いや無理だな、ちょっと臭過ぎる！」と岡野が背中越しに答える。

「いや、それはそうなんだけど、明日は別の仕事が入ってるから二手に分かれるしかない。で、誰がどっちに行くかだ」

もう一つの仕事とは、福祉事務所からの初めての依頼で、ある一人暮らしの引きこもりの男性を病院まで送り届けるサポート要員を二名貸してほしいというものだ。

「俺、ラスカル！」

「俺も」

「俺も」

スロットで7が並んだ時のようにクルッ、クルッと順番に振り向いた。ラスカルが大人気だ。

「ははーん、でもな、万が一失敗してラスカルが事務所に帰って来たら、左手の指が四本半になるぜ。アライグマの帰巣本能は半端じゃないからな」と1号。

「あー、じゃあ俺、病院」

「俺も」

「俺も」

今度は一人ずつ背中を向けた。何じゃこいつら！

「しょうがない、じゃあ、あみだくじだ。文句なしだぞ」

結局須々木と羽嶋がラスカルで、涌田と岡野が引きこもりの男性になった。

「はっはっは、わりいな、じゃあしっかり頼んだぞ2号と4号」と1号は嬉しそうに笑って、コーラで割ったウイスキーを飲んだ。3号は映画の続きを観ていた。チャップリンの『街の灯』のラストシーンだった。

翌日ラスカルチームは、先日知り合いから安く譲り受けた廃車寸前のホロ付きの二トントラック、便利屋2号車で日の出とともに出発し、涌田と岡野はたっぷり睡眠を取った後、午前十時に待ち合わせのAさんの住むアパートに向かった。

「こりゃあ久々の楽勝の仕事だな、なあ涌田」

「はは、そうだな。ところであいつらもう甲府に着いたかな?」

呑気に話しながら涌田たちが現場に着くと、区の職員が既に二名待機していた。大の大人が四人も必要とは、どんなにでかい男性が患者なのかと思っていたら、上司らしき職員が二人に緊張した面持ちで話し始めた。

「便利屋さん、ご苦労様です。まず簡単に段取りを説明すると、おそらくAさんはインターホンで呼んでも出て来ないと思いますので、鍵をこじ開けて強制的に室内に入ります。その後我々職員がAさんのいるベッドで話をしますから、その隙に便利屋さんたちは台所に行って、包丁やハサミやその他凶器になるものを全部隠してください。ここにダンボールとガムテープがあります」

えー! 何それ! 聞いてないよー! と、二人は思った。何やら急に雲行きが怪しくなってきた。

「それが済んだらAさんの寝室に来て待機してください。時間をかけて話し合いで病院に行くことを説得してみますが、もし突然暴れ出したら四人でAさんを取り押さえます」

誰だ！　楽勝と言ったのは！

完全にこれは人選ミスだ。1号は腕っぷしも強くこの任務に適任かもしれないが、3号は、口は達者だが喧嘩はからっきしで役に立ちそうもない。2号の須々木が来るべきだった。と言っても時すでに遅し、もう職員は鍵をこじ開けている。

結構原始的なやり方で、バールや金槌を使ってバンバン叩いて壊していく。

「開きました」

緊迫した空気が流れ、まず職員たちが突入し、1号と3号がその後に続き台所に向かう。浅間山荘事件の機動隊も、こんな心境だったのだろうか。

言われた通り包丁や果物ナイフなどめぼしいものをまとめてダンボール箱に放り込んでいると、1号が「おい、フライパンも凶器になるぞ」と言った。

「確かに……じゃあ箸だって目つぶしになるぞ！」と3号。

「んじゃ、コショウだってやばい！」と1号。

「じゃあ、フォークも」

「スプーンも」

「栓抜き」

「おたま」

「氷」

「いや、氷はいいだろ」と1号が否定する。

「バカ、氷を侮るなよ！　これ、ぶつけられたら痛いぞ！　立派な凶器だろ！　つららだったら確実に死ぬぞ」

「分かったよ、でもダンボールに入れないで、流しに捨てて水を流せ！」と、意外に1号は的確な指示をする。

「でもさっき職員が全部ダンボールに入れろって言ってたぞ！　凶器を勝手に捨ててもいいのかい、証拠隠滅じゃないのタコちゃん？」

「うるさい、今ふざけてる場合じゃないだろ！　寝室に行くぞ、こら！」

二人はダンボール箱にガムテープを貼って玄関の外に出すと寝室に向かった。

しかし二人はまだこの時点では「マイキー」の存在を知らなかった。

「マイキー」……誰か信じるものはいるだろうか？　目に見えぬ姿なき未知の生物。いや、それが生物なのか、妖怪なのか、宇宙からの侵略者なのか、それは誰にも分からない。ただあの男だけが知っているのだ。

台所の脇を通り抜け、突き当たりのガラス戸を開けて寝室に入る。和室の壁の天井から四十センチくらいの所に長押《なげし》という細長い板が部屋を一周ぐるりと回って付いているのだが、その長押の上に缶ジュースの空き缶がぎっしり綺麗に並べてある。銘柄は違うものの缶の大きさは統一されていて、飾ると言うよりは収集していると言った方が正しいかもしれない。そして部屋中に独特の酸っぱい刺激臭が漂っているが、引きこもり故に窓は閉められたままだ。ラスカルの臭いがヘビー級チャンピオンならAさんの部屋の臭いは横綱だった。部屋にはベッドとテーブルの他にはほとんど無駄なものがなく、本も雑誌もテレビすらもない。いったいこの部屋に引きこもって何をしているのか。ベッドの頭側のちょっとした物が置けるスペースに、ただラジオが置いてあるだけだ。

職員は二人でAさんの脇に立ち、上司の方がゆっくりと子供をなだめるように話をしている。「Aさん、病院に行きますよ。立てるかな? まだだめかな?」男は上半身を起こして背中を丸めてどこか遠くを見ているのか焦点が定まっていない。二十代にも五十代にも見える。

こう着状態が続き、便利屋二人が部屋に来てから既に三十分は経過していた。延々とお預けをくらっている犬のような気持ちになり、緊張の糸が切れそうになる。

「じゃあ、そろそろ立ってみようか」と職員がAさんの肩に触れた瞬間、

「うわー！」とAさんは頭を抱えて大声を上げた。

つられて3号も「うわー！」と声を上げた。1号は便利屋ジャンパーに入れておいた携帯用のナイフやら栓抜きやらヤスリやらが付いている十徳ナイフをポケットの中で握りしめる。


するとと次の瞬間、Aさんはラジオを手に取りスイッチを入れて、チューニングのダイヤルを回し始めた。ザザザザザーっと雑音が入る。そしてボリュームを最大にすると、左手でラジオを持ち、右手を握って親指だけを右の耳に突っ込んで「ピ、ピー、ピ、ピー、ピ、ピー」と口から不気味な擬音を発した。

職員の二人は、Aさんの動きに警戒しながら半歩下がる。

「マイキー、マイキー、応答せよ！　マイキー聞こえるか！」Aさんはマイキーと言う何者かと連絡を取り始めた。マイキーが発信した信号がラジオの雑音となってAさんの左手から右手に波動を送り、その波動が右手の拳の中で解析され、親指を介して右の耳から脳に送られている。そんな光景だ。便利屋の二人は固唾を呑んで

見守っていた。

いったいこの部屋で何が起こっているんだ！


一方その頃、ラスカルチームはひたすら高速を飛ばして甲府インターで降り、山道を走っていた。


「忠ちゃん、そろそろ休憩して運転交代しようか？」4号が2号に尋ねる。

「うん、そうだね。じゃあ、あそこのコンビニに寄るね」と言ってデイリーヤマガキの駐車場に車を止める。

「俺コーヒーでも買ってくるから、忠ちゃん煙草でも吸ってゆっくりしてなよ」そういうと羽嶋はコンビニに入って行った。


須々木は車を降りると大きく伸びをしてから腰に手を当てて上半身をグルグル回した。オンボロのトラックだったから余計に疲れる。ところでラスカルは元気にしているかなと2号はホロを開けてみた。泣き声が聞こえないので黒い布を取ってみると、とたんにラスカルは「ギャーギャー」と暴れ始めた。

「忠ちゃんお待たせ！　ほい、コーヒー。それからラスカルに牛乳」羽嶋が紙パックの牛乳を渡す。

「お！　はし君気が利くじゃん。こいつも腹減ってるからね。牛乳あげてみようか」

と言ってケージを開けた。その瞬間、電光石火のごとくラスカルは外に飛び出した。

「うおー」と須々木は後ろにのけ反る。ムササビのように羽嶋の前を飛び去り、物凄い速さでコンビニの脇の草むらの中に消えていった。

「やっちゃった！　どうしようはし君！」

「……嘘！」羽嶋の口からコーヒがこぼれていた。


「マイキー逃げろ！　奴らが来た！　マイキー奴らだ！」今度は空中の何かに向かってしゃべっている。Ａさんの表情は怒りでも悲しみでもなく、ろう人形のように無表情だったが、かえってその完璧な無表情が、見る者により恐怖を与えた。

「涌田、マイキーって誰？」岡野が涌田の耳元で囁く。

「知るか、見えないお友達だろ」

「マイキー助けてくれ！　マイキー、シグマＮイコールゼロから無限大まで、Ｎの階乗分のＸのＮ乗を計算せよ！　あー、うー……２８３０６７４８７１２うー……３３５６７２８９４０２１……」Ａさんは不規則な数字を念仏のように唱える。

「涌田、何言ってんだ、こいつ？」

「俺に分かるわけないだろ」

「おい、俺がマイキーだって言ってやれよ」と3号が1号の脇を肘で押す。

「止めろ、バカ」

「マイキーどうした！　マイキー！　マイキー！　応答せよ！　応答せよ！」とAさんは興奮しながら叫んだ。そしてすぐにまた「うわー」と叫び、今度は錯乱し暴れ出した。

「便利屋さん！　押さえて！」職員はベッドに飛び乗ってAさんを後ろから両手を抱え込んで羽交い絞めにする。もう一人の職員はロープを用意する。

「はい！」便利屋の二人も足と腰を押さえる。物凄い力で暴れている。三人がかりでも突き飛ばされそうだ。

「あー、舌噛んじゃう！　そのタオルを口に突っ込んで！」

「は、はい！」1号がタオルをAさんの口に突っ込む。危うく手をかみ切られそうになる。もう一人の職員がロープで縛る。足を縛り、体を何度かぐるぐると巻いてから手を縛る。

縛られたAさんは急におとなしくなってぐったりと項垂れた。

「便利屋さん、ありがとうございます。いやあ、おかげで助かりました」

四人とも全力疾走の後のように息が切れていた。

担架が用意されＡさんは縛られたまま運ばれていく。

無抵抗になったＡさんは悲しい目をしていた。Ａさんは、宇宙人でも未知の生物でもなく、我々と同じ人間だった。よく見るとガリガリに痩せていて、先ほどの力がいったいどこに潜んでいたのか不思議だった。


しかし果たしてこれでよかったのだろうか。これが救われたことになるのだろうか？　引きこもっていたＡさんは狂っていたのだろうか？　壊れていたのだろうか？　マイキーとは架空の友達だったのだろうか？

もしかしたらＡさんは、昨日までは幸せなこの空間で、マイキーと交信しながら生き生きと暮らしていたのではないだろうか。

こちらの世界から見れば引きこもっているように見えても、Ａさんの内側の世界では輝く太陽のもとで躍動していたのかもしれない。大好きな親友のマイキーと一緒に。

でもそんなことはＡさん自身の他には、誰も知る術はなかった。

人の為の善と書いて偽善。

後味の悪い思いは心に小さな影をつくった。しかしそれも大切なことだ。


釣りあげられた魚が息の根を止めてほしそうにじたばたと暴れるように、床に落ちているラジオが大音量の雑音を途切れ途切れにばらまいている。

涌田がラジオを拾って息の根を止めてマイキーとの交信を終わらせてやった。

その後の対照的な静寂が、二人を空しい挫折感へと引きずり込んでいく。

「なあ、岡野。俺たちは彼を助けられたのかな？」

「さあな、どうすることが助けることになるかなんて分からないよ」

「そうだな」

「たとえばラスカルと一緒に大自然に帰すとか？」

「……そう言えばあいつらどうなったかな？」

「ああ、きっと楽勝だろ。くじ運のいい奴らめ」と3号がぼやいた。

「忠ちゃん、もう諦めよう」羽嶋が草むらから体をガバッと起こした。暦だけは春の寒空の下、かれこれ三時間くらい逃げた辺りの草むらをさがし、駐車している車の下を覗き、民家の庭や縁の下を覗き、排水溝のふたを持ち上げ、ラスカルの行方を追っていた。

「そーだよね。もう見つかんないよね」須々木がため息を吐く。

「あー貧乏くじ引いた！　涌田たち上手いことやりやがって、ちくしょう！　ごめんねはし君。全部俺の責任だから」と2号は4号に謝った。

「大丈夫だよ忠ちゃん、まさかいくらなんでもここから新宿の歌舞伎町には戻って来れないよ」

そうは言ったものの、動物の帰巣本能なんて人間には計り知れない。万が一……。それを考えると恐ろしくて東京に戻りたくなくなる。

二人はしばらく川沿いの土手に寝転がってぼんやりと流れていく雲を見ていたが、とうとう諦めてトラックに乗った。帰り道は4号が運転席に座る。何ともいえない憂鬱な空気が狭いトラックの社内に充満している。

三百メートル程進んだところで4号は慌てて急ブレーキをかける。キュルルルと物凄い音をあげてトラックが止まる。

「ど、どうしたのはし君！」前につんのめりながら須々木が声を上げる。

羽嶋が黙ったままゆっくりと目の前の道を指さす。

すると横断歩道を二本足で立ったアライグマが両手を上げてひょこひょこ歩いている。まるで日光猿軍団の訓練された猿が上手に芸を披露するように。気付いた地元の人が歓声を上げている。「可愛い！　何あれ！」

羽嶋も須々木も思考回路がストップしてしまい、捕まえるなどという発想はどこかに行ってしまって、ただただ呆然とその不思議な光景を見ていた。

横断歩道を渡り切ると立ち止まり、一瞬奴はトラックの中の二人を見て笑ったような気がした。そしてまた猛スピードで草むらの中に逃げて行ったのであった。

「嘘だろ……」

嘘のようなホントの話。その夜、便利屋事務所ではどちらの現場が大変であったか不毛な言い争いになるのだったが、その後のラスカルの行方は、未だに誰も知らない。

第十三話「タコ坊に文明の利器登場！　ストーカーから花嫁を守れ」

一九八九年はいろんなことがあった。

三月に1号涌田が宣言通りエジプトへ一人旅に出発したのを皮切りに、翌月には3号岡野のインド、続いて4号羽嶋のトルコ、最後に2号須々木のイタリアと、毎月一人ずつ修行をこなしていった。

ツアーやパック旅行は禁止で、あくまでも自力で旅をしてきたから、皆それぞれたくましさを身に付け、面白いエピソードを抱えて帰って来た。知らない土地でぼったくられたり、民家に泊まったり、わけの分からないものを食べさせられたり、人の温かさに触れたり……インドに行った岡野は、成田空港に帰って来た時、ぼろ布を頭と体に巻いて足は裸足だった。どんな環境にでもすぐに馴染んでしまうこの男は、インド人になりきって帰って来たのだが、税関で空港職員に捕まり要注意人物として執拗に取り調べを受けた。

四月には消費税三パーセントが実施され、近所の「来々ライス」で評判の来々軒が便乗値上げをしたが、その頃には便利屋も不動産屋からのリフォームの仕事が増えたり、学生を工事現場に送り込む人材派遣業が軌道に乗ってきたりと急速に売り上げも給料も増えて人並みになっていたので、来々ライスに餃子とビールまで付けられるようになっていた。

百人での並び屋以降、あの学生の名簿がかなり役に立ったのだった。当時、江戸川区や江東区では工事現場はいたる所にあり、毎日十人前後の手元、つまり現場アシスタントの依頼があった。これが大きな利益に繋がった。しかし携帯電話のない時代、それはそれで大変で、特に中国人の学生の時などはお笑いのコントのようなこともあった。

「私W大学のマーと言いますが、あした、しごと、ないですか?」

「マーさんですね。初めてですか？　誰かの紹介かな?」

「はい、リュウさんの紹介です」

「オーケー、じゃあちょうどいい現場があるんだけど、集合場所がまだ連絡来てないんだよね。こっちから連絡するから電話番号教えてくれる?」

「はい、私電話ないですから、モウさんに電話してヨウさんの部屋にいる私、呼び出してくれますか？」

「えー、ちょっと待ってね、ヨウさんに電話して、マーさんの部屋の……」

「ちがいます！　モウさんに電話して、ヨウさんの部屋の、マーさんです」

「え？　あなたリュウさんじゃなかったっけ？」

「だから私はマーさん。リュウさんともだち」

「あ、ごめん、ごめん。まずモウさんに電話して、マーさんの部屋の……」

「だからちがう！　ヨウさんの部屋の……」

こんな具合だった。そして派遣先から連絡が来たので、さっそくモウさんに電話をしてヨウさんの部屋のマーさんを呼び出すと、マーさんじゃなくてヨウさんが出てきて「マーさん今いない。リーさんのとこ行った」

「リーさんって誰！」

名簿のマーさんの欄にどくろマークを記す。


そしてその年の夏、３号岡野と稲筑葉子が結婚した。

二人は便利屋から江戸川を越えた所にある千葉県の市川市にアパートを借りて新しい生活をスタートさせた。人並みの給料になったとはいえ、赤字劇団を抱えてまだまだ貧乏だったので、家電はもともと岡野が持っていたステレオと洗濯機だけで、テーブルもなくダンボール箱がちゃぶ台の代わりだった。

3号が引っ越したのを機に、他の三人も一人暮らし計画が実行され、みんな仲良く市川市にそれぞれのアパートを借りた。何故か特別社員の石山高志まで市川に引っ越した。みんなで飲んだ際に「ああ、じゃあ俺も引っ越す！」と酔っぱらった勢いで言ってしまったのだった。

1号は古いマンションの六階の部屋を、自分でせっせとリフォームしてカッコいいオシャレな部屋に改造し、2号はただひたすら賃料が安いおんぼろアパートで、4号はアパートのリビングの壁に芸術家のように絵を描き、それぞれの個性をうかがわせた。


そして一九八九年十一月十日、ベルリンの壁が崩壊し、東西ドイツが統一されるという世界が注目した歴史的変化が起こるのだが、それより少し前の夏の終わりに、便利屋タコ坊にも歴史的変化が起きた。

ついに携帯電話を購入したのだ。

日本移動通信、通称「ＩＤＯ」現在のＫＤＤＩの前身だ。それまでの携帯電話ショルダーフォンは、スーツケース並みの大きなバッテリーを肩からぶら下げる大袈裟なもので、まったく機能的ではなかった。

このIDO電話も、今からしてみればレンガくらいの巨大なものではあるが、当時としては画期的で未来的なアイテムで、一般人には手の届かない憧れの商品であった。何故ならば、たしか当時のIDOの加入料金は十万円くらいした上に、補償金も一台につき二十万円、さらに基本料も三万円くらいしたのだった。その上通話料は一分で三百円。つまりこの時代に携帯電話を片手に歩いているということは、高級腕時計のロレックスやフランクミュラーをはめているのと同じことである。

新しもの好きで見栄っ張りの1号涌田は、さっそく二台契約してきたのだ。

3号「おー、すげー！　これが携帯電話か。ついにタコ坊に文明の利器がやって来たな！　これでポケベルともお別れができる」
4号「はー、やってくれちゃったねえ。またこんな無駄遣いして」
2号「……」目は開いているので眠ってはいない。
1号「これで探偵の仕事がいつ来ても大丈夫だぞ」
4号「はー、懲りないねえ。またベンツで追いかけられたいの？」

3号「ちょっとどこかにかけてもいい？　ここ押すのか？　えーと、ピポパ……おう！　かかった。……あー、もしもし、稲筑じゃなかった、岡野さんお願いします」
1号「どこにかけてるんだ？」
3号「ツクツクの会社……あ、ツクツク？　俺だけど、ねえ、今どこからかけてると思う？」
葉子「……便利屋」
3号「当たり！　びっくりした？」
葉子「はあ？　何かあったの？」
3号「これね、便利屋の電話じゃないんだよ。さあてどういうことでしょう？」
葉子「バカじゃないの？　今忙しいから切るよ」
3号「あ、もし……」
4号「ばかだねえ、今の会話で三百円。セブンスター一箱よりも高いよ」

せっかくみんなに喜んでもらえると思ったのに、高いおもちゃを購入して少し後悔した涌田だった。ところがその数日後、待ち望んでいた仕事が飛び込んできた。

夕食前、いつものように岡野が明日の現場に送り込む学生の手配をしているところに電話が鳴った。

「はい、便利屋タコ坊です」

「あの、探偵のようなことはやって頂けるのでしょうか？」

来た！　探偵！

「はい、もちろんです。むしろそれが専門です」調子よく答える。

「実は娘が近く結婚式を挙げるのですが、付きまとう男がいるそうでして……」

声の主は五十代くらいの男性だ。丁寧な口調はしているもののかなり緊迫した様子がうかがえた。

「それは心配ですね。で、依頼の内容は？」

「挙式が終わるまでの間、娘のボディガードをお願いできないでしょうか？」

「ボディガード⁉」岡野が叫ぶ。

その言葉をそばで聞いていた涌田の目はキラッと輝き、羽嶋は足を踏んづけられた時のような顔をし、須々木はまったくの無表情だった。

今回の依頼はこうだ。一週間後に挙式を迎える娘の所に、ある男から脅迫電話がかかってきた。結婚式を滅茶苦茶にしてやる、という内容だ。すぐに警察に相談するも、現在のように「ストーカー」という言葉もない時代、事件が起こってからでなければ警察は動けない。

急がなければと思い、岡野は訪問してさらに詳しく話を聞いた。すると父親の話と娘の話は少し違っていて、ボディガードという大袈裟な依頼ではなかった。それは父親が娘を心配するあまり口走った言葉だった。

その付きまとってくる男は、呼ばれてもいない娘の挙式に出席してやると言ってきたのだった。岡野は一瞬、まるでダスティン・ホフマンの映画『卒業』みたいでちょっとロマンチックな話だと思ったが、もちろん結婚する本人たちにとっては十分な迷惑行為だ。がしかし、その男は「滅茶苦茶にしてやる」とは言っていなかった。娘にそう訂正されて頭を掻く父親が少し可愛く思えた。父親にしてみれば、娘は恋人以上の存在なのかもしれない。

問題は、当日の挙式会場にその男が侵入するのを未然に防ぎたいのだが、その男の写真がないため、式場のスタッフたちも対応することが難しいということだった。

その男の年齢は二十代前半で、顔は娘しか知らず、名前と電話番号は分かっていたのだが、住所が分からない。電話番号の上番号から江戸川区の葛西近辺であることは判明したが、それ以上は分からなかった。

その男にそこまで好意を持たれる関係があり、電話番号は知っているのに住所は知らない……何らかの事情がありそうだったが、岡野はそれを聞くのは止めておいた。

詳しく話を聞いた結果、正式な依頼は、電話番号からその男の居場所を突き止めて、顔写真を撮って欲しいということになった。当日までに危害を加えるという可能性はかなり低いし、写真さえあれば、式場のスタッフがきちんと対応してくれるということらしい。式場ではたまにあるケースなのかもしれない。


成功報酬で十万円ということで仕事を請け便利屋に帰って来たものの、電話番号から住所を突き止めるという難題に、便利屋の四人は頭を悩ませていた。

「とりあえず１０４で聞いてみるか」と考えるよりも行動派の涌田が番号案内に電話する。

「すみません、電話番号から住所を教えていただきたいんですが」

「それはこちらのサービスではお取り扱いがございません。こちらはお名前とご住所から電話番号をお教えするサービスでございます」

「んなことは分かってるよ。だからそこをお願いしてるんじゃない。ね！　こっちは困ってるんだから、困ってる人は助けなくっちゃ」と、涌田が強気で話す。

「いえ、そう言われましても……」

「だって、電話帳に載ってるんだったら、番号を一個一個照らし合わせていけば分かるわけでしょ？　普通そんな気の狂うような作業はできないけど、そっちならコンピューターで、ピッピッピとできちゃうんじゃないの？」

「でもお客様、規則が……」

「あのねえ、民営化したんでしょ？　もう電電公社じゃないんだから、いつまでもそんなお役所仕事してたらダメなんだよ！　え？　こんなに頼んでんのに教えないの？」

　頼んでいるというよりは脅している。

「あの、ちなみにその電話番号は？」と、案内のお姉さんが歩み寄った。開かない扉を力でこじ開けていく1号。

「お、話せるねえ、さすがNTTさん！　番号は××××-××××」

「えー……その番号は、お客様のご希望で電話番号を電話帳に掲載されていません。お力になれなくて残念です」

「へ？」

1号は、ちきしょうと言って電話機を叩きつけるように切った。力だけでは開かない扉もある。

「しょうがない、直接本人にかけて住所を聞き出すか！」それでもめげずに力技で押し切ろうとする1号。

するとと危険察知能力に長けた4号羽嶋が「涌田、聞くってどうやって？」と尋ねる。

「宅配便でも装って書いてある住所が読めないとか何とか言えばいいんだろが」

「いやあ、それで聞き出せたとしても、荷物が届かなかったらかえって怪しまれるだけだぞ。その後の写真撮影は危険だな。今回は成功報酬だから失敗したらゼロ円だろ？」

4号はマイナス思考ではあるが、冷静でもあった。

「んなこと言ったって時間もないぞ。式は一週間後。どうすんだ。住所さえ分かればなんとかなるだろ！」

1号はプラス思考ではあるが、気が短かった。

「よし、ピザを注文しよう！」といきなり3号が言った。

「黙れ岡野！　今飯食ったばかりだろ！」と1号が怒鳴る。

「まあまあ、いいから受話器かして」と言って岡野は葛西にあるデリバリーのピザ屋に電話をかける。

「ありがとうございます！　ドミソピザです！」と若い店員が元気よく電話に出た。

「あーもしもし、注文いいですか？」

「はい、では、お名前と電話番号お願いします」

「菊池です。電話番号は××××－××××です」と、岡野は例の付きまとい男の名前と電話番号を告げる。涌田と羽嶋が、岡野は何をしているのか？　と、身を乗り出す。

「はい、菊池さんですね。いつもありがとうございます。ご住所は、江戸川区南葛西〇－〇－〇で間違いありませんね？」と、店員が顧客名簿を見ながら住所を確認した。

「え？　あ、もう一回言って！」と、岡野。

「はい、南葛西……」

岡野は言われた住所を書き留める。

「はい、間違いありません」

岡野が片目をつむって親指を立てる。涌田と羽嶋は歯を治療中の患者くらい大きく口を開ける。こんな方法があったのか！

「ではご注文をお願いします」

「えーっと、来々ライスの大盛りと、餃子にレバニラ炒め」

「あのう、こちらドミソピザですが……」

「へ？　あ、ごめんなさい！　間違えちゃった！」と、笑いを堪えながら電話を切った。

電話を切ると涌田と羽嶋から歓声が上がった。タコ坊には力だけではなく知恵もある。そしてゆとりもあった。その歓声に一歩遅れるように須々木が
「え？　何、何？　どうしたの？」と尋ねる。

「お前やっぱり寝てたのか！」と涌田が呆れる。


こうして男の住所を突き止めたタコ坊は、翌日から男の写真を撮るための行動を開始した。「いよいよこいつの出番か？」と涌田は携帯電話を握ってにやりとした。

不動産屋からのリフォームの依頼は4号が喜んで一人で引き受け、後の三人がアライグマの時に使用したホロ付きのおんぼろのトラックで現場に向かった。もちろん携帯電話を持って。

現場に着いて菊池という表札を確認した。男の家は一般的な住宅街にある一般的な一戸建てで、男の年齢からして両親の持家と思われる。

その家を見張れる場所に車を駐車して、須々木が運転席に残り、涌田と岡野が荷台のホロの中に入り、三脚に一眼レフのカメラを固定してターゲットの玄関にピントを合わせて男を待つ。釣り人用の折り畳み式の椅子に座ってひたすら待つ。トイレ用の大きな空き缶もある。コンビニで買った食料もある。煙草でも吸って気長にひたすら待つ。って、三人とも車にいたんじゃ電話の出番がない！　しかも煙い。

「岡野、お前ちょっと近所の様子を見て来いよ」と1号。

「オッケー」と、3号がホロから出る。

「おっと、こいつを持っていけ！」と1号が電話を渡す。にやり。

「おう、そうだな」と、3号。にやり。

岡野がターゲットの家の前に着くとさっそく電話がかかってきた。

「もしもし、聞こえるか1号？」

「あー、よく聞こえるぜ3号。家の様子はどうだ？」

「うーん、何か留守っぽいねえ。ちょっと辺りを見て来る」と言うと電話を切った。

通話料三百円。


三十分後、岡野から電話が入る。

「1号、何か変化はあったか?」

「いや、ない」

「そうか……。こっちも特にないな。ところで1号」

「何だ3号」

「今日の晩飯はカレーかな?」

「は?」

「便利屋母ちゃんのメニューの順番からいくと、そろそろカレーだよな」

「だからそれがどうした?」

「カレーだったらいいなあ」

「お前そこで何やってんだ? だいたい何処にいるんだよ!」

「また連絡する」と電話が切れた。

通話料三百円。

岡野は近所の公園にいた。ベンチに寝転がっている。

それから三十分後、今度は涌田から岡野に電話がかかる。

「おい、岡野！　まさか公園のベンチで寝てるんじゃねえだろうな？」

「ふざけんなよ！　寝てるわけないだろ！　それよりどうなんだ。何か変化はあったのか？」

「何もねえよ！」

「仕方ないな、じゃあいったん帰る」と言って電話を切る。

通話料三百円。

岡野がベンチから立ちあがると、群がっていた鳩が一斉に飛び立った。岡野はエビバーガーの包みを丸めてゴミ箱に放り投げる。

「ナイス、シュート！」

岡野がトラックに戻ると涌田は覗いていたカメラのファインダーから顔を外す。かなり疲労していた。

「お疲れ！　大丈夫か？　顔色悪いぞ」

「おう、ちょっと変わってくれ！　これ、かなりきついぞ。目がおかしくなった」

と言って涌田は荷台に寝転んだ。

シャッターチャンスはほんの一瞬だから、ファインダーから目を離すわけにはいかない。あらためて瞬間をとらえる動物カメラマンの凄さを1号は思い知った。

「お前、顔も頭もおかしいんだから、目までおかしくなったらもういいとこないぞ」と3号は言いながら椅子に腰かけてファインダーを覗く。

「あれ、涌田！」

「どうした！　現れたのか？」と、1号が飛び起きる。

「いや、これ写真撮ったとしても望遠レンズでもない限り、顔は分からないだろ」

「……しょうがないだろ。そんな予算ないんだ。写真屋で引き伸ばしてもらえば何とかなるだろ」と、1号はまた寝転がる。

「そうかなあ……」

望遠レンズもなければ赤外線もない。所詮便利屋のできる限界であったが、便利屋という仕事の範囲を考えても、高価な携帯電話の前に望遠レンズを買うべきではなかったのかと岡野は思ったが、口には出さなかった。

夕方頃、母親らしき人物が帰って来て一瞬盛り上がったのだが、結局日が暮れてそれ以後の撮影は不可能になり、あきらめて事務所に帰った。2号須々木が一日中運転席で爆睡していたことは言うまでもない。寝る子は育つという諺は、本当だろう。帰る途中、必要もないのに1号が便利屋事務所に電話をかける。一階で賄を作ってくれている母ちゃんが慌てて階段を駆け上がって電話に出る。

「は、はい、便利屋タコボウでございます」

「あ、おふくろ？　羽嶋は？」

「何だあんたか。羽嶋君はまだ帰ってないよ」

「そうか、俺たちは今から帰るから」

「何？　それだけ？　用もないのに電話しないでよ広幸！　母さん階段転ぶとこだったのよ」

隣で3号が「今日の晩飯何か聞いてくれ」と囁く。

「ねえ、今日の晩飯何？　……お、カレーか！」

2号と3号が万歳と叫ぶ。1号がじゃあなと言って電話を切る。

通話料三百円。

4号も帰って来て四人は一階のキッチンで母ちゃん自慢のニンニクたっぷりスタ

ミナカレーを食べている。

「そうだ涌田、今日ターゲットの家の周りを歩いてて思いついたんだけどな」

「何だ岡野？」

「家の道路の向かいに五階建てのマンションがあっただろ？　あそこの三階の非常階段の踊り場からターゲットの家がよく見えそうなんだよ。車の中だとピンポイント過ぎて全体が見えないだろ？」

「確かに」

「で、一人は上から監視して、一人は荷台からの固定カメラ、さらに一人は使い捨てカメラでターゲットに近づいて撮影。三階の監視役が指示を出して下の人間が動く。いやあ、今回は携帯電話があってよかったな涌田」

「なるほど、それはいいな」と涌田が嬉しそうに言うと羽嶋が
「でもマンションの非常階段なんかに一日中いたら怪しまれるぞ」と横槍を入れる。

「大丈夫、そこではし君、お前の出番だ」

羽嶋が間の抜けた般若のような顔になる。

すると須々木が「お、俺は？　俺は？」と心配する。

「大丈夫、忠ちゃんは一番大事な司令塔の役だから」

「マジ？　司令塔？　じゃあ電話使う？」

「もちろん！」

　須々木が嬉しそうに笑う。ものすごく電話を使いたかったのだ。


　翌日、やはり4号が不動産屋「大中小ハウジング」の仕事に一人で出かけ、後の三人が南葛西の現場に向かった。

　現場に着くと三人はターゲットの家の向かいのマンションの非常階段を三階の踊り場まで登り、持ってきた大きなダンボールを組み立てた。昨日の夜、4号が大型冷蔵庫の箱に細工をして、張り込み用のボックスを作ったのだ。

　中に2号須々木が入って、折り畳みの椅子に腰かけてちょうど覗ける位置に長方形の穴を開けた。天井には換気口、背後にも開け閉めができる覗き窓があり、差し入れの弁当を入れる扉まであった。とりあえず非常階段の踊り場に、引っ越し途中の荷物が置いてあるように見えるだろう。

　双眼鏡と携帯電話を持って2号は箱の中に入り、1号と3号はトラックのホロの中に隠れた。

　さっそく2号から電話がかかってきた。

「あー、涌田さん、涌田さん、聞こえますか、どうぞ」

「忠、トランシーバーじゃないんだから、普通に話せばいいんだよ」

「あ、そうか。失礼しました、どうぞ」

「……ところで、視界は良好か？」

「ああ、もうばっちりです、どうぞ」

「じゃあ何かあったら教えてくれよ」

「了解しました！」

通話料三百円。

五分もしないうちにまた2号からかかってきた。

「あのー、涌田さん」

「どうした、忠！」

「もし、トイレに行きたくなったらどうしたらいいんでしょうね？」

「う、うーん、しょうがないからそこでやっちゃえよ。冷蔵庫の氷が溶けてるくらいにしか思われないだろ」

「はい、わかりました」

須々木なら本当にやりかねない。

通話料三百円。

それから何度も電話でのくだらないやり取りがあったが、昨日と同じように何事も起きずに時間だけが過ぎ、時計の針は夕方の四時を回った。

すると小学生たちが下校してくる中、ついにターゲットらしき男が現れた。

二十代に見える男が家に入っていく。

「涌田、あれだ！　写真！」

涌田が連続でシャッターを切る。

「だめだ、後ろ姿で顔が見えない」

「くそー、惜しかったな」３号が残念がる。

「よし、俺は家の前で見張る。今度出かける時が最後の勝負だ」と1号が使い捨てカメラをポケットに入れる。

「玄関の前はいくらなんでもまずいぞ」

「分かってる。今駅の方角から帰ってきたから、今度も駅の方に行くだろう。そっちの角で見張るよ」そう言うと1号は電話を手にホロから飛び出した。

涌田が須々木に電話をかけるのだが、こんな時に限って出ない。

「ちきしょう、何やってんだあいつ！」

塀の上でとら猫が昼寝をしていたので一枚試し撮りをした。いい顔して寝てやがる。

その頃2号須々木は

「ほら、何か音がするじゃん」

「中に人が入ってるんじゃない？」

「あ、足が見えた。今この穴から足が見えた！」

2号は三人の小学生に囲まれて、内側から箱のいろんなところを必死に押さえていた。

無情にも電話が鳴り続けているが出られない。

「ちょっとお母さん呼んでくる！」と小学生の一人が駆けて行く。

「助けてー、涌田さん！」

男は意外にもすぐに出てきた。岡野はシャッターを切る。しかし距離がありすぎて果たして顔がきちんと映っているのか？

玄関を出ると男は駅の方角とは逆に歩き出す。まずい、そうか、車か！

涌田は気付かない。忠ちゃん、どうした？　涌田に知らせろ！

男が車に乗り込んだ。エンジンがかかる。

涌田はまだ気付かない。須々木！　電話！

岡野はホロから飛び出し、涌田に向かって「車！」と叫びながら男の家の車庫を指す。

やっと涌田も気が付き、家の方に走る。

車が動き出す。

涌田と向かい合わせになる。

フロントガラス越しに男の顔がばっちり見える。

今だ！

涌田がシャッターを切……切れない！

フィルムが巻かれてない！

「しまった！　さっきの猫の後で！」

涌田は慌ててフィルムを巻くも、使い捨てカメラのフィルムは時間がかかり、あっという間に車は目の前を通り過ぎて行った。

まずい。自分の家の前でのおかしな行動に、付きまとい男が変に思わないはずはない。カメラを持って慌てている怪しい男と、トラックの後ろで叫んでいる変な男。完全にまずい状況だ。

1号と3号はトラックに乗り込むと、男の車を追った。

「何とか俺が奴の車の右に付けるから、奴がこっちを見たその瞬間を撮ってくれ！」

1号が叫ぶ。

「わかった！」

「須々木に電話して突き当たりをどっちに曲がったか聞いてくれ！」

「オーケー！」

3号が電話をかける。しかし繋がらない。

「涌田、出ないぞ」

「肝心な時にあいつは！　ええい、二分の一！　左に曲がるぞ！」1号はハンドルを左に切ってブンブン飛ばす。おんぼろトラックのギアがときどき悲鳴を上げる。


三十分後、1号と3号は幕張辺りの埠頭に座って夕暮れの海を見ていた。遠くにディズニーランドが見える。夢と魔法の国を遠くからドジとあほうが眺めていた。

「とりあえず俺が撮った写真を引き伸ばすしかないな」と岡野がぽつりと言う。

「そうだな……」

しばらくしてから今度は涌田がぽつりと言った。

「なあ、俺たちは真面目、不真面目どっちかな？」

「ええ？　さあな、どっちでもないだろ」岡野が答える。

「優良でもなきゃ不良でもないって事か」

「だいたい自然界にはそもそも良いも悪いも真面目も不真面目もないだろ？　真面目なライオンがいるか？　不真面目なキリンは？」

「はは、確かにな。真面目なんかくそくらえだけど、不真面目は最低のクズだしな」

涌田が煙草に火を点ける。

「そうだよ、俺たちは真面目じゃないけど必死に生きてるだろ？」岡野も煙草に火を点ける。

「ああ、馬鹿みたいに必死で夢中にな」

涌田がいい表情をしながら東京湾を眺める。

岡野は寝転がって煙草を吹かす。

夢中で生きる。夢の中で生きる。

そうなんだ。夢は眠っている間に見るのではなく、覚めているときにこそ見るものだ。


と、そこに2号から電話が入る。涌田が出ると大声で怒鳴った。

「忠！　てめえ何やってんだ、こら！」

「……おたく便利屋さん？」

「へ？」聞こえてきたのは知らない声だった。

「あんたねえ、こんなことして不法侵入で警察に通報するよ！」

須々木が張り込んでいたマンションの管理人からだった。須々木は須々木で大変なことになっているらしい。


結局岡野が撮った写真もピントがずれていた。そのうえ引き伸ばしたら、男の顔は能面のようになってしまい、まったく役に立たなかった。

たまたまその男の人相が、涌田の殺陣仲間の先輩の古貝さんに似ていたので、古貝さんの顔写真を引き伸ばし、羽嶋が涌田と岡野の証言に基づいて眉毛や髪に筆をくわえて似顔絵を作った。

依頼者は苦笑いするも、まあ似てなくはないということと、住所をつきとめられたということで半金の五万円を支払ってくれた。

管理人室に軟禁されていた須々木も涌田が引き渡してもらいに行き、無事解放された。

そんなわけで今回の仕事に携帯電話が果たしてどれくらい貢献がしたかは言わずもがな。ただその翌月には驚く額の通話料の請求書が届くのだった。

二階の便利屋事務所でピンボケの写真を四人で見ていると、羽嶋が「お、でも一枚だけばっちり撮れてるいい写真があるじゃん」とにやにやして言った。

みんなも、どれどれと写真を見て、ほんとだと言って笑った。

一階から「ご飯できたよ」と、母ちゃんの呼ぶ声。

階段を下りながら「今日は何？」と涌田が聞くと「今日はアジの塩焼き」と聞こえ、岡野が「魚かあ」とぼやく。すかさず須々木が「魚大好き！」とフォローする。

羽嶋はさっきの写真を事務所の壁に鋲で留めて、バタバタと階段を下りていく。

誰もいなくなった便利屋事務所の壁で、写真の猫が気持ちよさそうに眠っている。

第十四話　「便利屋タコ坊、独立宣言。新事務所完成の巻」

「ついにやったな！」腕組みをした涌田が感動しながら大きな赤い「ＢＥＮＲＩＹＡ」の文字を眺めている。

「よくここまで成長したもんだ」涌田の小さな目に涙がにじむ。

一九九〇年二月、ローリング・ストーンズ初来日公演。四月、日経平均株価が一日で千九百七十八円下落。六月、皇太子殿下の弟文仁殿下、川嶋紀子さんとご結婚。七月、東西ドイツ統一。九月、便利屋タコ坊、新事務所が完成。

外観はチープで倉庫を改造したプレハブ式の建物ではあったが、平屋根の上にはでっかい看板をかかげ、遠くからでも「ＢＥＮＲＩＹＡ」の赤い文字が輝いて見えた。

涌田はその事務所の、車三台が停められる駐車スペースに、買ったばかりのピカピカの青い一トントラックを駐車して、荷台に大の字になって寝転んで新しい城を眺めている。

他の三人はどうやら現場に出かけていて留守のようだ。
午前中まで曇っていた空が割れて、明るい陽射しがさし込んできた。遠くの方で、終わりかけている夏にしがみ付くように蝉が鳴いている。もう少ししたら実りの秋だ。

何事にも節目というものがある。便利屋タコ坊にとって今日はまさしくその節目の日なのだ。新しい事務所は、二十六坪の土地に十五坪の建屋、屋内は六畳間四つ分の広さがある。今までの鉄工所の二階の、たった四畳半しかなかった事務所から飛躍的な進歩をした。ビヤガーデンの丸テーブル一つで、まともなデスクも引き出しもなく、よくこれまでの依頼の数々をこなしてきたものだ。駅からの近さも大躍進だ。今までは最寄り駅の都営新宿線「一之江」駅からでも、徒歩で三十分はかかる本当の東京の端っこだったが、ここは地下鉄東西線「葛西」駅からたったの三分。走ったら一分。うさぎ跳びでも五分はかかるまい。駅前には都会らしくビルがあり、飲食店が立ち並び、スーパーがあり、本屋があり、貸しビデオ屋があり、これでようやく学生のアルバイトたちも簡単に事務所に来られるようになる。パチンコ屋がやたらと多いのが気になるが、きっと4号は喜んでいるだろう。

もちろん今までの事務所には語りつくせない思い出と愛着があるが、鉄工所の二階を間借りして、夜は飯まで食わせてもらうという環境は、残念ながら半人前という印象が拭い去れなかった。

しかし、今我々は独立したのだ。よちよち歩きで始まったタコ坊も、今ようやく名実ともに自立できたのだ！


思えばこの三年間いろんなことがあった。

便利屋を始めた頃は仕事がなく、金もなく、煙草も拾って吸っていたり、2号須々木がキャベツ農家に行って廃棄用のキャベツを貰ってきて、それを煮たり焼いたりして毎日食べていた。それから寺の住職からトラック三杯分の海苔とかお茶とか缶詰、インスタントコーヒーや酒を貰った。あれは助かった。住職も檀家さんからの貰い物だったが、期限が切れているとのことで処分して欲しいと預かった。確かに海苔の缶には期限が書いてあったが、本当の期限は食べる人間が決めればいいのだ。ましてや酒なんかに期限もへったくれもない。酔っぱらえるかどうかだけだ。おかげで一年近く酒には困らなかった。

遊びに来るみんなからの差し入れの食パンも助かった。しかし何といっても母ちゃんの賄がなければ確実に飢え死にしていただろう。

そう言えば2号須々木とはよく夜中の社会貢献に出かけた。

週末になると江戸川区の幹線道路に爆音とラッパ音の騒音が鳴り響いて住民が大迷惑していた。警察も忙しいのか、若気の至りに寛大なのか、パトカーのサイレンは聞こえない。

便利屋としては困っている人がいる以上、依頼されていなくても立ち上がるしかないと、2号と鉄工所のトラックに乗り、暴走族の後を追いかけ、後方から猛スピードで群れの中へ突っ込む。「キャー」と言う悲鳴が聞こえ、自由をはき違えている半端者たちは左右に散っていく。先頭を蛇行運転しているリーダー格の車とバイクのところまで来て並走すると「社会の敵、暴走行為は許さん」「俺たちは天使だ！」と叫んで、2号はモップで鉄パイプを持っているバイクの男を攻撃し、1号は箱乗りをしているシャコタンの車内めがけてサンポールを水鉄砲のように吹きかけた。

もちろん怪我人はいないし、あくまでも社会貢献のための行為で、決して仕事がなく、チラシ配りばかりの毎日に溜まったうっぷんを晴らしていたわけではない。

それから三か月間は江戸川区には静かな夜が訪れたのだ。江戸川警察から表彰されてもいいはずだったが……。
2号は単純で不器用だがいい奴だ。人が嫌がる仕事を黙々とやり続ける。東京駅に新しく京葉線を作る工事をしていた時、建材屋からの依頼で、百キロ近くある重たい鉄の防火扉をひと夏中ひたすら線路沿いに運んだ。重たい鉄の塊を、おんぶするように背中に担ぎ、足場の悪い暗い工事中のトンネルの中を運ぶ。ときには足場板の上を綱渡りのようにして歩く。一歩間違えば大けがに繋がる。その光景はまるで奴隷時代の強制労働のようだった。3号やバイトたちが音を上げる中、2号は文句も言わず何十枚もの扉を一か月間運び続けた。

そして記念すべき便利屋タコ坊初めての仕事は、襖の張替えだった。張り方も分からないのにできると見栄を張ったはいいものの、枠の外し方さえ分からない。結局一本枠をぶっ壊して、襖の構造に気が付いた。まあ、何事も失敗からしか成功は生まれないのだからしょうがない。しかしあの襖は仕上がりもひどかった。あんな皺だらけで、枠が一本折れてセロハンテープで止めてあったのにクレームを言ってこなかったことが未だに信じられない。実は襖を張り替えた後、依頼人の家に届けに行ったら、たまたま留守だったから玄関の脇に立てかけて帰って来てしまったのだ。お金は先払いで貰っていた。ひどい話だ。今度もう一度訪問してみるか。「アフターフォローに来ました！」と言って、今度はちゃんとした仕事をしたら喜んでくれるかもしれない。

いや、それはちょっと調子がよすぎるか。

調子がいいと言えば3号の岡野だ。

それに加えて3号はおっちょこちょいで、飼い犬のヤスの食事中にちょっかいを出して、手に噛みつかれたり、工事現場で職人さんが「サンダーを持って来てくれ」と言われて、サンダルを持って行って思いっきり怒鳴られたこともあった。サンダーとは鉄パイプを切る電動カッターだということを知らなかったのだ。

ああ、それからウンコ漏れ事件というのもあったな。

葛西のフィリピンパブ「ヘラクレス」の経営者から、従業員の寮の掃除を頼まれた時のことだ。寮といってもマンションの一室の2DKで、そこに二段ベッドを四つ、計八人分が押し込まれていて、比較的自由のある監獄のようだった。1号2号3号総出で掃除に行ったが、3号は朝からお腹を壊しており、仕事中も何度もトイレに駆け込んでいた。ちょうど3号がベランダに出てサッシの窓を洗っていた時、依頼人の経営者が入ってきた。「おう、ちゃんと掃除やってるか！」とすごんだ後

「ちょっとシャワー使うぞ」と言っていきなり浴室の前で服を脱ぎ出した。それがちょうど3号の拭いている窓の目の前で、男が服を脱ぐと背中一面に見事な龍の紋々!

3号はたまたまその時しゃがんでいて、その刺青が目に飛び込んできた瞬間「あ!」と力んでしまい、あとは想像の通り……。

まったくドジな男だ。

しかし3号がいなければ切り抜けられなかった数々のピンチもあるし、家庭教師だって3号のお手柄だ。自分は高校もろくに行ってないくせに、まったく勉強のできない中学生に英語と数学を教えて、見事高校受験に合格させた。自分が解けない問題をどうやって教えたのか不思議でたまらないが、3号の言うことには「なに、家庭教師の仕事は、教えることじゃないんだよ。そんなの参考書に全部書いてあるだろ。一番大事な仕事は、やる気にさせることだ。やる気さえ出せば、あとはもう勝手に勉強する。でも普通の家庭教師も先生も親も、それができないんだよね」だそうだ。

3号「省吾、数学嫌いか?」

省吾「……はい」

3号「そうだよな、社会に出てから一度も三角関数なんて使わないからな。やる
　　意味が分かんないよね」
省吾「え、そうなんですか？」
3号「ああそうだよ。出てくるのは三角関係ばっかりだよ。その方程式の解き方
　　なら覚えたいけどね」
省吾「ははは」
3号「でもな、省吾。たとえば世の中に何種類くらい三角形ってあると思う？」
省吾「え？」
3号「三角形なんて無限にあるだろ？」
省吾「はい」
3号「もし将来に省吾が建築関係とか、デザイン関係とかの仕事に就くとしてだ、
　　三角形の面積を求める公式、底辺かける高さ割る二っていうのを知らな
　　かったらどうなると思う？」
省吾「え？　……分かりません」
3号「建築やデザインには三角形の面積が必要だぞ。公式を知らなかったら、一
　　つ一つをどうにかして測って、暗記していくしかないぞ！　そんなことで

きるか?」
省吾「できません」
3号「だろ?　ところが、ある頭のいい人が、何十年かかけて考えて、世の中のすべての三角形の面積を簡単に求められる方法を見つけたとしよう。その方法を使えば、直角三角形でも、二等辺三角形でも、正三角形でも、変な形した三角形でも、あらゆる三角形の面積が求められるんだ。だったら知りたいと思わないか?」
省吾「思います」
3号「でも、その人が人生の何十年という時間をかけて見つけた方法だ。簡単には教えてくれないぞ」
省吾「そうですね」
3号「いくら出す?」
省吾「え?」
3号「いくらまで出す?　もし建築の仕事をするならばだ。しかも知ってたか?　三角形の面積を求められたらすべての多角形、四角でも五角形でも、十二角形でも、百角形でも面積が求められるっていうことなんだぜ!」

省吾「そうなんですか？」
3号「だって、四角形っていうのは、三角形が二つ。五角形って言うのは、三角形が三つからできてて、どんな多角形でも三角形に分解することができるんだぜ」
省吾「へえ、すごいですね」
3号「だろ？　じゃあ、いくら払う？」
省吾「だったら百万円くらいですかね」
3号「な、そうだろ？　それくらいの価値があるだろ？　それをお前、学校はただで教えてくれるって言うんだから、これはもう教えてもらった方が得だろ？」
省吾「はい」
3号「百万円の得だな？」
省吾「はい」
3号「俺は、円の面積の求め方の公式なんか、一生かかっても思いつかないぞ」
省吾「僕もです」
3号「だったらそれもタダで覚えちゃった方がいいと思わないか？」

省吾「思います」
3号「因数分解だって、XとYの方程式だって、いつ使うのかは知らないけど、タダで教われるなら教わって、覚えちゃえよ！」
省吾「はい、僕覚えます！」
3号「そんで、一週間で覚えたことを次に俺が来た時に教えてくれ」
省吾「はい、分かりました！」

こんな具合だ。なるほど、一理ありそうだ。本来なら頭を下げ、懇願し、お金を払ってでも教わる価値があるものを、学校は惜しげもなく無料で教えてくれるのだから、今から思うと何てありがたい場所だったことか。数字の不思議や歴史の謎や宇宙の法則にもっともっと興味を持てばよかった。

しかし本当に省吾が高校に受かった理由は、3号が劇団の稽古などの時にピンチヒッターで駆り出されていた1号の兄、正典がキチンと教えていたからだという噂もあるが。まあ、劇団なんかを運営している人間の発想は、いい意味で非常識で面白い。

ここまでやって来る中で、たくさんの人に迷惑もかけた。

バイト時代の友達の猫を預かった時もそうだ。二日間便利屋で預かったのだが、まったく便利屋の人間に懐かずに怯えて家中を逃げまくり、いたる所におしっこをひっかけて涌田家を猫屋敷に変えてしまった。

またこんなこともあった。

廃材処理の仕事を請けて千葉の山奥に捨てに行った。少し前に偶然山の中に大量の粗大ゴミを捨ててある場所を見つけたのだ。家電やら車の残骸やら工場の大きなパイプやら何でも捨ててある。「こんなところに無料のゴミ捨て場があった！」

それから何度か廃材処理の仕事を請けては、そこに捨てていた。ところがある日バットを持った年配の人が出てきて「不法投棄していたのはお前らか！　警察に突き出してやる！」とバットを振りかざされた。山の地主だった。

そんなつもりは毛頭なかったと言い訳をするも、もちろん聞く耳は持ってくれない。実際よく考えれば無料のゴミ捨て場などあるわけがない。深く考えることもせず、人がしているのだから自分たちも構わないだろうという浅はかで無責任な行動だった。

警察に行くか、ここを全部綺麗にするかという選択肢を与えられ、有難く片付ける方を選ばせてもらった。それから一週間、泣きながら山のゴミの片付けをした。初日は土砂降りの雨だった。トラックに山積み一杯ゴミを積んで、市営のゴミ処理場に行ってお金を払って捨てる。何回往復したのか思い出せない。大型トレーラーのタイヤまで捨ててあって、三人でも動かすことができずにバイトまで導入しての大騒ぎで、お金もたくさんかかったけど、人生のいい教訓になった。

バカに塗る薬もある。

それから4号羽嶋の加入だ。

高校の同級生だった3号の口車に乗って劇団の美術を担当したことがきっかけで、4号の理想とする無難な人生計画が崩れ、いつの間にか型破りな生き方を望む便利屋の一員となった。

しかしその無難な羊の仮面の下には、誰よりも豪快な一面があった。パチンコに行けば一日で八万円も摩ることがあったし、酒を飲んだ時は決まって芸人のようにはしゃぎまくる。店を出るとズボンを脱ぎ捨てエリマキトカゲの真似をして路上を走ったり、公共の噴水の中に入って行ったりと、無難どころか難が有り過ぎる。

だが4号の職人としての腕は凄かった。襖の張替えでも、壁紙でも、フローリングでも、さらには素人には絶対にできない左官でも、まったく職人に引けを取らない。しかも左利きなので右利き用の工具を使いこなしながらのことだ。生まれ持っての才能なのだろうか。

それに気の短い1号の尻拭いも4号がよくやってくれた。あるリフォームの現場で、依頼主の注文が細かく、工事中にもあれこれ口を挟んでくる。カッとなった1号は張替え中の建具を殴って穴を開け、そのまま現場を後にして帰って来た。その後4号が現場を引き継いで、依頼主の希望通りの丁寧な仕事をして何とか納めてくれたのだった。

神経質でいちいち細か過ぎるのが玉に瑕ではあるが、4号加入のおかげで大きなリフォームの仕事が取れるようになり、便利屋の売り上げも上がった。


儲けたお金を一気に何倍にもしようとバカなことを言い出し、だったらラスベガスで勝負だ！　とみんなでアメリカにも行ったな。

安いモーテルに泊まって、レンタカーで街へ繰り出して、ニューオリンズへジャズを聴きに行ったり、オイスターバーへ行ったり。調子に乗ってスラム街に行った時はさすがにやばかった。何人ものゾンビのようなホームレスに車を囲まれて銃を見せられた時はもう終わりかと思ったが、たぶんあれは弾が入っていなかったんだろう。海外の危険性が身に沁みた。

だが3号がどうしても行ってみたいと言ったグランドキャニオンは最高だった。

明け方の四時に起きて、まだ真っ暗なうちに地平線が見渡せる場所に行った。真の暗闇は真っ黒ではなく、深い深い青だった。その青の上にばら撒かれたダイヤモンドのように輝く星。

やがて空が白みかけてきて、それまで冷たく硬かった空気がふっと和らぐ。その次の瞬間、地平線の彼方から黄金の先っぽがにゅっと頭を出す。高炉で溶かされた鉄のようなオレンジ色が光速で広がり、峡谷を突き抜け、便利屋たちの体を突き抜ける。

何万年もの時間の中で浸食を繰り返してきた美しい岩肌の断層が、一瞬にして強烈な陰影になる。

あの美しい光景は一生忘れることはないだろう。

そう言えば4号は幼少の頃、貧乏だったせいか魚の食べ方が非常にきれいだった。学校の教科書に載せたいくらいお手本のような食べ方だ。ところが同じ貧乏育ちの

3号の魚の食べ方ときたら、ひどいもんだった。「うちの親父は『うちは貧乏なんだから、好きなものだけ食え！　無理して嫌いなものを我慢してまで食う必要はない！』と言ってたから、俺は魚は干物のサンマと刺身しか食ったことがない」と豪語していた。そして結婚した今は、魚の骨は全部カミさんに取ってもらっているらしい。

ちっ、何て恵まれた奴……ヤツ……。

ヤツは元気かな。どうしてるかな。何で別れちまったのかな。

結婚かあ、俺はいつ所帯を持つのだろうか？　結婚したらどんな子供が生まれてくるのだろう。生まれてくれたら、たとえ勉強なんかできなくても、元気で明るくて人生を真剣に生きて、人の心の痛みが分かる人間に育てる。……そのためにはまず彼女だな。事務所も新しくなったことだし、電話番のアルバイトの女の子でも雇うかな。うん、それがいい。

今度誰かと付き合うなら、あ、いや、電話番として雇うなら……。やっぱり明菜ちゃんみたいな彼女がいいなあ……。明菜ちゃーん……。

と、自分の顔のことは棚に上げて、理想を高く掲げながら夢の中へまどろんでいく涌田であった。ヤツとは、1号が便利屋を始めた当初付き合っていた女の子であったが、いつしかすれ違いの中で、取れてしまったボタンのように気が付いた時には失くしてしまっていた。

九月の日差しが心地よくトラックの荷台に降り注ぎ、中森明菜の夢でも見ているのだろうか、1号は気持ちよさそうに笑いながら眠っている。

「ねえ、パパ、ちょっと来て。ほら、あれ見てよ」

便利屋事務所の向かいの喫茶店「ガーデン」の奥さんが二階の窓から、隣に引っ越してきた「便利屋タコ坊」などというふざけた名前の、昼間からトラックの荷台で寝ている厄介そうな隣人の顔を見つけて夫に言った。

「ねえ、不気味でしょ？　ほら、にやにやしてる、きっと変質者よ！　パパ、どうしよう」

「うーん、でも人は顔で判断できないからねえ。」

「だって怖い人だったらどうする？　うちには小さな子供がいるし。あんなところで寝てるなんて絶対変な人よ！　パパどうしよう」

「うーん、困ったねえ……」

心配そうに若い夫婦は涌田の顔を凝然と見つめていた。

難が有ると書いて、有難い。

第一印象が悪くても、行い次第でかえって印象が良くなることもある。その後便利屋の四人はもちろん、バイトの学生たちや3号の劇団の仲間たちがたくさん訪れて、ガーデンさんは大喜びをすることになるのだった。

第十五話　「大都会の光と闇。孤独な高齢者、一人暮らしの結末」

涌田がオフィスで熊か狸のような全身用の着ぐるみを被って、後ろを向いて立って窓の外を見ている。

社長（涌田）「いやー、この町もずいぶん変わったもんだねえ。えらい勢いでビルがにょきにょき生えて、あっちの建設中のビルなんか三百メートルあるそうだねー」

そこに事務員の制服を着た二十代の女性がやって来る。

サクラ「おはようございまーす」

社　長「おはよう、サクラくん」

涌田が振り返るとその姿に女性は驚いて

サクラ「ぎょっ！　……しゃ、社長！」

社　長「あー、昨日渡した書類の件だがね」

サクラ「こらこらこら、何普通に話しかけてるんですか！」

社　長「何のことかね？」
サクラ「何のことかじゃありませんよ、説明してくださいその恰好のことですよ！」
社　長「お、気が付いたね！」とにやりと笑う涌田。
サクラ「誰だって気が付くでしょ！」
社　長「いやーはっはっは、ついにわしはやったよ、見たまえ、これは間違いなく特許もんだよ！」得意げにポーズを決める涌田。
サクラ「ただの着ぐるみにしか見えませんが？」
社　長「まあまあ、話を聞きたまえ。確かに一見何の変哲もない着ぐるみだが、実は現代ビジネス業界のストレス社会における殺伐とした人間関係の問題を改善する画期的なアイテムなのだよ」
サクラ「はあ？」
社　長「つまりこれをだね、管理職の制服として、大手企業に売り込むのだ」
サクラ「それがどーして人間関係の問題を改善できるんですか？」
社　長「まだわかっとらんようだね、君は。大企業の管理職の人たちが、何を求めているのか考えてみたまえ。金も権力も手に入れた。しかし一つだけ手に入らないものがある。それは何か？　人望だ！

ああ、部下たちよ。何故に君たちは私に冷たくするのか？　私と食う飯はそんなにまずいのか。私と飲む酒は楽しく酔えないのか。まあいい、一緒に飯なんか食わなくてもいい。私の誘いを断って、同僚と飲みに行ったってかまわない。でも、お茶にふけを入れるのだけは止めてくれないか。私がいったい何をしたというのだ？　それは私が妙に油っぽいせいなのか？　そんなに嫌わなくてもいいじゃない。

辛い時代を乗り越えて、やっと手にした管理職、なのに心の中にはいつも隙間風がぴゅーぴゅーと、一人で飲む酒涙酒、お酒はぬるめの燗がいい、醤油は塩分控えめがいい。

これが世の管理職たちの悲しいさだめなのだ。そこでわしは閃いた。部長や課長が部下たちの人気者になればいいんだよ！　これは盲点だったよサクラくん。

そこでひとたび部長が熊の着ぐるみを被りますれば、アイヤたちまちうちの部長は白クマさん！　うちの課長はウサギぴょん！

こうなればもう部長や課長は仕事なんかしなくてもいい。お茶なんていちいち言わなくても、もう女子社員達がお菓子やケーキやお手紙をひっきりなしに持ってきて、もう忙しいよ。書類なんかにハンコ押してる場合じゃないよ。お手紙の返事書いたり、色紙にサインしたり、週に一回早朝握手会なんかあるっていうんだからもうアイドルですよ！　そうしたら酒飲んで上司の悪口言う奴なんかいなくなるどころか、社員たちも活気にあふれて、よーし俺もライオンさん目指して頑張るぞーとか、おい吉田、オレ今度イルカに昇進決まったぞ！　おめでとう！　とか、カモシカじゃない、カモハシ？　カモ、カモ……長げえんだよ、台詞が！」

といきなり涌田がブチキレた！

「カット、カット！　どうした涌田！」と舞台正面の机に座っていた演出の岡野が煙草の火を揉み消して立ち上がって叫ぶ。

「ちゃんと台詞覚えて来いよ！」

すると涌田がセットの机を蹴飛ばしながら「お前の台本、台詞が長すぎんだよ！」と怒りを岡野にぶつける。

「はあ？　ふざけんなてめえ、台本通りにやるのが役者だろが！」と岡野が怒鳴りながら舞台に駆け寄る。

「いくらっ芝居だからってって、こんなの設定に無理があんだよ！　なんだよこの着ぐるみ！　九月だぞ！　殺す気か！」

「芝居ってのは、非日常的だから面白いんだろが！」

「その台本が面白くないって言ってんだよ」

「何だとこの野郎、じゃあお前が台本書いてみろ！　チャンバラ以外でな！」

「てめえ、殺陣をバカにしやがったな」

着ぐるみを着たまま真っ赤な顔をして岡野を睨む涌田。その横でサクラ役を演じていた堀口泉が怯えている。

今日は岡野の主宰する劇団の第四回公演「眠れぬ夜のために」の稽古日だった。本番を十日後に控えて、一日中稽古ができる貴重な日曜日だ。時間がない中喧嘩なとしている場合ではない。こんな時チッチがいてくれたら「まあまあ、よっちゃんもタコちゃんも」と間に入って取り持ってくれるのだが、彼女は三回目の公演を最後に退団してしまった。

他の役者たちも、光化学スモッグ注意報が流れた時のように、また始まったかと憂鬱な気分になる。「もう岡野先生もタコちゃんもちゃんとやってよ！」と劇団員のキンタが泣きそうに叫ぶ。

　そんな時にタイミングよく演出用の長テーブルの上に置いてあった携帯電話が鳴った。

「岡野先生、電話！　電話！」とキンタが叫ぶ。

　岡野が涌田を睨み付けながら舞台から降りて電話に出る。舞台から降りる時に蹴躓いた岡野を見て、口を押えて笑いを堪えながらキンタが電話を渡す。電話は、今月から電話番のアルバイトとして雇った矢部由実子だった。何となく雰囲気が秋篠宮殿下と結婚した紀子さまと似ていたので、みんなからキッコと呼ばれている。

「はい便利屋タコ坊です……ああキッコか、ああ、それで？　え！　まじ？　うそー、で？　うん、うん、えーっと、夕方ならなんとか、場所は？　うん、分かった。じゃあまた連絡する」

　岡野は電話を切るとまた舞台の涌田の方に走り寄る。

「涌田、大変だ！　一人暮らしのアパートが、し、死んだ爺さんの後片付けだってよ！」

「落ち着け岡野！　一人暮らしのアパートがどうした？」と涌田。

「一人暮らしの爺さんが、アパートで死んで、そのまま一週間放置されてたらしいんだ」

「この真夏にか⁉　それは酷いな」

「そんで、遺体は警察が処理したって言うんだけど、その後の散らかったままの部屋を掃除して欲しいらしい。とりあえず、夕方の稽古の休憩時間に見積もりに行くことにしたぞ」

「よし、分かった。飯食う時間なくなるけどしょうがないな。で、住所は？」

「西一之江だ。ここからそう遠くない」

「オーケー」

二人はニヤッと笑う。

「よし、じゃあ次のシーン行ってみようか！　キンタの登場から。きっかけの音楽スタンバイ！」と岡野が叫ぶ。キンタの顔がパッと明るくなった後、キッと引きしまった女優の顔になる。

それにしても舞台のシーンより、便利屋の仕事の方がよっぽど非日常的である、と他の劇団員たちは思った。

夕方、涌田の運転するバイクの後ろに岡野も乗って現場に到着した。

依頼をして来たのは、老人を雇っていた工場経営者である。寮として使用されている、そのおんぼろの木造アパートは、隣接する近代的な工場とは悲しいほど対照的だ。世界一汚い灰色の板の上にかすれた黒い文字で「いつき荘」と書いてある。

依頼主がアパートの前で待っていた。真夏だというのに、高級スーツをまとっていて、顔色が悪く長身で痩せていて、おまけに眼だけはぎょろっとしていたから、インテリな死神のように見えた。

「あ、便利屋さん。申し訳ないねえ、さあ、こちらへどうぞ」そう言うとオーナーは外階段をコツコツと上がっていく。

途中で黒猫が「ビャー」と声を発して姿を消す。やはりこの男は死神かもしれない。

問題の二階の部屋の前に到着する。扉にプリントされた安っぽい木目調のシートがところどころ剥がれて下地のベニアが腐りかけているのが、昭和という時代を生き抜いてきた住人の年月を物語るようだ。

「てっきりまた病気で休んでいるものだと思っててね……。あ、それで遺体以外はそのまんまになってて、今度は別の従業員が入居するから、残ってるもの全部処理してくれますか?」依頼主がドアの鍵を開けて、コンクリートの廊下に扉をズズッと引きずりながら「さ、ご覧下さい。靴のままで結構です」と中へ入っていく。

玄関の中に入った瞬間、1号に異変が起きる。この世のものは思えない攻撃的なおぞましい臭いが鼻に突き刺さる。突き刺さった何かが触手を伸ばし、脳に到達すると毒を送り込む。続いて3号も襲撃される。鼻の中に錆びた鉄くずを入れられて、生ゴミを混ぜてかき回される。気圧が急激に変化した時のように鼓膜がおかしくなる。人間の腐敗臭とはそんな感じだ。

「ま、窓を開けますよ！」1号はたまらず靴のまま台所に跳び上がり、窓を開ける。窓枠が歪んでいて軋んだ音を立てる。炊飯器のスイッチは入ったままで保温状態、油まみれの換気扇はカタカタと回り続けていた。

窓を開けても部屋に充満しているその恐ろしい臭いと猛烈な熱気は、光を嫌う生命体のように部屋の中にしがみついて離れない。仕方がない。この真夏に死んだまま一週間も放置されていたのだ。

しかし経営者の男は鼻を押さえるでもなく、平然として部屋の様子を眺めながら「病死です」と無表情で便利屋たちに言った。間違いない、彼は死神だ。死神博士だ。もちろんそんなはずはない。大きな工場の経営者だ。

便利屋の二人は開け放されたガラス戸の敷居をまたいで和室に入る。汗が噴き出す。なるべく呼吸をしないように、それでも必要な時は口から少しずつ……。先ほどから気になっていたのだが、何故か部屋中に赤茶色の小豆がばらまかれている。物凄い数だ。小豆の袋を破いてこぼしたという感じではなく、部屋中にまんべんなくばらまいたという方が正しい。何かの儀式の後なのか？　小豆を靴で踏みつけるたびにプチプチと音を立てて潰れる。

和室の真ん中には布団が敷いてあり、枕もとには倒れたコップとテレビのリモコン。部屋の角に押しやられたちゃぶ台の上には茶碗やら、皿やら、やかんやら、食べ残したカップ麺やらが雑然と並ぶ。カーテンレールにかけられたままの工場の制服。天井に吊るされた埃を被った電灯には豆電気が灯り、そこから床の辺りまで延ばされたスイッチの紐が、いなくなったご主人様を待ちわびて不安そうに垂れ下がっていた。

ついさっきまでここに人がいた気配だけを残して、当の本人の肉体は何処かへ消えてしまったのだ。

1号がカバンからノートを取り出し、処分するものを記入していく。冷蔵庫、中型の箪笥が一つ、小さな本棚が一つ……小型のテレビが一台、布団が一組……。と、掛布団をめくると、衝撃的な映像が1号の目に写る。

人型の染みが敷布団にくっきりと残っている。紅茶をこぼした後のような赤みがかった黄土色で、魚拓のようにはっきりとこの部屋の住人の影を残していた。その形はカンダタが地獄から地上に這い上がるために、クモの糸を伝っている時のような、あるいは木にくっ付いたままのセミの抜け殻のような横向きの人影だった。

さらにその敷布団をめくると、そのままの形の染みが畳にまで浸透していた。

布団をめくる度にぱらぱらと米粒のような白いものが落ちる。1号の隣で視力の悪い3号がその正体を突き止めようと顔を近づける。米粒が動いている。

「うわあ、うじ虫だ！」

無数のうじ虫が布団の上にも下にも！　そして気になっていた小豆の正体もこの瞬間に判明した。うじ虫のサナギだった。

「ここにまた誰かが入居するというのか」

物凄い勢いで腹の底のあたりから何かが込み上げて来た。3号は転びそうになりながらも部屋を飛び出して外の共用部の廊下に行く。廊下の一番端にさっき消えたはずの黒猫がいて目が合った。死神博士の使いのようにじっと岡野を監視している。

「これじゃあまるで三流のホラー映画だ」

涌田もその場を逃げ出したかったが、彼の人生哲学には、逃げるという言葉はなかった。布団をめくった時に飛び散ったうじ虫の一匹が、服の袖口から入ったような錯覚に囚われて気が遠くなりそうだったが、あえて最も冷静な口調で「畳も捨てますか?」と依頼主に聞いた。

「お願いします」と言われて畳もめくってみた。人型の染みを作った体液は、放射線のように畳も通過して下地の床板にまで到達しており、おそらくは地中深くまで浸透しているに違いない。

肉体が消えても残り続けるその影は、亡くなった住人が最後に残した生への執念の叫び声のようだった。

「一日も早い方がいいでしょうから明日片付けましょう」と涌田が答え、今日はこれで引き上げることにして二人はバイクにまたがる。大通りに出ると稽古場とは逆の方向に向かう。

「涌田、どこ行くんだ?」

「ちょっと警察に寄る」

岡野は何のために涌田が警察に行きたいのか分からなかったが、そんなことよりもさっきの恐怖体験が頭から離れず、それ以上何も聞かなかった。

交番に着くと涌田は駐在していた若い警官に「すみません、死体の臭いを防ぐ方法を教えてくれませんか？　ほら、よくアメリカ映画でＦＢＩが鼻の下に何か塗ってる薬品みたいなのがあるじゃないですか。あれって何ですか？」と聞いた。

「そんなの聞いたことないなあ。たぶん映画の中だけのことでしょうね。まあ、日本酒でも塗ったらいいいんじゃないですかね」とその警官はがっかりすることを教えてくれた。

あの臭いを何とかしないと仕事にならないぞ。どうするか。

涌田が頭を悩ませるが、警察に分からないことが便利屋に分かるはずもなく、稽古場に戻ることにした。

「涌田、飯食う時間がなくなって悪いな」

「いや、同時に食う気もなくなったからちょうどいい」

夜の十時過ぎに稽古を終えて1号と3号は便利屋新事務所に帰る。新しい事務所にはそれぞれのデスクがあり、電話も黒電話からプッシュ式のボタン電話に代わった。書類の棚もあり玄関右手には倉庫の部屋まであって、何とも会社らしくなった。既に2号の須々木と4号の羽嶋が戻っていた。バイトのキッコも定時の七時に帰らず、この時間まで残っていた。便利屋が楽しいのか、家に帰りたくないのか、余計な詮索は誰もしなかった。

涌田はさっそく須々木と羽嶋にも今日の老人の孤独死の話をしようと思ったが、先に2号須々木が口を開いた。

「おー！　涌田、聞いてくれ。はし君と日南住販のリフォームの現場から帰って来たら一般から電話があって、さっき見積もりに行って帰って来たとこなんだけどさ」

「え！　そっちも飛び込みの仕事が入ったのか？　どんな依頼だ？」

「それがよお、浦安のおんぼろのアパートの大家さんからなんだけど」

おいおいまさか、そっちも孤独死の後片付けじゃないだろうな。涌田と岡野が顔を見合わせる。羽嶋は机の上で工具箱の整理や、道具の手入れをしている。

「そこに住んでた七十代の一人暮らしのお婆ちゃんが消えちゃったんだって」2号が珍しく興奮気味に話す。

「消えた？　じゃあ、そのお婆ちゃんをさがしてほしいのか？」と1号。

「誘拐？　それとも忍者？　くのいち？」と3号。

黙々と道具の手入れをする4号。

「それが違うんだよ。家賃も滞納してるし、一応警察には話したらしいんだけど、実は大家さんは前々からそのお婆ちゃんに困っててさ、ちょうど出て行ってほしかったから、まあ、それはいいんだけど、後に大変なものが残っちゃったんだよ！」

「何が？　染みか？」思わず1号の口からその言葉が出る。

「は？　染みって何？」と2号。

「あ、いや何でもない。で、何だよ、残ったものって」

「猫！」須々木が大袈裟に言う。

「猫？」拍子抜けする涌田。

「五十匹！」両手の指を広げて言った。おいおい、それじゃあ十匹に見えるよ！

と横で聞いていた岡野は思った。

「五十匹!?」涌田は素直に驚く。

「はい、コーヒーでもどうぞ」とキッコがインスタントコーヒーをみんなに配る。

「キッコちゃんありがとね。で涌田、最初はさ、一人暮らしで寂しいから近所の野良猫に餌をやってたらしいんだよね。それがさ、いつの間にか飼い始めちゃって、そしたらどんどん野良猫がやって来ちゃって、二十匹くらいになると他の部屋の住人から苦情が出たんだけど、お婆ちゃんにとっては大事な家族だったんだよね。その後もどんどん増えちゃって。ついに自分の食べるお金もなくなっちゃって。部屋の中見たけど、食べるもの何もなくてさ、冷蔵庫の中も綺麗に空っぽだった」忠助はお婆ちゃん思いだ。

「家族ったって、五十人ってどんだけ大家族なんだよ！」涌田が突っ込む。

「お婆ちゃん、三味線作ってなかったか？　猫の皮がいいらしいぞ」と岡野が余計な言葉を挟む。

「うるさい、岡野。そんで家族放り出して家賃滞納して何処行っちゃったんだ？　そのお婆ちゃん。いつからいないんだ？」涌田が身を乗り出す。

「春先だから、もう半年になるんだってさ」

「半年か……。そりゃあまずいな。猫はいなくなる時はたいがい……」また岡野が口を挟む。

「だからうるさいよお前！　お婆ちゃんと猫を一緒にするな！」

「そうなんだよね。きっと行くとこなんかないんだよね」須々木が悲しい顔になる。

「ああ、ごめん忠ちゃん。まあそれは警察に任せよう。で、依頼と言うのは？」岡野が真面目に聞くと須々木が答えた。

「うん、大家さんはその居ついちゃった猫を全部追い払って欲しいって言うんだよね」

「まあ、そうだろうね。で、いつ？」煙草に火を点けながら涌田が聞いた。

「明日」

「あちゃー」涌田が火を点けるのを止めて岡野を見ながら顔に手を当てる。岡野も顔をしかめる。

「あれ、まずかった？」忠助が心配そうに涌田と岡野を見る。その横で羽嶋之雄はせっせと道具を磨いている。

「あれ、コーヒーまずかった？」とキッコがトイレからパタパタと走って来る。


同じ日に孤独な老人にまつわる同じような依頼が二件。何万人もの人が、テーマパークで浮かれて騒ぎ、高級ブランドショップでは高額な時計やカバンを買い求め、眠らない夜の街では嘘くさい輝きの中で一本何万円もするドンペリが飲み干され、同じ都会のその裏側では亡くなってから仲間にさえ一週間も気付かれない人がいる。身寄りもなく友達もなく、お金も食べるものもなく、ひたすら野良猫を集め続ける人がいる。

少し離れた空の方から見てみたら、まったく同じ位置に存在していながら、しかしその光と闇は決して交わることはない。

あの老人が残した染みも、お婆ちゃんの猫たちも、海底で死んだクジラのようにきっと誰の記憶に残らないまま消えていくのだろう。

その記憶を社会から消す仕事が今回のタコ坊の任務だ。やりきれない気持ちと矛盾を抱えながら、それでも引き受けた仕事をやり遂げる四人だった。


翌日は三つの班に分かれた。遺体の後の片付けを3号岡野と2号須々木とアルバイトの安井。

猫屋敷を非常勤特別社員、鈴本邦明。通称「クニ」

日南住販の内装工事を4号羽嶋。

この特別社員、鈴本邦明という男がまた面白い人間で、身長は須々木と同じ一八〇センチを超える大男で、体格もいいから格闘家のように見える。年齢は四人と同じ学年で、今年一九九一年度で二十七になる。普段は何処で何をしているのか謎なのだが、力もあり愛嬌もあり機転も利くのでピンチの時には頼りになる。いつも腹ペコで、牛丼屋に行くと必ず大盛りではなく、牛丼並盛りと、ご飯だけを一つ別に頼む。「大盛りと同じ値段で腹をいっぱいにするには、この方法しかない！」と邦明は言う。しかしこの男は時間にルーズで、いざという時に大遅刻をしたりするのでそれが厄介ではあった。また路上でも平気で寝られる図太い神経の持ち主で、今回の猫屋敷の現場も彼なら一人でなんとかやってくれるに違いない。

見積もりに行った須々木自身が行く方が手際はいいのかもしれないが、須々木は心が優しすぎてきっと猫に同情してしまって、あるいはお婆ちゃんが帰って来るまで自分がそこに住むと言いかねない。

そして1号涌田が邦明を現場に送り届け、材料屋に行って壁紙を仕入れて羽嶋の現場に届け、その後で遺体の後片付けの現場に合流するという段取りに決まった。

「行ってらしゃーい！」キッコが手を振ってみんなを送り出す。「さあて、今日も電話番頑張るぞー！」と言って電話の前に座るとカバンの中から「ＤＲＡＧＯＮ ＢＡＬＬ」十～十五巻を取り出した。

涌田と邦明が浦安の猫屋敷アパートに着く。

「クニ、あとは頼んだぞ！」

「おう、任せとけ」

邦明はバルサン十個と、猫の嫌いな臭いのするスプレー缶を持ってアパートに立ち向かう。いつ朽ち果ててもおかしくない二階建ての木造のアパートの一階は、老女の住んでいた部屋を含め既に誰も住んでおらず、空き家になっていた。二階は老女の真上の部屋以外は住んでいる気配がある。アンダーグラウンドの住人達が、何かの間違いで地上に出て来てしまったような感じだった。

邦明が一〇一号室の扉を開ける。ギーッという音と同時に強烈な動物臭、そして百個の光る目玉が一斉に邦明を振り返る。


涌田は内装工事用の材料を求めて、いつもの問屋AB商店に来ていた。

「タコ坊さん、まいど！　精が出るねえ」と商店の親父がにこにこしながら注文していた壁紙や襖紙を用意してくれる。

「いやー、親父さん、参っちゃってさあ」

「どうしたのタコ坊さん？」

「親父さん人が死んだ後の臭いって知ってる？　しかもこの暑さの中で、一週間も放置されてたのよ！　その後片付けに行かなくっちゃなんですよ」

「タコ坊さん、そんなこともやってるの？　はー、若いのに偉いねえ」商店の主人は襖紙をくるくるっと気持ちよく巻きながら答える。

「いや、偉くはないですよ。便利屋だから頼まれたら断れないだけですよ。それより臭いに参っちゃってね、警察で臭いを消す方法を聞いたら日本酒でも鼻の下に塗っとけって、そりゃあないっすよねえ」納品書にサインをしながら涌田が材料を受け取る。

「何だ、タコさん知らないの？　死んだ人の臭いなんか簡単に消せるよ」主人が納品書の控えを破いて涌田に渡す。

「へ？　親父さん知ってるの⁉　教えて！　教えて！」涌田が親父さんの腕を強く掴む。

「痛いよ、タコさん！　痛い、痛い」


一方岡野たちは、全員雨合羽を着用し、ワンカップの日本酒を気休めに鼻の下に塗り、おまけに一口ずつ飲んで、手ぬぐいを鼻と口にきつく結んで、心の準備をしていた。岡野以外はまだ本当の恐怖を知らない。ゴム手袋をはめ、麻のゴミ袋を持って部屋に突入する。

「窓を開けろ！」岡野が指示する。日本酒も手ぬぐいも何の役にも立たない。三人とも部屋に入った瞬間に汗が噴き出す。今日は特別の暑さの上に雨合羽。しかしこの臭いとうじ虫対策としてはしょうがない。ファイヤーマンになったつもりで暑さと戦う。

「うぎゃー！」バイトの安井がさっそくうじ虫に悲鳴を上げる。

「とにかく大きいものからどんどんトラックに積み込んでくれ。重くなるけど箪笥や冷蔵庫や洗濯機の中に、衣類とか本とかできるだけ小物を詰め込んで運ぼう。何としてもトラック一回分で終わらせるぞ！」

岡野が細かいものを洗濯機やダンボール箱にギュッと詰める。須々木と安井が外に運び出す。

しかし十分もしないうちに三人とも臭いと暑さにやられる。一階の日影になっているところにバタバタと避難して呼吸を整える。

二階の部屋から共用廊下を伝って、外階段を下り、トラックの荷台に続く土の上にいくつもの小豆と米粒が道しるべのように落ちていた。

「おえー！」突然安井が庭に吐く。

「やっちゃん、大丈夫か！」須々木が安井に駆け寄り背中をさするが、須々木の合羽の袖口から小豆が二つ三つぽろっと落ちる。
「もうやだー！」安井が叫ぶ。

その頃邦明は、バルサンを仕掛けるために部屋の中のあちこちの扉を開けていた。開けるたびに、トイレの中から、台所の天井棚から、食器棚から、押し入れの中から大量の猫が飛び出してくる。不思議なことに追い出した後襖を閉めて、五分後に開けると、また二、三匹の猫がそこにいる。この部屋は異空間の出入り口で、どこか遠くの猫の惑星と繋がっているとしか思えない。

バルサン十個全部セットして、いったん玄関の扉と窓を閉める。バルサン十個の威力は半端じゃない。火災現場のように白い煙幕がアパート全体を包み、ついには二階の屋根の軒裏からモクモクと勢いよく上がっている。二階にいた住人にはあらかじめ説明をして避難してもらっていたものの、近所の人が集まって来て「火事だ」と騒ぎ出す。慌てて説明をする邦明。

その時ガタガタと音を立てて、エアコンの室外機の裏側のアパートの壁の辺りから続々と猫が出てきて、集まっていた人たちがさらに騒ぎ出す。等間隔で一匹ずつ飛び出してくるそのさまは、猫型ミサイルのようだ。

「とにかく消防車！」と、誰かが叫んで走り出す。

「あー、だからちょっと待って‼」と邦明が追いかける。

「お待たせしました、ジャジャジャジャジャーン！」1号が満面の笑みで3号たちの現場に現れる。

「遅せーよ！」と3号岡野。「もうあらかた終わっちまっただろ！」

いや、まだ三分の一も終わっていない。しかしサウナにでも入って来たかのように汗だくの三人。

「まあ、まあ、ちょっと一服しようや。それより問題解決だぞ！　ほら！」1号が大量の線香を取り出した。

「お線香⁉」

「そう、死んだ人の臭いを消すのはこれが一番なんだってさ。言われてみれば盲点だったたな。みんな車にコーヒー買っておいたから飲んでくれ。俺はこの線香をセットしておく」

1号が大きめの空き缶に砂を入れて、束のまま線香をさして火を点け、それを幾つか作って部屋のあちこちの角に置いていく。

「おーい、もう大丈夫だぞ！」二階から1号が声をかける。

三人が部屋の戻ると「うそ！」「消えてる」「線香すげー！」と古き日本人の偉大なる知恵に感銘した。

それからは嘘のように仕事がはかどり、二時間で畳も含め一切合切の物をトラックに押し込んだ。

がらんと何もなくなった部屋に、亡くなった爺さんの染みだけが悲しく横たわり、それを弔うかのように大量の線香が燃えていた。


邦明は、騒ぎ立てる住民をなんとか説得し、家に帰したあと、一匹残らず猫がいなくなったことを確かめて、室外機の所に開いていたコブシくらいの穴をでかい石でふさいだ。

「これは明日、はし君に直してもらわないとどうにもなんねえや」そう言って、ドアや窓の辺りにありったけのスプレーを吹き付けて今日の任務を終了し、涌田の携帯電話に報告した。帰りに浦安の駅前の牛丼屋に入って「今日は思いっきり贅沢してもいいだろう」と、牛丼の大盛りとライスと味噌汁と、少し迷ってからおしんこを注文した。

そして4号羽嶋は、一人黙々と2DKのマンションの襖と壁紙を貼り続けていた。

キッコは便利屋事務所で、何故「DRAGON　BALL」の十六巻も持って来なかったのか後悔していた。

片付け組は、着ていた雨合羽をトラックに捨て、現場近くの富士の湯で体を丹念に洗った後、アルバイトの安井は家に帰り、岡野は劇団の稽古場へ向かい、涌田と須々木は公共のゴミ処理場でゴミを捨てて事務所に戻った。


その夜十時過ぎ、稽古が終わった岡野が事務所に戻ると涌田だけが残ってブツブツ独り言を言いながら事務仕事をしていた。

「おう涌田、お疲れ。まだいたのか?」

「うぃーっす!　お前こそ直接帰んなかったのか?」3号に気付いて顔を上げる。

「なんかまだ誰かいそうな気がしてね、ちょっと寄ってみた。今日はほんとに大変だったな。クニの方はどうなった?」

「ああ、ちょっとトラブったみたいだけどうまくいったみたいだぜ。明日羽嶋に穴をふさいでもらったら完了だ」

「そうか」椅子にドカッと腰かけて煙草に火を点ける。「いやー、でも合羽は暑かったなあ、お前の着ぐるみの気持ち分かったわ」

「そうだろ！　ところで岡野、芝居の方は大丈夫なのか？　もう十日ないだろ」

「ああ、お前が台詞さえ覚えられればな」

「ふ、任せとけ」

「まだ帰んないのか？」

「いや、今ちょうど終わった。車乗ってくか？」1号は帳簿をパタンと閉じる。やけに分厚い帳簿だ。帳簿の間に芝居の台本を挟んだら、きっとあんな感じになるのだろう。そういえばさっき事務所に帰って来た時、涌田は何かを一生懸命暗記しているようだった。

「涌田、お前……」

「ん？　何だ」

「あ、いや何でもない。おう、じゃあ帰るか」3号が煙草を消す。

江戸川を越えて市川に向かう車の中では、二人とも特に何も話さなかった。

こんな仕事をしていると、見なくてもいいことまで見てしまう。知らなくてもよかったことを知ってしまう。二人ともずっとあの染みのことが頭から消えなかった。

たとえあの染みがいつか消えたとしても、悲しみという心の染みは消えることがない。切り離すことのできない影のように、歩いた後をずっとついてくるだろう。

翌日、羽嶋が浦安の猫屋敷に行った。室外機の裏の穴を確かめて、車から工具と材料を下ろして、まずは部屋の内側からふさごうとドアを開ける。

百個の目玉が一斉に羽嶋に反応する。

「え？　……勘弁してよー！　いっぱいいるじゃん！」

第十六話　「タコ坊海を渡る！　バルセロナオリンピックの野望」

「立ち食いソバはありきたりだな、面白くないよ」便利屋3号岡野芳樹はそう言うとアイスコーヒーをストローを使わずに飲む。

「じゃあ、座って食えばいいじゃん、ってそれじゃあ普通の蕎麦屋だよ！」と、4号羽嶋之雄が煙草の火を消しながら一人で漫才のノリ突っ込みをする。

「でも、立ち食いソバは儲かるらしいぞ。飲食店の中で最も回転率がいいからな」と1号涌田広幸がホットコーヒーを飲みながら答える。「一番効率が悪いのは喫茶店だ」

「悪かったわね、タコ坊さん。一番効率の悪いお店に来てもらって！　はい、ピザお待たせ」とガーデンのママが焼きたてのピザをテーブルに置く。

「あ、いや、ガーデンさんは喫茶店というより、洋食屋さんです！」と1号が慌てて取り繕う。

「何言ってんのよ。どう見ても喫茶店でしょ。でももう少ししたら建て直して、レストランにするんだからね！」とママ。

するとと3号がすかさず「さすが地主の御嬢さんは違うねえ！　こんなに暇な店なのに金がうなってるんだもんね」と、いたずらっ子のように舌を出す。

「もう、そんなこと言うなら新しいお店に入れてあげないよ！」とママが可愛らしくほっぺたを膨らませる。

その横でみんなの会話を楽しそうに見ながら2号須々木忠助がコーラを飲んでいる。

一九九〇年の年末、今夜は便利屋タコ坊の新事務所の向かいの喫茶店ガーデンで、四人は会議と言う名の暇つぶしをしている。ガーデンは、商店街から少し外れた住宅街の中にポツンとあったので、ランチでも夜でも比較的空いていて、便利屋にとっては都合のいい特別会議室だった。

「さっきの話だけどさ、立ち食いそばがあるんなら、立ち食いカレーがあってもいいんじゃない？」と3号が話を戻す。

話の発端は、都営新宿線の一之江駅の地上出口のところに、ずっと閉まっている立ち食いそば屋の店舗があって、だったらそこを便利屋で使ってみては、と岡野が言い出したことからだった。不動産屋からの誘いでもなく、特に資金繰りの当てがあるわけでもなく、いつもの妄想会議だった。

「立ち食いカレーか、それは面白そうだな。日本人はたいがいカレーが好きだからな」と1号が煙草に火を点ける。

「いやあ、カレー屋とラーメン屋はありすぎて逆に難しいんじゃないの？　都内は家賃も高いしね」と、4号がピザを頬張りながらネガティブ情報を放り込んでくる。

「だったら家賃ゼロの屋台カレーがいいんじゃない？」と3号も煙草に火を点ける。

「お、味平カレーか！　いいねえ」と1号が昔流行った料理漫画の元祖の名前を出す。

「バカだねえ、屋台なんかヤクザにどんなけピンハネされると思ってんの？　家賃の比じゃないね」と4号が豊富なマイナス思考を披露する。

「うるせえな羽嶋は、じゃあ海外で屋台カレーってのはどうだ？　海外だったらヤクザだって文句ないだろ」涌田が羽嶋の意見を打ち消すように言ったが「いや、海外だってマフィアがいるっしょ！」と逆に羽嶋に打ち消された。

「海外で屋台カレー、いいね！　ちょうど再来年バルセロナオリンピックだから、そこでやろうぜ、便利屋タコ坊の屋台カレー。いよいよタコ坊も世界進出だな！」

3号が立ち上がって叫んだ。

「よし、じゃあ決まりだな」と煙を吐きながら1号。

「ほらまた勝手に決める」と4号。

「勝手じゃないよ。賛成多数だろ？　だって忠はどっちでもいいんだから、なあ、忠？」と涌田が2号須々木に聞く。

「あ、俺っすか？　俺は……どっちでもいい」と2号が今日初めて口を開く。

「そらみろ！」と1号が勝ち誇る。

「いや、忠ちゃん。どっちでもいいじゃなくて、たまには自分の意見を言ってみようよ。暴力に屈してはだめだ！」と4号が食い下がる。

「俺の意見？」と2号も煙草に火を点ける。

「そう、きちんとした自分の意見」

「……つまり……どっちでもいいというのが、きちんとした俺の意見だ」2号が美味そうに煙を吸って吐き出す。

「あちゃー」4号が頭を抱える。

それを聞いていた1号がニヤッと笑って煙草を消して「じゃあ、まず店の名前が大事だな……こういうのはどうだ、忍者カレー！　外国人は忍者大好きだろ？　店員は全員忍者服着用」と言うと、3号が
「そんで全員背中に刀背負って、カレー出した後にナルトを手裏剣みたいに投げて

入れる！」

「ナルトは、ラーメンでしょ！　それに本物の忍者でもナルトなんかうまく投げられねえよ」とそれでも4号はぼやく。

「で、客が来ない時はけん玉やってりゃ人が集まって来るだろ」と4号を無視して1号。

「けん玉って忍者と関係ねえじゃん」と4号。しかしそれを言うなら、もう駅前の店舗の話とは全然関係なくなっている。

「あとさ、メニューはビーフカレーとチキンカレーに絞ってさ、店の名前は、忍者カレー『モウ、ケッコー』って言うのはどう？」とノリノリの3号。

「牛がモウで、鶏がケッコー、ってダジャレっすか？　そりゃケッコウ」と4号がため息。

「おー、いいね！　さっそく行動開始だ。忠、お前明日、保健所に行って営業許可書貰ってこい。調理師の免許持ってんのお前だけだからな、忠が食品衛生責任者だ」と1号。

「了解！」と2号。

「え！　忠ちゃん調理師の免許持ってんの？」と4号が驚く。

ばかばかしい妄想の話がいつの間にか現実の話となっていた。

「よし、じゃあとりあえず乾杯しよう、ママ、ビール四つ！」1号が立ち上がって指を四本立てる。

「待ってました、タコちゃん！」ビールを飲むために水分を一切取っていなかった4号羽嶋の目が光る。

「では、便利屋タコ坊のバルセロナオリンピックの野望に、乾杯！」と1号。

一気に気持ちよさそうに飲む四人。今日も日中はそれぞれの現場で肉体労働をしていたのでこの一杯がたまらない。

「くはーっ、よしじゃあ、やっちゃるか！　便利屋タコ坊カレー計画イン・バルセロナ！　ふぁあっ、ふぁあっ、ふぁあ！」と、4号がはしゃぐ。

「お前何なんだよ！」と1号が4号の変貌ぶりに呆れる。

「まあ悪い人達じゃないことは分かったけど、本当にバカな人たちなんだな、子供たちにはあまり近づかないように言っとかなきゃ」とガーデンのママは厨房で話を聞きながら一人思っていた。

バルセロナオリンピックは、一九九二年七月二十五日から八月九日まで開催される。

まずは現地調査が重要だということになり、年明けの一九九一年二月六日から五日間バルセロナに行くことが決まった。現地に行かずとも東京で調べられることはいくらでもありそうなものだが、百聞は一見にしかずと計画が進められた。

視察要員はマフィアと互角に戦える？　1号涌田と、機転の利く交渉人3号岡野。それに通訳を一人……その通訳が問題だ。英語ならまだしも、スペイン語が堪能な人間となるとなかなか知り合いにはいない。

「まあ、通訳は現地調達だな」と3号。

「そんな簡単に見つかるかな」と1号。

「金を払えばいくらでも見つかるだろ。こっちから連れていく費用を考えれば安上がりだ」

「なるほど、それもそうだな」

2号須々木と4号羽嶋は、その能天気で無鉄砲な計画に多大なる懸念を感じてはいたが、何を言ってもとばっちりが来るだけなので黙っていた。しかしこいつらのことだから、本当に何とか話をまとめて来るかもしれない、という根拠のない期待感もあった。

レポーター「こちらオリンピック会場の近くの屋台村から中継しています！　スタジオの福留さん聞こえますか？」

福留「はい、聞こえますよ。そちらではオリンピック競技場の場外で凄い日本人が大人気なんですって？」

レポーター「ええ、そうなんです。ご覧くださいこちらでは深夜十二時を過ぎているのにこの人だかり、何だかわかりますか？」

福留「さあ、何ですか？　あ、今忍者が飛び跳ねましたね！」

レポーター「そうなんです。バルセロナではこの忍者が大ブームなんですが、実は日本の便利屋さんがこっちで出している屋台の忍者カレーなんですよ！」

福留「忍者カレー⁉　何ですかそれは？」

レポーター「いやあ、私にもよく分からないんですが、忍者とカレーという奇抜な組み合わせがこちらでは非常にうけておりまして、とんでもない忍者ブームになってるんですよ！　あ、押さないで、押さないで、あー、いったんマイクをスタジオに……ズームイン……」

「ねえ、ちょっと起きてよ。大変なことが起きてる」と3号岡野の妻葉子が岡野を揺り起こす。

「あれ、俺寝てた？」と二人の住いのリビングで岡野はあくびをしながら上半身だけ起き上がると、葉子がテレビを指さしていた。

「何、忍者カレーがどうしたの？」

「何寝ぼけてるの？　ほら見てよ」

テレビの中の映像は、地上からミサイルが打ち上げられ、戦車が砂煙の中を行進し、戦闘機が次々に爆弾を落としていき、中東の砂漠地帯の建物が破壊されていく映像が映し出されていた。

一九九一年一月十七日、湾岸戦争が勃発した。イラクに多国籍軍が空爆を仕掛けたのである。

どんな失敗をしても許してくれて、何をやっても絶対に反対しない葉子が「今スペインに行くのだけは止めて。お願い」と言った。

いつもふざけてばかりいる岡野だったが、彼女の真剣な目を見て今は何も言えなかった。

　翌日の夕方、便利屋事務所。

「な、だから涌田、俺は今、究極の選択を迫られてるんだ」

「大袈裟だな」

「女房を取るか、スペイン行きを諦めるか、どっちにしたらいいものか」もう心は決まっている岡野だった。

「なるほど、そりゃあ難しい選択だな」

「だろ?」３号はバツが悪そうに笑う。

「……まあ、ツクツクが反対する気持ちも分かるよ。しょうがない、じゃあ岡野は留守番だな」と１号が諦める。

「まあお前も所帯持ったら俺の気持ちが分かるぞ……って、じゃあ一生分かんねえか」と岡野がせせら笑う。

「うるせえ、独身の方が百倍気楽なんだよ」と岡野に言い返すが、岡野はその後少し寂しそうだった。

「ところで岡野の代わりはどうするかなあ」と涌田は羽嶋の方を見る。

壁紙に糊を付ける機械を丁寧に洗っていた羽嶋が殺気を感じて、手を止めて叫んだ。

「俺は絶対行かねえからな！」

喧嘩の必勝法は、いきなり先制パンチを喰らわすことだった。

「となると忠、お前の意見はどうだ？」と涌田は須々木に矛先を変えた。

「あ、俺っすか？　……俺は……どっちでもいい」

ある意味忠助は一本筋が通っている。


というわけで、一九九一年二月六日、涌田広幸二十六歳の誕生日に須々木忠助と二人、イベリア航空にてバルセロナへと向かったのだった。

「いいか忠、言葉なんて四つだけ覚えてりゃいいんだぜ」

「そーなの？」

「イエスがシー、ノーがノー、後は一、二がウノ、ドス。これだけ言えればたいがい通用する」

「さすが、涌田。頼りになるな」

「まあ、とりあえず飲もうぜ、飛行機の中は飲み放題なんだぜ。ヘイ、お姉ちゃん、ビール、ドス！」

キャビンアテンダントが缶ビールを二つ持って来る。

「すげえ、通じた！　たいしたもんだな涌田」

いや、この二人まったくもって先が思いやられる。


十数時間かけてバルセロナの空港に着いた二人は、とりあえず通訳をさがさなければならなかったが、地下鉄に乗って中心街まで出て、まずは腹ごしらえをしようと飲食店をさがす。

しかし街はゴーストタウンのように人影もなく、店という店はシャッターが閉まり、たまに人影を見てもホームレスだ。

「どうやらこれが噂のシエスタだな」と便利屋ウノ。

「何、シエスタって？」と便利屋ドス。

「この国の人間はやたら昼寝が好きで、昼めし食ったらみんな夕方まで寝ちまうんだよ。で、夕方ちょこっと働いたらそんでおしまい。八百屋でも魚屋でも工場でもデパートでもな」

シエスタに関する情報がかなり間違っている。

「へー、いい国だねえ。でも何かあった時に困ったりしないのかなあ」

「ああ、だから今俺たちが困ってるだろ」

「なるほど」

「腹減ったな、忠」

「うん、ペコペコだよ」

と、C3POとR2D2の人間版のような凸凹コンビがバルセロナの街を歩く。

「まあ、この街貸切ったと思えば悪くないだろ！」と何処までもポジティブな便利屋ウノだった。


しばらく歩いていると前方から変に目を潤ませた初老の男が、何か話しかけながら近付いてくる。ははーん、これは煙草が欲しいんだな、と涌田は胸のポケットから残り僅かなハイライトを取り出した時、

「ノー！　逃げなさい！　彼はドラッグ中毒だよ！」と日本語で叫ぶ声が聞こえてきた。

涌田たちが声の方向を振り向くと、男とも女ともとれる長髪でジーパン姿のいかした若者が、十メートルくらい後ろでカモンカモンと手を招いている。

その隙に男が涌田のハイライトを奪おうと煙草を掴む。「ひー」と声をあげて男の手を振りほどき、若者の方に走る便利屋の二人。

中毒の男が後ろから何か大声で叫ぶ。タコ坊たちは、若者に追いついて三人で市街を逃げる。逃げる途中にも、駐車している車の鍵を開けようとしている者がいたりと、バルセロナの街は案外物騒だった。

走って走って結局サグラダファミリアの辺りまで来て地面に寝転んだ。息を切らしながら涌田が若者にお礼を言った。

「いやー、アニキ助かったよ」

するとその若者が
「はあ? アニキってレディに向かって失礼だね!」と涌田の頭の上に立ち上がって腕組みをした。

涌田は呆気にとられて、寝転んだまま口を開けてしばらく彼女の顔を見つめてから大笑いする。須々木もつられて笑うと、彼女も笑った。

彼女の名前はリョウ。歳はなんと涌田たちよりも二つ年下の二十四歳だった。少し日本人離れしたシャープな輪郭に彫りの深い顔立ちだったが、れっきとした日本人で、数年前にスペインにやって来て、この国に魅了されて居ついてしまったという。今はアンダルシア地方で本格的なフラメンコを習っていて、今日はたまたまバルセロナに一人で遊びに来ていたのだ。サグラダファミリアに行く途中で、危なっかしい二人組の日本人を見つけて心配になり、おせっかいながら少し後をつけてきたということだった。

三人はすぐに意気投合して、涌田と須々木は近くの安宿に荷物を預けると夕方の早い時間から開け始めたバルに繰り出した。

「へえ、東京で便利屋をねえ。そんでこっちで忍者カレー？　オウ、ディオス　ミーオ！　私も変わってるけど、そっちもそうとう変わってるね」とリョウがスペインビールを瓶のまま飲みながら話す。

「あ、そうだアニキ。頼みがあるんだけどさ」と涌田。

「だからやめてよ、その呼び方」

「まあ、いいじゃねえかアニキ！」

「で、何なのさ、頼みって」

「だから俺たちまったくスペイン語話せないからさ、明日と明後日の二日間通訳やってくんないかな？」

「えー？　通訳のあてもなしに商談に来たの？　ディオス　ミーオ！　ほんと呆れ

るっつうか、馬鹿ッつうか」ニシンの酢漬けをほおばりながらリョウが呆れる。

「あたしだって休暇取って来てんだから、勘弁してよね」

「いや、何もただでとは言ってないぜ」と涌田も瓶のままビールを飲み干して「二日間の通訳とガイド、日本円で五万でどうだ」

リョウがスペイン煙草に火を点け、深く吸い込んで鼻から煙を勢いよく出すと「ブラーボ　悪くないね」と男前に答えた。

「よし、じゃあ赤ワインで乾杯だ」と涌田がボトルをつかんでグラスに注ごうとしたが、空だった。

隣りで須々木がワイングラス片手に真っ赤な顔をして「タコーボ　悪くないね」とウインクした。日本にいる時よりも社交的になっている。


翌日の朝八時、八時間という時差に男子二人でダブルベッドという初体験のおかげで、睡眠不足の涌田が目をこすりながら早めに起きてきた。

二月のスペインも日本と同じように寒かった。リョウとの奇跡的な出会いに、この冗談話から生まれた無謀な計画にも光がさし込んだように思えた。「悪くない朝だ」と涌田は独り言をつぶやく。

「忠、起きろ！　出かけるぞ」と毛布をはぎ取る。

「え！　もう朝？　あれ、ここ何処？」と須々木が寝ぼけている。

まずは須々木と二人で午前中の早いうちに日本領事館に行くことにした。親切に対応してくれたものの、オリンピック開催中にだけテキ屋のような屋台の店を開くという事例が過去になく「そのような話であれば、現地の不動産屋か料理店に交渉してみては」と頼りないアドバイスをしてくれた。しかし逆に考えれば、不動産屋がオーケーを出せば可能だということでもある。

「悪くない午前中だ」

「え？　涌田何か言った？」と須々木。

「いや、何でもない」

それから二人は、十時にオリンピックスタジアム建設予定地の近くにあるスペイン村の駅で、待ち合わせをしていたリョウと合流する。

適当に不動産屋を何軒か見つけると、とりあえず店舗の物件を調べてもらった。この辺りの飲食で使える居抜きの物件で、約十八畳の広さがあって十二万から十八万ペセタ……つまり日本円で八万から十二万くらいだ。一食客単価千円くらいとして百食で家賃か。

「悪くない昼前だ」

「え？　ヒロユキ何か言った？」とリョウが聞く。

「いや、何でもない。腹減ったな、シエスタになる前に何か食おうぜ、アニキ」

三人はスペイン村の中にあるレストランでビールとサンドイッチの軽い昼食をとった。

それからシエスタの時間、三人は木陰に行っていろいろ話した。今までの嘘みたいな便利屋の事件簿をリョウは大笑いしながら聞いていた。その後でリョウが自分の夢を語った。本場のフラメンコを習得して、日本に本格的な教室を開きたいのだという。リョウが言うには、街のタブラオと呼ばれる飲食店で行われるフラメンコと、アンダルシアでジプシーが踊る本格的なフラメンコでは、格がまったく違うそうだ。そしてそれを身に付けるためにはもっともっと修行を積まなければ教われないのだという。

その違いがよく分からなかったけど、きっと岡野がやっている劇団と歌舞伎との違いくらいなんだろうなと涌田は勝手に想像した。ということは、物凄く違うじゃん！

シエスタの時間が終わると、実際に日本食をやっているレストランを訪ねてインタビューさせてもらおうということになった。

リョウがいろんな人にこの近辺で流行っている日本食レストランを聞いてくれたので、すぐにいくつか見つかった。


地下鉄で移動して「Ｙａｍａｄｏｒｙ」という店に入った。

ちなみに地下鉄で移動している間の車内で、国際交流とばかりに涌田がけん玉を披露してみた。予想に反して反応は冷ややかなものでまったく食いついてこないどころか、近くにいた乗客の何人かが隣の車両に移動していった。しかしその反応は、けん玉事態に興味がないのか、涌田が下手すぎて面白さが伝わらなかったのか、どちらなのかは検証できなかった。

「くそー、あいつら青い目で見やがって」と涌田がつぶやく。

「ヒロユキ、そりゃあ外国人だからね！　それを言うなら白い目じゃないの？」とリョウがなだめる。

「ち、夕方になって雲行きが怪しくなってきた」と涌田は舌打ちをした。

店に入ってみると、まあ何というか日本の居酒屋風の作りだ。いきなりインタビューするのも失礼と思い、リョウがメニューを見て寿司を、忠助が焼きそばを注文し、広幸はｓｏｂａというメニューに対して「鴨南蛮蕎麦」と言ってみた。日本人らしき店員が「はい」と普通に答える。

お、メニューにないオーダーを通すとは、さすが口コミで評判がいいだけあるな。と涌田は思った。

しばらくして寿司が運ばれてきて、次に焼きそば。え、蕎麦の方がよっぽど早いはずなのに、何やってるんだ？　しかも焼きそばは鰹だしに醤油って、完全に焼うどんの味じゃないか！

二人が完食した頃に、ようやく鴨南蛮蕎麦がやって来た。蕎麦の上にフライドチキンが乗っている。思わず店員を睨み付けたが、どうしようもない。

……まあいい、これで通用するなら忍者カレーは、ここスペインで十分勝算ありだ。わざとらしく厨房に聞こえるように美味いを連発した後、日本人らしき店員を呼んで、自分たちは日本から取材に来たことを告げ店主を呼んでもらった。

するとその男が「はい、私です」と答えた。

えー！　この日本人らしき店員が店主！　まあ、そうなのだからしょうがない。

美味いを連発しておいたので、睨み付けたことはプラスマイナスゼロになっているだろう。と開き直ってインタビューする。

涌田「なるほどねえ。そんなご苦労があったんですか。で、本題に入るとですね、もうすぐオリンピックが開催されますが、期間中に現地出張販売はしないんですか？」

店主「しませんね。既に関係者がバルセロナに大勢来てまして、この店だけでも手一杯ですから」

涌田「たとえばですね、日本人がスタジアム近辺で露店の屋台とか可能なんでしょうか？」

店主「可能だと思いますよ」

よし、と小さくガッツポーズする涌田と忠助。

店主「ただし、ここに住んでいて営業の届けがあればですけど」

涌田「え？　住んでないとだめですか？」

店主「ダメでしょうね」

涌田「短期間でもですか？」

店主「さあ、住民でないと営業許可が下りないと思いますが」
涌田「そ、そうですか。それはまあ後で考えるとして。あの、マフィアにショバ代みたいなものは？」
店主「まあ、普通にあるでしょうね。そっちのことはあんまり詳しくないんで」
ちーっ、やっぱりあるのか。
涌田「じゃあ、食材なんかは何処から仕入れしてますか？」
店主「この辺だと東京屋ですね、あ！　いらっしゃい！　あの、お客さんなんで、もういいですか？」
涌田「あ、ああ、そうですね。ありがとうございました」

不愛想ではあるが、それなりに情報が得られた。さっそく、その東京屋という日本食料品店に足を向ける。
来てみて値段の高さに驚いた。仕入れの値段ではなく、日本の普通のスーパーよりもべらぼうに高かった。普通三百五十円で買える鮭缶が六百五十円。米はカリフォルニア米一一・三四キロで五千円！　日本で買うあきたこまちの値段の倍以上。ルーも計算してみたら一杯分で百円のコスト。これに野菜や牛肉や鶏肉を原価に加えたら、そして肝心のテキ屋のショバ代……いったいいくらで販売すれば商売になるのか？　しかし、考えてみれば確かにどこの国だって現地でとれる食材以外はこんなもんなのかもしれない。こっちに来てワインの安さに驚いたのだ。日本で飲めば数万円してもおかしくないブランドのワインが、二、三千円で飲めるのだから。日本で一皿五百円のカレーがこっちでは三倍、四倍の値段になってもおかしくはない。まあ、需要があればの話だが。

その後もリョウがいろいろ交渉してくれたのだったが、オリンピック期間だけの単発の客に情けはなかった。

地下鉄けん玉事件以来、すっかり運気が落ちてしまったらしい。肩を落として外に出るタコ坊に

「ヒロユキ、チュウスケ、ノ　セ　プレオクペ　大丈夫、心配しないで。明日、こっちの知り合いに、弁護士紹介してもらう手筈とったから、きっと何とかなるよ」

リョウが二人を気遣って、バルセロナで一番パエリアが美味い店に連れて行ってくれた。ワインを五本開け、ニンニクの効いた貝のアヒージョに生ハム、レンズ豆の煮込み……

店にいた知らない客とも大いに盛り上がって明け方近くまで歌って飲んだ。リー

ゼントのような髪型の若者からお爺ちゃんまでみんな友達のようだった。途中でリョウがフラメンコダンサーの修行をしていることがみんなに分かり、踊れ踊れと促されたが、彼女はかたくなに断っていた。その気持ちは涌田にはよく分かった。彼女にとってのフラメンコは特別なもので、武士にとっての刀のようなものなのだろう。やたらとひけらかすものではないのだ。

店を出るとみんな千鳥足になっていて、タクシーを二台捕まえて別れた。明日は少し遠出をするので朝の九時に地下鉄の駅で待ち合わせをした。

最終日の朝、今日中に何かめどをつけるしかない。今のところ、ある程度情報は集まったものの、営業ができる可能性は皆無であると言っても過言ではない。

待ち合わせ場所にはリョウの方が早く来ていた。

「ブエノス　ディアス　アニキ！」と涌田。

「はは、オーラ。ちょっとスペイン語覚えたねヒロユキ」

「今日もよろしくアニキ」と須々木。

「クウェンタ　コンミーゴ！　任せて！」リョウが親指を立てる。やっぱりアニキはカッコいい。女にしておくのがもったいない。便利屋の二人は同時にそう思った。

地下鉄を乗り継いで弁護士事務所のビルに着いた。石造りで貫録のある立派な古いビルだった。

中に通してもらい待っていると、二人の弁護士がすぐにやってきた。恰幅のいい年配と青年だ。二人の弁護士はリョウと言葉を交わし、笑顔で握手をして涌田たちとも握手をした。

幸先はよさそうだ。名刺を交換したが、お互いに読めなかった。時間がないのでさっそく本題に入る。

「我々はスペインに日本の忍者という歴史ある文化と、カレーライスという世界に通用する日本で独自に進化した食べ物を、オリンピックの開催期間限定で広めたいと思っている」と涌田が言う言葉をリョウが通訳する。年配の方の弁護士が大袈裟に手を動かしながら喋る。

「つまり、それは商売したいって事なのかって」とリョウ。

「そうだ」と涌田。

またベラベラと喋る弁護士。

リョウが通訳しないで弁護士に何か話し返す。

それに弁護士が答える。そんなやり取りが何回か続いた後、リョウが気まずそうにゆっくり涌田たちに話す。

「つまり……スペインと日本はワーキングホリデー協定を締結していないので、永住権許可を取得するか、まあこれは事実上時間がなさ過ぎて無理ね。もう一つの可能性は……」

「うん、可能性は?」リョウを見つめるタコ坊たち。

「投資家ビザ、最低でも二十万ドルが必要で会社を設立させなければならず、しかも申請から許可まで六か月かかる」

「二十万ドル?　っていくらだ?」

リョウが机の上の計算機で素早く数字を打ち込む。

顔をあげてリョウが言う。「日本円で二千八百万円」

試合が終わった。コールドゲームだ。いや、一ラウンドノックアウトだった。

しかし両手を開いて目を大きく開けて顔を小刻みに横に揺らしながら、年配の弁護士は話を続ける。

「さらに税金が二十五パーセント。スペインでは国外に大金を持ち出すことを禁じているの」とリョウ。

さらに下唇を突き出しながらオーバーアクションをして喋り続ける弁護士。

「これは表の条件で、実際はこれにマフィアや地元警察への賄賂などが絡んでくる……みたいよ。なんで日本のスペイン領事館で確かめてからこなかったのかって」

ＫＯされたボクサーに馬乗りして殴り続ける、そんな映画のシーンが涌田の頭の中で繰り返し流れていた。


完敗だった。結局事務所にいた時間は十五分程だった。呆然としながら駅の方に歩いて、一番気が利かなそうな、不味いコーヒーを飲ませる店を選んで入った。テラス席に三人が腰かけるとウェイターが注文を取りに来た。

涌田が「世界で一番不味いコーヒーを」と言ったが、彼にはコーヒーしか聞き取れなかったらしく「カフィ？」と言ってメモを取って去って行った。

「リョウちゃん、これ」と言って涌田が封筒を渡す。

「もらえないよ、ヒロユキ」といってリョウは受け取らない。

「これは俺たちのけじめだ。最後くらいかっこつけさせてくれよ、アニキ」と涌田が優しく言うと、横で須々木が「アミーゴ」と雰囲気だけで何かを伝える。

リョウはちょっと涙が込み上げて来て、それはおかしさなのか、情けなさなのか、何だか分からなかったけど、雪解け水のような綺麗な涙だった。

そんなに不味くもないコーヒーを飲んで、煙草を吸って、それから三人は来た道を逆に帰った。

涌田たちが電車を降りる前にリョウが、

「ねえ、明日帰っちゃうんだよね。じゃあ、今夜が最後の夜でしょ？　夜の九時にサグラダファミリアの前の噴水の所に来て」と言った。

「え？　どうしたの？」

「いいからさ、またあとでね！　アスタ　ルエゴ！」と言ってリョウはそのまま電車に乗って別れた。電車はガタガタと音をたてて行ってしまったけど「アスタ　ルエゴ」という言葉だけがシャボン玉のようにホームに浮かんでいた。

その晩のことは涌田は今でも鮮明に覚えている。きっと須々木もそうに違いない。

夜の九時過ぎ、涌田と忠助の二人はサグラダファミリアの前にある公園の噴水のふちに腰かけてリョウを待っていた。

氷った空の中で星々が震えている。今日は三日月だ。

遠くからギターの音が聞こえてきてだんだん近付いてくる。

フラメンコのギターだ。

音の方を振り向いてみる。

噴水のちょうど反対側にリョウが立っていた。

フラメンコの衣装をまとい、リョウの足元でカセットデッキからがギターの切ない音が流れている。

「ヒロユキ、チュウスケ、アスタ　ラ　ビスタ！」

リョウはそう叫ぶとフラメンコのステップを踏み始めた。

月明かりの中で彼女は輝いたり、消えたり、その舞踊は美しい狂気のようでもあり、生きようとする叫びでもあり、相反する感情に二人は激しく揺さぶられた。

ギターの情熱的な響きが心を掻きむしり、魂を込めたステップが地の底を駆け巡って足の裏から頭の先を貫通する。

これが光と影、情熱と冷酷の国スペインの本質なのだと体中の細胞が感じていた。

海の底のような空と、命のような満天の星と、地中から空に向かって伸びる巨大な鍾乳石の黒い影にちょうど三日月が重なって、この世の光景とは思えなかった。

きっと夢と現実の境界線の所に俺たちは立っているのだ、そう涌田は思った。悪くない夜だ。

一時間くらいだったのか、五分くらいだったのか、それすらも分からなかったがやがてギターの音が止み、リョウが最後のポーズで止まる。

二人は拍手をしてリョウに近寄ろうとするが、ある一定の距離で止まる。何故かそこから先はとても神聖な領域のような感じがしたのだ。

「リョウ、ありがとな！　お前のことは忘れないよ」

「アニキ、おいらも忘れない！」

「あたしだって忘れないよ！」

「絶対成功して日本に帰って来いよ、それまで　アスタ　ルエゴ！」

「ヒロユキ、そうじゃない。こんな時は

アスタ　ラ　ビスタ！　また次に会う時まで！」

「いい言葉だな、お互いまた次に会う時まで成長しておこう　アスタ　ラ　ビスタ！」

「アニキ！　トレビアーン！」

そこで記憶は消えている。

本当はそんな続きなんかなかったのかもしれない。それはその晩に見た夢で、偶然涌田と須々木は同じ夢を見ただけで、まるで不思議な一枚の絵の中に入ってしまったような、そんな思い出だ。

確かに今ならこんなばかげた大失敗などしなくても、インターネットで何でも簡単に調べられるかもしれない。でも、インターネットでは、あの日の魔法の夜を体験することは決してないだろう。

第十七話　「恐怖のゴミアパート。俺たちは天使じゃない！」

一九九一年、平成三年六月。

「臨時ニュースです。イギリスのバーミンガムで開かれている、第九七回ＩＯＣ、国際オリンピック委員会総会で、一九九八年の冬季オリンピック開催地が長野市に決定されました。冬季オリンピックとしては、最も南に位置する都市ということで……」

「おー！　見た？　今のニュース」と岡野がテレビを指さして叫ぶ。

「え、何が？」と缶ビールを飲みながら羽嶋が聞き返す。

「一九九八年、冬季オリンピックが長野に決まったってよ。よかったな涌田、オリンピックの方からこっちにやって来てくれたぞ。お前の空振りだった努力も報われるな」と、岡野が日本酒の冷やが入ったコップを片手に憎まれ口を叩く。

ウイスキーをロックで飲んでいた涌田が「うるせーな、一九九七年っていったい何年後の話だよ！　それに海外だから意味があったんだろが！」と岡野を睨み付ける。

2号須々木はウォッカなのか、テキーラなのか何か強い酒を黙々と飲んでいる。

明日は久しぶりの休日の日曜ということで、仕事が終わった後みんなでゆっくり飲もうかと、涌田のマンションに集まっていた。

「いやあ、しかしほんとに残念だったねえタコちゃん。便利屋タコ坊海外進出の野望、便利屋1号の無謀な計画によりあえなく頓挫ってなあ」と岡野がしつこく絡む。

「ふざけんな岡野、お前しつこいぞ！　だいたいお前が直前になって急に行かないって言い出すからだなあ……」

するとと羽嶋が間に入ってなだめる。「まあ、まあ、くだらないことで言い合うなよ。涌田と忠ちゃん、お前たちはよくやった。うん。結果よりも可能性にチャレンジしたことに意義がある。岡野は自分が視察に行けなかったことをひがんでるんだよ。そうだろ？」

「そうだったのか、岡野」1号が神妙な顔で尋ねる。

「……うん……俺も、行きたかったよ」と3号。

「じゃあ、飲め飲め」と岡野の日本酒のグラスに、涌田が飲みかけのウイスキーを注ぐ。

「よし、俺のも飲め！」と羽嶋も調子に乗ってその上からさらにビールを注ぐ。

「わ、止めろ！　バカ！」

慌てる岡野を見て大笑いする1号と4号。

「どうすんだよ、これ？　もったいないなあ。お前責任とって飲め！」と1号に突き出す。

「嫌だよ、お前に注いだんだから、お前が飲め」

「じゃあ、羽嶋お前、酒なら何でもいいんだろ？　きさまが飲めよ」

「いや、俺は今日はビールの気分だから」

と揉めていると「はい、じゃあ俺が飲む！」と、須々木が手をあげた。

「マジで？」

「オーケー、何でも飲んじゃうよ」と言って岡野からグラスを奪うと「バルセロナに乾杯！」と叫んで一気に飲みほす。

三人から「おー！」という歓声が上がる。

テレビコマーシャルで萩原健一がちょうど「うまいんだなあ、これが」と言っている。

すると須々木が「まずいんだなあ、これは」と顔をしかめる。

「バカだねえ」とみんなが笑う。

闇の中では影が見えないのと同じように、幸せの中にいると幸せに気が付かない。便利屋をスタートさせて五年目を迎え、自分たちがやっていることが、果たして社会的に意味があるのかどうかなんて分からなかったし、もっと単純に、自分たちが幸せなのかさえよく分からなかった。楽しいことよりも苦しいことの方が多かったはずなのに、ただ毎日笑いが絶えなかった。


深夜一時を過ぎた頃岡野が立ち上がった。

「さてと、俺はそろそろ帰るかな」

「あれ、もう帰っちまうの?　これからが本番なのに?」と涌田がいたずらっ子のように言う。

「いやあ、これが、これなもんで!」と岡野が、小指を立てた後で頭に角の仕草をしておどける。

「ああ、分かってるよ。カミさんによろしくな」と羽嶋。涌田が羽嶋の大人びた対応に首をかしげる。須々木は早々と床に大の字になっていびきをかいている。ウォッカだか何だかのボトルが空になっている。

岡野は涌田のマンションを出て幹線道路を歩く。通りを真っ直ぐ三分歩いたところに岡野のマンションがある。四階の自分の部屋に灯りが付いている。

岡野がどんなに遅く帰っても葉子は先に寝ないで待っていてくれる。いや、正確に言うとベッドでは寝ないで、テレビのリモコンを片手にリビングで寝ながら待っている。帰ると必ず「あれ、いつの間にか寝ちゃった」と寝ぼけ眼を擦るのだった。でも実際は、テレビの前に座り、右手でリモコンを持ってテレビを点け、テーブルに突っ伏して三秒後に眠っているのだと思うが。

心配になって、岡野が足取りを早める。

翌朝、涌田は電話の音で目が覚めた。自宅の固定電話ではなく、事務所から転送された携帯電話が鳴ったのだ。

時計を見ると昼の十一時前だった。2号も4号も床の上で豪快に眠っていて、テレビも電気も点けっぱなしのままだった。

「あ、はい。便利屋タコ坊です」寝起きの声を絞り出す。歯も磨かずに寝てしまったので、口の中が粘りつく。

「あの、アパートの掃除をお願いできますか?」若い女性の声だ。

「ええ、もちろんできますよ。急ぎますか?」

「あの、ちょっと大変なことになってて……その、清掃会社さんに全部断られて、どうしたらいいか……」

「え! どういうことですか?」1号の目が覚めた。

「その、実は妹がこっちに住んでいて、数年前からまったく連絡が取れないものですから、私が昨日鹿児島から出て来たんです」

「鹿児島から!」

「ええ……それで妹の住所のアパートに行ったんですけど」

「それで?」

「そしたらもう、大変なことになっていまして……その、妹はすぐに精神病院に入院させたんですが……」

「せ、精神病院!」たじろぐ1号。

「部屋がその……あの、助けてください!」女の声が震えている。

一度深呼吸をしてから1号は「分かりました、引き受けましょう」ときっぱりと言った。

「え！　引き受けてくれるんですか？」

「はい、任せてください」

「部屋を見なくていいんですか？」

「それは、今から見に伺いますけど、大丈夫です。どんなことがあっても引き受けますよ」

何が起こっているのか知らないが、か弱き女性が助けを求めているんだ。便利屋タコ坊が引き受けなければ、俺たちの男がすたるってもんだ。

「ありがとうございます。便利屋さんは天使です」と今にも泣きそうな声で女が言った。

「いやあ、天使だなんて、はは、参ったな」昔そんなテレビ番組があった。「ところでアパートの住所は？　ええ……墨田区の、はい……向島……はい、わかりますよ。じゃあ、一時間後に伺います」

涌田は電話を切ると、水道水をコップで二杯飲み、シャワーを浴びて歯を磨いた。仕事着に着替えると、床で寝ている羽島を揺り起こし「おい、見積もりに出かけるぞ」と言った。

「え、今日休みだろ?」と片目だけ無理やり開けて羽嶋が答える。

「年中無休、二十四時間対応。便利屋タコ坊ただいま営業中！　今仕事が入った」

と1号が煙草に火を点けながら言う。

「ちぇ、しょうがない。忠ちゃんと岡野は?」と4号。

「忠は昨日あんなに無茶飲みしたら起きれないだろう。岡野は休ませてやろう」

「そんで暇な俺とお前で見積もりか。俺だって用事があるんだけどな」4号も起き上がってキッチンに水を飲みに行く。

「お前の用事はパチンコだろ?」

「残念でした。今日は石山さんと馬券買いに行くんだよ」

「ち、馬になんか賭けてないで、てめえの人生に全額賭けろ！　行くぞ」と煙草を消して玄関に行って靴を履く。

「あちゃー、涌田さん、今の台詞かっこいいじゃん。あ、ちょっと待ってよ、忠ちゃんはほっといていいのか?」羽嶋もジャンパーを羽織って玄関に行く。

「ああ、帰って来るまで寝てるだろ」二人はマンションを後にする。曇り空で今にも雨がぱらつきそうな蒸し暑い日だ。

1号は向島に向かう車の中で、依頼人との電話でのやり取りを4号に伝える。

「じゃあ、見積もりの前に引き受けたのか？」と4号。

カーラジオからCHAGE and ASKAの「SAY YES」が流れている。

「そうだが？」と1号が威圧的に答える。

「まあ、涌田らしいな。俺だったらできないけどね。じゃあ、相手は喜んだろ？」

「おう。俺たちのことを天使だってさ、笑っちゃうよな……あれ、最近お前あんまり愚痴っぽくないな。何かあったのか？」

「別に何もないよ」と4号がにやける。

「いや、いつもならマイナス思考を連発するだろうが。何か怪しいな」と涌田が突っ込む。

「俺はマイナス思考じゃないって、お前らが能天気過ぎるのに対して俺は慎重で冷静なんだよ」と顔を涌田の視界から外す。

「あれ⁉ あれー？ 之雄ちゃん、何かいいことあったね！ 言えよ！ 言えー！」

と、涌田は左手をハンドルから離して羽嶋の首を絞める。

「バカ！ 危ない！ 前を見ろ！ 前を！」四台目便利屋カーの白いワゴン車が蛇

行しながら京葉道路を走る。

現場に到着すると、依頼者はまだ来ていなかった。よくある木造二階建ての2Kのアパートだ。外から見る限りでは特に異変はなかった。

少しすると依頼者の女性がやってきた。便利屋と同じか少し年上の二十代後半という感じだ。少しふっくらして岩崎宏美のようなセミロングの髪型だ。

「お姉さんですか?」と1号が尋ねると「はい、お待たせしてすみません」と女が答えた。

「一階のこの部屋です。今開けますね」と鍵でドアを開ける。開錠すると女は後ろに下がった。

4号の顔をじっと見てから、1号はゆっくりとドアを開ける。

生ゴミが腐った酸っぱい匂いが広がる。嫌な臭いというものは慣れることがない。手前の左手が台所で右手がトイレで、奥に和室が二つあるのだろう。

だろうと言ったのはよく見えないからだ。

玄関のたたきから台所の板の間に上がることができない。板の間からさらに四十センチほどゴミで埋め尽くされ、それは部屋全体に広がっていた。

洪水で家の半分くらいまで水に浸かった映像を見たことがあるが、まさにその水の代わりにこの部屋は、ゴミになっているのだ。

ゴミの正体は生ゴミだった。朽ち果てた野菜、食べかけのコンビニ弁当、カップ麺、宅配ピザ、宅配寿司、ハンバーガー、菓子パン、缶ジュース、缶ビール、スナック菓子、刺身のパック……それに新聞や雑誌、衣類などが混在して押し潰されていた。

涌田が何を思ったか、「失礼します」と言うと、靴を脱いでゴミの山によじ登って部屋の中に入っていく。

「え！　靴脱ぐの？」羽嶋は度肝を抜かれた。

自分だけ靴のまま行くわけにはいかず、観念して自分も靴を脱いで涌田の後を追う。ゴミの上に立つと、天井がやたらと近い。台所のシンクの中には凄い数のウイスキーやワインの空き瓶が突っ込んであり、排水溝の中から何かの植物の蔓が伸びているて、冷蔵庫はドアが開かない。

右手のトイレへと続くドアは開けられたままゴミに埋まり、なだらかにゴミのスロープができている。ゴミの下でカサカサと音がするので、羽嶋が思い切って表面のゴミの塊をどかしてみる。何匹もの小さな虫が光を恐れてゴミの下に潜る。羽嶋の思考が一瞬止まる。その後で突然全身がかゆくなる。

奥の部屋に到達した涌田がカーテンと窓を開ける。

陰影のせいで余計に部屋のおぞましさが増した。和式らしき部屋の箪笥は下の三段辺りまでゴミに埋もれ、ちゃぶ台もテーブルもなく、天井からカビだらけの漆喰壁にクモの巣が張られ、部屋の中でカーテンを丸めてたき火をしたような跡まであった。

そして焦げ茶色に変色した布団が一組だけ、ゴミの山の上に敷かれている。掛布団は人がそこから抜け出した抜け殻のように、リアルな立体を作り、まるでこのゴミが吐き出された噴火口のようにも見えた。

昨日まで本当に人間があそこで眠っていたのだろうか？

涌田が蛍光灯の紐を引っ張ると灯りが点いた。すると今までゴミに気を取られて見えなかったが、長押の上にはいろんな色の百円ライターが隙間なく綺麗にずらっと壁一面分並べられていた。反対の壁には、天井近くに作られた棚の上に、コーラの空き缶だけがぎっしり並べられ、窓枠の上には煙草の空き箱が整然と陳列されていた。

1号がマイキーの部屋で見た光景と似ていた。彼もまた精神病院へ入院したのだということを1号は思い出していた。

しかしこのゴミの量は尋常じゃない。一年や二年では、ここまでには決してならない。ここに住んでいた依頼者の妹は、いったいどれだけの闇を抱えていたのだろうか。ここまで人を狂わせてしまうなんて、いったい何があったというのだ。


「羽嶋、トイレも見てくれ。どうなってる？」と1号が奥の部屋から叫んだ。

4号がゴミのスロープを下ってトイレに入る。一瞬目を疑う。見たこともないその斬新なトイレのスタイルは、和式でも洋式でもなく、アート式のトイレだった。

いや、正確に言うと古い和式のトイレなのだが、便器の両脇の足を置く位置に、まるでガウディーの建築物のような、膝くらいまでの高さがある、茶色い尖がった山が二つ創造されているのだ。工事現場などによくある、赤いコーンのようなものが形としては一番近いが、そんな無機質なものではない。物凄く強烈な念が籠っていそうな生々しい茶色い有機物のオブジェだ。茶色い物の正体は文字にすることは避けたい。いったいどんな体勢でことを成せば、このオブジェを完成させられるというのか。トイレの壁には､指に付いた何かをこすりつけた後が無数に付いていた。

それを見て戦慄が走ったのは、経験のない恐怖からなのか、羽嶋のアーティストとしてのジェラシーからなのかは、本人も定かではなかった。

1号が4号の所に戻って来て「なあ、いくらくらいが妥当だと思う？」と聞く。4号は「まあ五十万と言っても払うだろうね。この状態が大家にばれたら、建て直せって言われるレベルだからな。でもな、五十万は払う方はきついなあ」と言う。

1号も言葉を返す。「そうなんだよ、俺たちにしてみれば、五十万でもやりたくない仕事だよな。でもな、金じゃない現場だってあるよな。妹のために田舎から出て来たあのお姉さんの心情を考えるとな……」

「俺たちは天使だからな。だろ？　まあ、涌田、お前に任せるよ」羽嶋はニヤッと笑って玄関の方に向かう。途中で振り向いて涌田に一つ聞いた。

「ところでお前何で靴を脱いだ？」

「はあ？　ああ、だって天使は礼儀正しいんだろ？」

入ってから二十分くらいが経過して、二人は闇の世界から地上に這いずり出てきた。梅雨の時期でじめじめしているのに、外の空気が高原の空気のように感じられ、心から生きている実感がした。

玄関の脇でお姉さんがずっと心配そうに待っていた。

涌田が「見積もり額はゴミ処理代が十二万と清掃代が五万で、合計十七万でやらせてもらいましょう」と言った。

「え！　十七万でやってくれるんですか？」

隣りで羽嶋が「おまえそれは安過ぎるんじゃないの？」と思ったが、口には出さなかった。

「ええ、やりましょう」と涌田が答えると、「便利屋さんは神様です！」とお姉さんが天使からさらに格上げしてくれた。


帰りの車の中。

「羽嶋、お前競馬行くんなら高志の家まで乗せていこうか？」と1号。

「今日はいいや。こんなとこで万馬券当てて運気使い果たしてもしょうがないからな」と4号。

「お、お前も分かってきたじゃねえか」

「ところで問題は、誰がトイレをやるかってことじゃねえの？」

「それなんだよねえ」

「まあ、誰もやりたくないでしょうから、そん時は俺がやるしかねえか」と4号がつぶやく。

「やっぱりお前、おかしいな。何か臭うぞ」

「そりゃ臭うでしょ、着替えてないんだから」とはぐらかす4号。

「何かいいことあっただろ。あれか、フィリピンパブのお姉ちゃんか?」と突っ込む1号。

「もう行ってないだろ」

「えーまさか錦糸町のマーボナス!?」

「バカ言ってんじゃねえよ」

「あー、じゃあ岡野の劇団の……」

「違うって、つまりあれだよ。高校の同級生」とついに白状した。

「おー! マジかよ! ちくしょう、いいなあ、で、結婚か?」

「あほか! まだ全然全然そんなんじゃねえっつうの! 今度お盆で田舎に帰ったら……ちょっとね」

「ちょっとなんだよ! え? 教えろよ羽嶋!」と迫る1号。

「もういいから、ほら、危ないから前見ろって!」

パラパラと雨が降り出し、遠くの方で雷の音が聞こえ、カーラジオから「ラブ・ストーリーは突然に」が流れる。

決行日は二日後の火曜日だ。トラックを二台用意してピストンさせるとして、トラック要員が四名。アパート清掃要員が四名で、八人は必要だ。

こんな時にだけ呼ばれる非常勤特別社員、鈴本邦明、通称クニ。それからアルバイト事務員のキッコの彼氏で、横浜の映画専門学校に通っている大越青年。さらに大越の友人の朝熊。そして友情出演、涌田のアクションアクター仲間で、JACに昔所属していた太郎ちゃんこと春村太郎。今は一人で清掃請負会社を経営している。という顔ぶれが選出された。

みんな日給一万五千円と言う金額に二つ返事で引き受けた。

金のためじゃない仕事もあるが、金のためなら何でもやるという、それも立派な便利屋魂だ。

注意事項はただ一つ。捨ててもいい服装で来て、下着も含めて着替えを持ってくること。着替えを忘れたとしても、まあ、たいしたことはない。帰りの電車の中で、自分の周りに人が近づいてこない見えないバリアができて、かえって得をするだけだ。

ブルーのピカピカの便利屋カー2号トラックに2号須々木と、バイトの朝熊。おんぼろのホロ付き3号トラックに邦明と大越。残りの四人が涌田の運転する4号車のワゴンに乗っていざ出陣。天気は何とか一日もちそうだ。

助手席でまだ何も現実の厳しさを分かっていない岡野が煙草をふかしながら鼻歌を歌っている。

「なあ、岡野。お前どっちがいい?」と唐突に涌田が尋ねる。

「何が?」と岡野。

「いや、だからさ、現場の担当だけどさ。小さい虫がうようよいる気持ち悪い腐り果てたゴミをひたすら片付けるのとだな、まあ臭いけど虫はいないところの掃除だったらどっちがいい?」と涌田が質問する。

「そりゃあお前、掃除がいいな。俺もうあのうじ虫事件以来、虫アレルギーだよ」と岡野が答えると、涌田と羽嶋は目を合わせて、にやり。

「そうか、じゃあしょうがない。トイレの掃除はお前に任せるよ。あとの三人は、ひたすらゴミとの格闘だ。太郎ちゃん悪いね」と涌田。

「タコちゃん、気にすんなよ。俺なんか毎日そんなのばっかだぜ」と太郎。

すかさず岡野が「さすが太郎ちゃん、頼りになるねえ！　まあ、お前らは天使なんだろ？　あ、神様だっけ？」と呑気に話す。

涌田と羽嶋は笑いを堪えながら、車は現場に向かう。


アパートの前では、既にお姉さんが待ち構えていた。鍵を預かって、だいたいの終わりの時間を告げて、お姉さんは何処かで待機してもうことにした。

「よし、じゃあ始めるか。まず全員で忠のトラックにゴミを積めるだけ片っ端から積んでくれ。アパートに残すものは何もない。積み終わったら忠のチームはゴミ処理場に行って、分別して捨てたら直ぐに戻って来てくれ。その間にクニのホロにゴミを積んで、適当な所で岡野がトイレ掃除に入ってくれ、後はこれの繰り返しだ」と涌田が指示を出して仕事に入った。「おう！」というみんなの威勢のいい声が響き渡り、戦国時代の合戦が始まる勢いだ。

アパートの鍵を開けると案の定、全員がたじろぐ。さすがにお掃除のプロの太郎も愕然とした。

須々木と邦明の巨人コンビが特攻隊長となり、台所のゴミを玄関に掻き出していく。それをバイトの大越と朝熊が米袋に押し込めトラックへ運ぶ。涌田と羽嶋が裏に回り、窓を外してもう一つのゴミの出口を作りゴミを掻き出し、岡野と太郎が袋に詰める。

一台目のトラックの荷台がゴミの山で一杯になり、第一陣がゴミ処理場に出発する。

すぐに二台目のホロも一杯になる。第二陣も処理場へ急ぐ。

台所があらかた片付いたので、岡野がトイレに向かう。

すると「ぎゃー！　なんじゃこりゃあー」突然岡野の狂ったような叫び声が響き渡る。

「どうしたの！　岡野ちゃん！」と太郎が声をかける。返事がない。太郎は涌田の方を見る。「あれじゃない？　今度の舞台でジーパン刑事のモノマネでもやるんじゃねえか？　なあ、羽嶋？」と涌田が涼しい顔で答える。羽嶋がけらけらと笑っている。

当時誰もが真似をしたテレビドラマ『太陽にほえろ』の松田優作の殉職のシーンを太郎は思い浮かべた。

一方岡野はトイレの中で、未知との遭遇を果たして「くっそー、よくも騙しやがって、くそタコ坊主！　何が天使だ。あいつはペテン師だ！」と悔しがる。

しばらく黙々とそれぞれの仕事をやっているとまた岡野の「ぎゃおー、ちくしょう、うおりゃー！　どりゃー！」と叫ぶ声が聞こえるので、涌田が覗きに行って声をかける。

「どうした、岡野。大丈夫か？」

岡野は素手でスポンジを掴み、便器の中を激しく擦っている。神秘的なオブジェは綺麗になくなっていた。

「どうしたも、こうしたも、初めはゴム手袋にマスクして慎重にやってたけど、しぶきが一滴跳ねて、ほっぺたにぴちゃん！　って飛んだんだよ。わかる？　顔の、ここに、ぴちゃん。そしたらもうどうでもよくなった。うおりゃー！」と便器に復讐するかの勢いで擦っていた。

トラックがいったい何往復したのか数えきれない。それでもゴミはどんどんと順調に削り取られていく。するとゴミの下からベッドが現れ、ちゃぶ台が現れ、テレビや、ステレオや、どこのアパートにもある日常品が遺跡のように出現してきた。まるでダムによって丸ごと沈んでしまった村が、干ばつによって湖の底から現れて来たかのような、そんな感じだった。

羽嶋が発掘されたベッドを解体していると、額縁に入ったカップルの仲睦まじい写真を発見した。幸せに満ちたその写真はあまりにもこの部屋には不釣り合いで、写真の彼女……つまりはこの部屋の主が、余計にかわいそうに思えてきた。

「おい、涌田これ見てみろよ。原因はやっぱり失恋なのかな」

「そうかもな」と涌田が写真を受け取る。

「だとしたら、ある意味凄いな。こんなになるまで人を愛することがあるんだな」

と羽嶋が言った。

涌田もその言葉が心に沁みた。そんなに純粋で無垢な愛というものがこの時代にもあるということが、せめてもの救いになったような気がした。

でも涌田はその写真を見ていて、何か引っかかる違和感のようなものがあった。しかしそれが何なのか分からずに写真を米袋の中に入れた。

台所で冷蔵庫のドアが何年ぶりかで開けられると、数年前のものと思われる食べかけのホールのバースデーケーキが出てきた。綺麗にデコレーションされ、チョコレートの板に白い文字でＨＡＰＰＹ　ＢＡＲＴＨＤＡＹ　エリカ　と書いてあった。ゴミの中に埋もれながらも電気は入っていて、幸せな思い出はずっと静かにコールドスリープしていたのだ。

昼はとっくに過ぎていたが、誰も腹が減ったと言う者はいなかった。途中で太郎がみんなに缶コーヒーを買って差し入れしてくれたのでそれを飲んだだけだ。コンビニに入った時、他の客や店員が異常に殺気立って太郎を見ていたという笑い話のお土産付きだった。

三時過ぎにはゴミはすっかり片付き、腐りきっていた畳も捨て、壁を拭いたり塗装をしたりと仕上げにかかり、お姉さんと約束した夕方の四時前にちょうど終わった。

畳も建具も何もかもなくなり、壁と床の躯体がむき出しになったアパートの部屋は、狩りの後で皮膚を剥がされた動物のように、あまりにも痛々しかった。

「お金を用意してきました。あの、本当に十七万でいいんでしょうか？」と時間通りにやって来たお姉さんが頭を下げる。

涌田が部屋の中に連れて行き、最終チェックをしてもらう。嬉しそうに感動してくれている彼女の顔をまじまじと見ていると、はっと気が付いた。すると突然心の中が逆なでされたようにざわつき出した。一瞬にして体中の水分が失われ、あっという間に老化してしまうような嫌な感覚が涌田を襲う。

震える手でお金を受け取り、枚数を確かめて鞄にしまうと代わりに領収証を取り出した。

「確かに受け取りました。では、領収証を書きますので、お名前は◯◯さんですよね。お姉さん、下のお名前は?」そう言ってから涌田は呼吸を止める。

「エリカです」

HAPPY　BARTHDAY　エリカ
の文字が一瞬蘇る。

「絵本の絵に里に香る」

そう言って彼女が顔を上げた時、氷のような微笑みの表情を涌田は見た。

そう、この人はお姉さんではなく、間違いなくあの写真の彼女本人だった。

領収証と鍵を受け取ると、彼女は丁寧にお辞儀をしてからくるっと振り向いて、颯爽と歩いていく。そのタイミングで、白のソアラからローファーを履いてアーガイル柄セーターにブレザーを着た、いかにも風間トオルに似ているだろと言わんばかりの男が降りてきて、彼女を迎え腕を組む。腕を組む瞬間、彼女は涌田の方を肩越しに振り向き、その眼は「余計なことは喋るな」という無言の合図にも見えた。そして二人を乗せたソアラは何処かに消え去った。

振り向くとトラックの荷台に輪になってみんなが集まり、岡野がトイレでの奮闘ぶりをまた大袈裟に話している。

「便器のここだよ！　人が足を乗っけるここに、巨大なおぞましい焦げ茶色の塊が、二つそびえ立ってるんだよ！　分かる？　羽嶋、お前先に見てて知ってたんだろ？きったねえな嵌めやがって。でさ、どうやってそのオブジェ、いや汚物ジェ掃除したと思う？　こうやって壊していくんだけどこれが滅茶苦茶硬いのよ！　なんでかっていうとだな……」

一日頑張ってもってくれていた天気も、とうとう辛抱できずに雨を降らせる。

それでも便利屋の仲間たちは気にすることもなく、笑いながら盛り上がっている。

しかしこんな恐ろしい結末ってあるのだろうか。純粋無垢な愛は何処に行ってしまったのか。いや、初めから存在していなかったのか。俺たちは彼女に操られていたのか……過去の闇を架空の妹に背負わせて、自分をリセットするために俺たちを利用したのか。いったい何がどうなっているのか、涌田の頭の中はパニックになっていた。しかしこんな話をみんなにするわけにはいかない。

トラックの荷台で薄汚れた天使たちが、嬉しそうな顔をして自分たちの成し遂げた輝かしき功績に酔いしれているのだから。

真実よりも大切にしたい嘘もある。

むしろ、それが人生だ。

これは三十年後の笑い話だな。

涌田は一人そう思った。

第十八話　「タコ坊、高度成長時代。４号の結婚と新入社員」

年が明けて一九九二年。ここのところ便利屋タコ坊は呪われている。

去年の年末には、２号須々木が仕事中に小型電動ノコギリで手首を切るという事故を起こし、危うく左手が一生動かなくなるところだった。大事な神経や腱は何とか無事だったが全治三か月の重傷を負った。

さらに年が明けると1号涌田が引っ越し業務の最中にトラックの荷台から落っこち、足を骨折。便利屋業務に大打撃を与える。

追い打ちをかけるように3号岡野が、千葉の市川から引っ越したばかりの江東区の公団のアパートで水漏れ事故を起こした。

「なあ、この一連の不運な事故の連鎖をどう思う?」1号がギプスをはめた足を机に投げ出した格好で煙草に火を点けながら言った。

「いやまあ、これは俺の不注意だから」と2号はまだ包帯が取れていない左手をさすりながら答える。

「確かにこれだけ続くと不吉だな。間違いなくこれはもっと悪いことが起きる前兆だぜ」と3号が椅子をくるっと4号羽嶋の方に向けて言った。

「何？　次は俺ってこと？」と4号が慌てて吸っていた煙草を消した。

午後一時過ぎ、珍しくこんな時間に便利屋のフルメンバーが事務所で顔を合わせている。皆、新調したばかりのシルバー地に赤い刺繍で社名の入った便利屋ジャンパーを着ていたが、何故か羽嶋だけは私服を着ていた。コットンのパンツで、柄のシャツの上にオレンジのカーディガンを羽織り、プライベート用の黄色い眼鏡をしている。

「いや、むしろすべての事故の元凶が羽嶋、お前のせいなんだよ」と3号。

「何で俺のせいなんだよ」

「そりゃあ、お前が結婚なんかしようとしてるから、世の中に異変が起きてるんだよ」

「確かにそれはまずいな。羽嶋之雄が結婚。そんな不吉なことしをたら富士山が噴火するんじゃねえか」と1号。

「バカ言ってんじゃねえよ。俺みたいにまともで優秀な人間が結婚しないことの方がおかしいだろ」

「はー⁉　麻美ちゃんだっけ、彼女。お前が酔っぱらったところ知ってんのか？　路上でケツ出してエリマキトカゲ、あ、痛たたた……」　1号が羽嶋の真似をしようとつい身を乗り出してしまい、骨折した足に響いた。

「はっはっは、そらみろ、罰が当たった。まあ涌田、お前もせいぜい頑張ってまず彼女を作ることだな」余裕な態度であざ笑う4号。

「ちくしょう、今に見てろよ」痛みをこらえながら苦虫を潰したような顔をする1号。

「まあ、石橋を叩いても渡らない用心深い羽嶋が所帯を持とうと思うくらい、俺たちも経済が安定して成り上がったって事だな」と3号が椅子の背もたれをキーキー鳴らしながら言う。

「それにしても岡野、お前よく三年前に結婚できたな。あの頃はまだ一之江の鉄工所の二階で、給料も十万前後のまったく先の見えない時代だっただろ？　お前は切れかかってる吊り橋を渡るタイプだな」と4号が言いながらティッシュでメガネのレンズを拭いている。

「いや、岡野の場合はカミさんが偉いんだよ。よくこんな一文無しの、おんぼろ劇団やってるでたらめな男と結婚したもんだ。結婚する前日までペンキ屋さんに居候してたんだぜ。ツクツクの方が冒険者だな」と1号。ツクツクとは岡野の妻葉子の旧姓からのあだ名である。

「いやいや、冒険者じゃなくてツクツクは先見の明があったんだろ。将来俺が日本を代表する映画監督になることを確信してたんだろうな」岡野がそう言うと涌田と羽嶋は「ふざけんな」「馬鹿じゃないのか」「そのうち捨てられるぞ」と散々罵った。

「しかしあれだな。これ以上怪我人が出たら便利屋もやばいな。仕事もマンションのリフォームを中心にかなり忙しくなってきたし、何とかしないとな」３号が椅子をくるくる回転させて天井を見上げながら言う。

「じゃあ、この辺りでそろそろ新入社員でも募集するか！」と1号。

「え、涌田さん本当？」と突然アルバイト事務員のキッコこと矢部由実子が話に入ってきた。

「ああ、もう従業員を増やしても大丈夫だろう。芋虫だっていつまでも地べたを這いずり回っているわけにはいかないぜ。いよいよ大空に飛び立つ時が来たんじゃないか？」

「じゃあ、大越君どうかなあ。三月で映画学校卒業するんだけど就職のこと全然考えてないのよね」

「あれ、大越は卒業したら修行しながら映画で食ってくんじゃないの？」と３号。

「何言ってるんですか岡野さん。人生そんなに甘くないですよ」とキッコは大越のしっかり女房のように言う。

「じゃあ、一般募集かけるから、大越も面接受けるように言ってくれ。まあ何度も便利屋でバイトやってくれてるから、本人がその気なら俺たちも歓迎するけどな」

「ありがとう、涌田さん！」

「おう」と言いながらも1号は心の中で「ちー、お前らもそのうち結婚ってか？こんにゃろめ」と思っていた。

と、その時デスクの上の電話が鳴った。キッコが受話器に手を伸ばそうとすると、電光石火のごとく羽嶋が電話を取った。

「はい、もしもし便利屋タコ坊ですが。……なんだ、お前か。遅かったじゃん。うん、分かった、じゃあ迎えに行くわ」あくまでも無表情を装って受話器を置くが、明らかに嬉しそうな4号。

「あー、じゃあ、ちょっと迎えに行ってくるわ」

今日、タコ坊のみんなが事務所に集まっていた理由は、羽嶋が結婚相手の脇下麻美をみんなに紹介する日だったからだ。羽嶋の高校の同級生で、つまりは岡野とも同級生というわけだが、愛知県の岡崎市から上京して四月から羽嶋と結婚して一緒に暮らすために、本日はその視察で東京にやって来たのだ。

「あ、それからお前らひがんで余計なことを言うんじゃねえぞ」と4号。

「当たり前だろ、俺たちは仲間だぞ。仲間の幸せを邪魔する奴なんかいないぜ。なあ」と1号。3号と2号も大きく頷く。

羽嶋は無表情のまま革ジャンに袖を通し、わざとらしくゆっくりと事務所を出て、扉がバタンと閉まったとたん全速力で葛西駅に向かって走った。


「なあ、岡野。麻美ちゃんって可愛いのか?」と、にやにやしながら1号。

「いやあ、覚えてないなあ」と3号。

「覚えてないって、同じ高校だったんだろ?」

「でもクラスが違うし、俺はあんまり学校に行ってなかったしな」

「でも可愛い子だったら覚えてるだろ?」

「まあ、そりゃあそうだな」

「てことは……」1号が片手を顎に当てながら「なあ、たとえ麻美ちゃんがどんな個性的な顔でも笑ったりするなよ。人間顔じゃないんだ」

「お前が言うと説得力があるな。お前だってそんな顔してるけど、字だけは綺麗だもんな」と岡野が笑いながら言う。ぷーっとキッコが噴き出す。

「何が可笑しいキッコ！」

須々木が煙草の煙で輪っかを作って遊んでいる。


少しして事務所のドアが開いた。

「ほら、入れば」と、羽嶋が言うと、後ろからひょこっと脇下麻美が顔を出した。

「こんにちは！」

目がぱっちりとしてショートカットがよく似合うひつじ顔。細いジーンズ姿で健康的なアスリートのようだ。

1号、2号、3号、キッコ、全員がギョッとする。

か、可愛い！

何故だ、何故この羽嶋に⁉

みんな同じことを思った。

「あ、岡野君だ！」と麻美は3号を指さす。

「あれ、麻美ちゃん俺のこと知ってるの？」

「知っとるよ。だって岡野君有名だもんで」

「え、何で有名なの？」と3号が勝手に照れる。

「そりゃあ、まあいろいろとね」麻美が舌を出してから笑う。

まあ確かにその地元の進学校での始まって以来の問題児としては、いろいろ有名だったはずである。みんなが「東大」「名大」「慶応」「早稲田」など志望大学を紙に書いて教室の後ろに貼り出しているのに、岡野一人だけ「劇団四季」とでっかく書いてあり、担任の先生に「進学希望じゃないのに何でうちの高校に来たんだ」と言われたり、一切教科書を買わなかったり、ロッカールームの中に酒が隠してあったり、突然一人暮らしを始めて劇団を立ち上げたりと、当時の同級生の中ではダントツに変わった存在だった。

「麻美さん、さあこちらにどうぞ」と須々木がいつになく機敏に動いて椅子を差し出す。

「ありがとう。えーっと、忠ちゃん？」と麻美が2号の名前を当てる。

「はい、忠助です」

「それからタコちゃん。じゃなくて、涌田さん」と涌田を指す。

「タコちゃんです！」と涌田。

「足大丈夫ですか？」

「いや、こんなのたいしたこと、あたたた……」

「ははは、普通タコは軟体動物だから骨折しないんだけどね」と3号が笑う。つられて麻美も笑ってしまう。

「ほんで、あなた矢部さんだよね」

「あ、キッコでいいですよ。羽嶋さん、よかったですね！　いひひ……あ、今お茶いれますね」とキッコが給湯室へ行く。

「あの、これ皆さんで」と麻美が菓子折りを差し出す。「何が好きなのか分からんもんで、適当に選んだじゃんね」名古屋名物の坂角のえび煎餅だった。

「いやあ、来ていきなり何だけど、麻美ちゃん一つ質問していい？」と1号。

「え？　何、何？」

「あのさ、ほんとにこいつでいいの？」

「えー？　何で、何で？」

「いやあ、もしかしたら早まったんじゃないかと思って」

「そうだよ。考え直した方がいいよ。世の中たくさん男なんかいるんだからさ」と岡野も参戦。

「ふざけんなよ、お前ら。話が違うぞ！」と羽嶋。「忠ちゃん、何か言ってやってよ」

と羽嶋は須々木に助け舟を求めるが
「……確かにはし君にはもったいない」

「えー！　忠ちゃんまで！」

「そんなことないですよ麻美さん。この中では羽嶋さんが一番まともですから」とキッコがコーヒーを出しながら言う。

「でも便利屋でまともだっていうことは、世間では逆によっぽど変だってことだから」と3号が変な理屈をこねる。

「でさ、羽嶋の酔っぱらった時知ってる？　先週もさ……」と1号が嬉しそうに語る。

「バカ、余計な事言うんじゃないよ！」

そんなやり取りを見ながら麻美が「そうでしょう！　私も早まったと思ったんだわ」と言って笑う。

麻美はよく笑う。それからしばらく羽嶋の笑い話に花が咲いて、賑やかな時間が過ぎていった。

羽嶋が時計を見て「あ、そろそろマンション見に行かないと」と言って立ち上がる。

「え、もうそんな時間なん？　ごめんね、いろいろ見て回らんといかんもんで。ほんじゃあ岡野君たち四月からよろしくね！」と麻美。

「おう、待ってるぞ」と1号。

「はい、お待ちしてます」と2号。

「羽嶋、よかったな。こんな完璧に近い奥さんが来てくれて」と3号。

「何ぃ？　岡野君。完璧に近いってどういう事？　何が足らんの？」とほっぺたを膨らませて麻美が聞く。

「麻美ちゃんは確かに可愛い、頭もいい、仕事もできそう。しかしただ一つ……」

「え、何？」

「三河弁がひどい！」

そう言うとまたみんなで大笑いした。


さて数日後。タコ坊新入社員の面接の日である。職安やアルバイト情報誌などで募集をかけたところ、キッコが付き合っている大越を含めて三人の応募があった。たった三人ではあるが、世の中にはいくらでも職業があるというのに、「きつい」「汚い」「危険」の3Kに「緊急」「恐怖」「驚愕」を加えた6Kの便利屋業に就職したいという希少な人材だ。

面接は1号涌田と3号岡野が行った。

トップバッターは大越清高だ。がっしりとした筋肉質な鍛えられた体に、角刈りで太い眉毛。落語に出てくる「熊さん」「八さん」の「熊さん」のイメージにぴったりな青年だ。

「大越、よく来てくれたな。さっそくだが志望の理由は何だ?」と1号。

「え、理由っすか? まあその、何て言うか、えー、んー、あ! 便利屋タコ坊はいい会社だなと思って……いえ、思いましたです」面接というものが初めてなのか、大越は少し慌てて呼吸が乱れている。

「はっはっは、大越、気楽に行こうぜ。お前一番好きな映画は何だ?」と3号が横から口を挟む。

「あ、映画っすか。一番好きなのは、ジャッキー・チェンの『プロジェクトA』です」

「ほう、お前見た目のまんまだな。じゃあ次に好きなのは?」と3号がさらに映画の話をする。その横で1号が、そんなことを聞いてどうすんだといぶかしそうに3号を見ている。

「『ターミネーター』」

「やっぱりね。そんで『ロッキー』とかも好きなんだろ?」

「あ、はい! 大好きっす」大越は嬉しそうに言う。

「で、ジャッキー・チェンのどこが好きなんだ?」

「はい、つまりジャッキー・チェンのアクションていうのは……」と大越は身振り手振りを付けて得意げに話す。

「まあ、映画好きに悪い奴はいないだろう。もし来てくれるとしたらいつから働ける?」

「はい、明日からでも大丈夫っす」

「そうか、そりゃあ頼もしいな。何か質問はあるか?」

「え? いえ、ないっす」

「よしオッケー。じゃあ大越君、帰って連絡を待ってってください」

「おい、それで終わり?」と1号が慌てて突っ込む。

まあまあ、と3号が1号を諌めてわずか五分で面接が終わった。

本当にこいつは適当な男だなと涌田は思った。まあ、大越のことは何度もアルバイトに来てくれて、よく知っているからいいけれども、次は俺がしっかり面接をしないと、と気を引き締めた。

次に来たのは吉永弘道。大越と同じ二十二歳で、広島から出てきた好青年だった。

志望の動機は、何でもやる会社という内容に強く惹かれたからだと言った。初めの五分くらいは静かにしていた岡野だったが、やはり途中から口を挟んできた。

「ところで吉永君、一番好きな映画は何？」

「黙れ岡野！」と1号が止めるが「まあ、いいから、これ大事な質問だから。さあ、吉永君、何？」と3号が聞く。

「映画ですか……最近あんまり観ないですね」と吉永。

「あちゃー、そりゃあまずいね」と3号。

「そんなの関係ないだろ！」と1号。

「いえ、そんなには観ないいんですけど、強いて言えば……」目を伏せがちにして映画を思い出そうとする吉永。

「おう、強いて言えば？」

「黒澤明の映画ですかね」

「おう！　いいねえ、黒澤の何？」と3号が嬉しそうに聞くと「『七人の侍』とか、『用心棒』とか、あ、『生きる』は好きですね！」と吉永が拳を握って答える。

「くうー、痺れるねえ！　気に入った！　吉永君、いつから働ける？」

「はい、来月の頭から。でも来いと言われれば明日からでも来ますよ」

「分かった。じゃあ逆に何かこっちに聞きたいことは？」

「特にありません」

「よし、じゃあ面接終了。帰って連絡を待ってくださいね」

涌田が横で口を開けて呆然と見ている。

「よろしくお願いします」

吉永が面接室を出ていくと「ふざけんなよ、岡野。どういうつもりだ！」と涌田が怒りをぶつける。

「どうした、涌田？　何怒ってんのさ」

「どうしたもこうしたも、お前真面目に面接やれよ！」

「大真面目にやってるだろ」と岡野がとぼけたように言う。

「もういい！　次で最後だから、もうお前は黙ってろよ。いいな」

最後の面接者は、有田雄一郎。やはり大越たちと同じく二十二歳だった。色白で少し神経質そうで大人しそうな青年だった。

「何でうちを知ったのかな？」と1号。

「はい、フロムAの募集です」と、当時のアルバイト情報雑誌の名前を言った。

「志望動機は？」

「はい、便利屋という仕事にやりがいを感じまして」

「特技は何かあるのかな？」

「はい、モノ作りが好きで、細かい作業やデザイン関係が得意です」

などと涌田からの一連の質問に有田が卒なく答えているのを、岡野がにやにやしながら隣で聞いている。十五分くらいが経過して、涌田も十分に満足したと思われる頃に、また岡野が口を開いた。

「ところで有田君は、映画とか観る？」

また始まった、と涌田は思った。

「はい、映画は好きです」と答える有田の表情が変わった。

「へえ、じゃあ最近何か面白いの観た？」

「そうですね。『デリカテッセン』っていう映画知ってますか？」と有田。

「お、渋いねえ、フランス映画じゃん。ジャン・ピエール・ジュネ監督！　結構マニアックだね」

「そうです！　岡野さん、映画詳しいんですね」

「まあね。じゃあ、あれも好きじゃないかな、時計仕掛けの……」

「オレンジ！」と有田が、岡野の言葉にかぶせるように言った。「大好きです！あのシンギンザレインを歌うアレックスのシーンがいいですよね……」

「なるほどね！　映画の趣味が合いそうだね。ところで仕事のことで何かこっちに聞きたいことはある？」と岡野が聞く。

「いえ、むしろ何を聞いていいのかもわかりませんので、特にありません」

「オッケー！　じゃあ、これで面接は終わり……でいいだろ？　涌田社長！」

「え？　あ、ああ。そうだな」と言いながらも涌田は、何か岡野に釈然としないものがあった。

「じゃあ、アパートに帰って連絡待っててね！」と岡野。


その夜、ずいぶん左手も良くなった便利屋2号須々木と、4号羽嶋も現場から帰って来て、キッコが帰った後で昼間の面接の話になった。

4号「面接はどうだった？　やっぱり本命は大越君？」
1号「どうもこうも、岡野が面接をでたらめにしてくれてよ！」
3号「はあ？　何言ってんの！　ちゃんとやっただろ！」

1号「ふざけんな！　映画の話ばっかりしやがって。あれじゃあ何も分からんだろが。どういうつもりだ！」
4号「まあ涌田、落ち着け。まったくお前らは仲がいいのか悪いのか。で、岡野どういうことなんだ？」
3号「あのな、いいか。面接で大事なのは、その人間の人となりだろ？」
4号「そうだな」
3号「だから応募の動機とか、特技とか、初めから答えを用意してあるようなことを聞いても意味がないんだよ。そんなの卒なく答えるに決まっててんじゃん。それよりも、映画でも何でもいいけど、その場で考えなくちゃいけないことを聞くに限るんだよ」
1号「そんで映画の話ばかりして何が分かったんだよ？」
3号「ああ、いろいろ分かったぞ。まず大越君は、あまり頭を使うタイプじゃないけど、実直で正直者で根性がある。不器用でも黙々とやるタイプだな。それに力持ちだし」
4号「なるほど」
1号「大越のことなら、俺だってそれくらいのこと分かってるよ」

4号「じゃあ次は？」
3号「次に来た吉永は、頭がいいな。機転が利くタイプだし、度胸もある。三人の中では一番大人だな。人情にも厚そうだし、リーダーシップもありそうだ」
4号「そうなのか涌田？」
1号「ま、まあ、言われてみればそんな感じもするな」
3号「で、最後の有田は、ちょっと個人主義の傾向はあるけど、センスがよさそうだな。繊細で好きな事には夢中になって頑張るタイプだろう。手先も器用そうだし。羽嶋、お前とちょっと似てるぞ」
4号「そうなのか涌田？」
1号「う、まあそんなところだろう。ってなんであんな二、三分のいい加減な面接でそこまでわかるんだよ！」
3号「伊達に十年以上も劇団で演出やってねえよ。服装だって一瞬見ただけで、そいつの趣味が分かるのと同じように、ちょっと話せばそいつの人間性が分かったとしても不思議じゃないだろ」
1号「そんでも特技とかは聞いておくのが大事だろ！　便利屋なんだからな」
3号「じゃあ何だよ？　俺たちが三人で始めた時どんな特技があった？　お前

と忠のばか力と喧嘩くらいなもんだろ？　大事なのは今できる特技じゃなくて、どれくらい便利屋で働きたいかっていう情熱じゃねえか？　俺たちは、つまり俺と忠はお前に火を点けられて、それだけでここまで会社を大きくしてきたんだろ？」

2号「……」二度頷く。

1号「そうか、まあそりゃそうだな。でもそんなことお前はあいつらに聞いてなかったぜ」

3号「聞いたさ」

1号「へ？　いつ？」

3号「何か質問はないかって聞いたろ？」

1号「はあ？　何でそれがやる気と関係あるんだよ」

3号「そんで誰一人、何も聞いてこなかっただろ？」

1号「ああ、だから？」

3号「休みのことも、給料のことも。普通一番聞きたいことじゃねえのか？」

1号「あ、確かに変だな」

4号「どういうことだ、岡野？」

3号「たとえば羽嶋、お前が、動物が好きで好きで、どうしてもムツゴロウ王国で働きたいとするな」
4号「まあ、そこまで好きじゃないけど。おう、そんで？」
3号「どうしても働かせてくれって懇願しに行く時に、休みや給料や条件とか聞くか？」
4号「いや、聞かねえな。どんな条件でも働けるなら嬉しいだろうからな」
3号「な、だいいち便利屋の社長がこんなギプスしてたら、どれだけ危険な会社なんだって普通ビビるだろ。だからあいつらは三人とも合格だよ」
2号「おー！　おみごと！」
1号「……岡野！　いやすまん。おまえを疑ってた。どうしようもない、いかれた適当な野郎だと思ってたけど、しっかりしてて適当な男の間違いだったな。見直した」
3号「ち、褒めてんのかよそれ」
4号「しかしどうするんだ涌田。いくらなんでもいきなり三人の採用は多いだろ」
1号「寡黙で力持ちに、男気がありそうなリーダーに、マイペースで器用な奴か。三人合わせればまるでミニタコ坊だな。よし、じゃあ三人とも採用するか！」

4号「マジか！　固定給が発生するんだぞ、涌田！」
1号「いいじゃねえか、その分稼げばいいんだろ？　なあ忠、お前もそう思うだろ？」
2号「……」深く頷く。
3号「羽嶋、次はお前が怪我する番なんだろ？　良かったな、これで安心して大怪我できるな！」
4号「縁起でもないこと言ってんじゃねえぞ、岡野」
1号「お婿に行けなくなっちゃうってか？」

大笑いをして、それで面接の件は一件落着となった。翌月から三人が新入社員として迎え入れられ、ますます便利屋は賑やかになり、マンパワーに合わせるように仕事も忙しくなった。三人とも一生懸命に働いた。

不思議なことだが、新人の三人の性格はあの晩に岡野が言った通りだった。こいつは力もなければ、技術もないが、人を見る目だけはあるのかもしれないなと涌田は思った。

人は、見えているものをそれ以上見ようとしない。
聞こえない声を聞こうとしない。
なのに分かったふりをする。

そしてその年の四月。羽嶋と麻美は結婚をした。予言の通り、というか順番通り羽嶋にもちゃんと不吉なことが起こった。

地元で式を挙げたいという麻美の願いを叶えようと、式場の下見と日取りを決めるためにわざわざ田舎に帰ったにもかかわらず、羽嶋は前日に地元の同級生の宮澤、森谷、堀口、田原らと調子に乗って、べろべろになるまで飲んだくれて、結局ひどい二日酔いになり下見に行けなかった。

そんなこんなで結局後日、日取りが決まったものの、なんと平成四年四月四日の四並びという誰もが敬遠する日になってしまったのだ。さらにその日は仏滅で雨だった。

これだけ重なれば、結構笑い話になってしまうもので、本人たちはあっけらかんとしていたし、東京から便利屋1号2号3号と石山も駆けつけ、また高校の同級生たちも集まって大いに賑わい、結局それ以上の不吉なことも起こらなかったからこれで良かったのかもしれない。

それから麻美は宣言通り上京し、羽嶋との新婚生活をスタートさせた。また便利屋が忙しい時は産婦人科病院の定期清掃など、リリーフ社員として仕事を手伝ってくれた。その頃はアルバイトが常時十人前後タコ坊に来ていたのだが、それでも賄いきれないくらい忙しい日もあった。

さらに岡野の妹の岡野和美が千葉の大学に通っていて、たまに便利屋のピンチヒッター社員として活躍していた。位牌を霊能力者の家まで届けたり、女友だちと某テーマパークに遊びに来たことにして欲しいというアリバイ工作員になってパークの中で何枚か記念写真を撮り、その後ちゃっかりパークで遊んで来たり、要領の良さは兄譲りでみんなに可愛がられ、貴重な体験をした。

こうして鉄工所の二階の四畳半から始まった便利屋タコ坊は、いつの間にか変化の年を幾度も迎え、いつの間にか大所帯になり、賑やかに派手に順風満帆な日々を送っているように見えた。

しかし陰と陽のバランスがくずれると大変なことになる。

うまくいかないときほどプラス思考で、うまくいっているときほどマイナス思考だ！

そんな法則をすっかり忘れて航海を続ける海賊船タコ坊丸。

音をたてずに船底から海水が浸水してくるように、ゆっくりとしかし確実にその危機はやって来ていた。だが今は誰もそのことには気が付いていなかった。

それどころか1号涌田は、自分の恋の物語の登場人物をついに見つけて、世界がバラ色になり始めているのだった

すっかり足も良くなり、その年も終わりかけてきた十一月。よく仕事を回してくれる、千葉県にある大きな不動産会社の若手社員が、涌田を飲み会に誘った。いつも忙しかったのもあり、断ってばかりいたので、たまには顔を出すかと千葉の本八幡の居酒屋に向かった。

「遅いよ、タコ坊さん！」と会を仕切っているロンドンブーツの淳そっくりの永野が声をあげる。

遅刻して来る者の掟として一気飲みの刑を受け、すきっ腹に軽くボディブローを

受けた後、とりあえず何か腹に入れなければと思ったら、鍋の中身は大の苦手な水炊きだった。

やっぱり来るんじゃなかったと後悔しながら、冷えたポテトフライにサラダらしきものを食べていると

「へええ、タコ坊さんって言うんだ。何のお仕事なんですか？」と向かいに座っていた十代に見える女の子が水炊きをたっぷりよそって立ち上がり、テーブルを周って来て涌田の隣にちょこんと座った。

「はい、たくさん食べてね」と陽だまりの中で昼寝をしている猫のような笑顔を見せる。

涌田は、むろん水炊きは大好物とばかりにぱくぱくと食べてお代わりもした。便利屋の話に花が咲いて意気投合した頃に飲み会はお開きとなった。

二次会も誘われたが、明日はぬいぐるみ劇団からの依頼で、声優の収録という変わった仕事が入っていたので、後ろ髪を引かれながらも帰ることにした。

「じゃあ私も帰ろっと」と彼女が一緒に本八幡の駅までついて来た。並んで歩くと彼女は小さく、本当に猫に似ていて、今夜は特に機嫌がいい時の人懐っこい猫だ。初めて会ったばかりなのに何故か別れるのがお互いに名残惜しかった。

駅の改札まで彼女を送って「じゃあ、またね」と言葉を交わして涌田はタクシー乗り場に向かった。五十メーターくらい歩いてから、ふと気になって振り返ってみた。やっぱり彼女はまだそこにキョトンと立っていた。置いてきぼりにされた子猫のように。

心配になって、早く帰れと「バイバイ」と大きく手を振った。

すると子猫は、ピンと見えないシッポを立てて、嬉しそうな笑顔で駆け寄ってきた。

「ど、どうした?」と涌田が聞くと「だって今、来い! 来い! って手を振ったでしょ」と彼女。

思わず笑って子猫を抱きしめた。

これから先のことは何にも分からないけど、今この瞬間のことはよく分かる。彼女ともっともっと話がしたい。

そして二人はタクシーに乗った。何処に行ったかなんて無粋なことは聞く必要はない。何処に行ったってそこは夢の中なのだから。

子猫の名前は目高みずほ。やがて涌田広幸のもとに嫁ぐことになるのだが、まだそれは少し先の話だった。

第十九話　「新展開インテリアＴＡＣＯＢＯと、悲しい別れ」

「どう思う？」と1号涌田が言った。

「お前、本気なんだな？」と3号岡野が涌田の顔を見て聞く。

「当たり前だろ」

「いいかげんな気持ちじゃないんだな？」4号羽嶋も聞き返す。

「真剣に考えてるんだ。で、お前らの感想はどうなんだ？」

　2号須々木忠助は黙ったまま、首を左右に発言する者の顔を見る。

「正直に言うぞ」

「ああ、言ってくれ」

「思ったより広いな」と3号。

「まあ、場所的にはなかなかいいんじゃない」と4号。そして2号は黙ったまま目の前の肉屋を見ている。

「だろ？　じゃあ決まりだな。来年平成五年の三月からここに輸入カーテンと絨毯を取り扱うインテリアショップを出店するぞ。何といってもここは清新町唯一のショッピングセンターだからな。隣は大型スーパーマルエンだし、人通りも多いぞ。岡野、お前がこの店の責任者だ。頼んだぞ」1号が、鼻の穴を膨らませながら話す。

「おう、任せとけ。清新町はちょうど築十年の高層マンションだらけだから、きっとリフォームの依頼が殺到するな。リフォーム隊長羽嶋、工事の方は頼んだぞ」

「あーあ、ついに調子こいちゃったねえ。こんな大それたこと始めちゃって、潰れた時大変だよ。うちはスーパーの中で総菜屋やってるからよく知ってるけど、店は始める時より潰れた時が大変なんだから。そりゃあもう悲惨だよ」と4号が臨場感たっぷりに話していると
「お兄ちゃんたち、今度この店の後に入る人かな？」と声をかけられた。

「ええ、そうです！」涌田が目をキラリと輝かせて答える。

「じゃあ、悪いけどそういう話はもっとあっちでやってくんないかなあ。わしら年末一杯までまだ営業してるんでね」

来月の十二月で閉店する肉屋の親父さんが悲しい目をして言った。

「す、すいませんでした！」と言って立ち去るタコ坊たち。

ここ清新町は、江戸川区の中で最も高層住宅が密集した地域で、学校や公園、陸上競技場まで整備されている、当時都心に最も近いベッドタウンであった。埋め立て地であるため地形は閉鎖的で、日常的に買い物をするなら最寄り駅の西葛西駅前か、清新町の中にあるこの唯一のショッピングセンター「パトリエ」しかない。そのパトリエの中に、輸入カーテンや絨毯を販売するインテリアショップを開こうというのが今回の話だ。

輸入カーテンや絨毯をどうやって取り扱うのかと言えば、実は実際に現地に買い付けに行っていて、江東区を拠点に展開している大きなインテリア店「イシシバ」と業務提携を結び、そこから仕入れをするのだった。だからカーテンや絨毯からの利益率はかなり落ちるのだが、店を出す狙いは清新町の五千世帯に迫る住居のリフォームを直に請け負うための手段であった。販売部門でパトリエの家賃と一人分の人件費が賄えられれば、十分に勝算がある。

ここは勝負時だと立ち上がり、店長に抜擢された岡野が商品知識を身に付けるために、十二月からイシシバに丁稚奉公、いや修行に行った。

そんな一九九二年の十二月のクリスマスイヴ。夜の八時頃岡野が丁稚から便利屋事務所に帰って来ると、ちょうど羽嶋と須々木も現場から帰って来たところだった。

事務所のドアを開けるとFM放送の音楽番組がサザンの「涙のキッス」を流していた。

「おう、お疲れ。どうだちょっとはカーテンに詳しくなったか?」と事務所でサザンの曲に合わせて歌いながら帳簿を付けていた涌田が岡野に聞いた。

「ああ、詳しいどころか、もう博士レベルだぞ」といつものようにほらを吹く。

「あれ、吉永たち新人はまだ現場?」と岡野が羽嶋に聞く。

「岡野、今日はクリスマスイヴだぞ。みんなとっくにそれぞれデートに出かけたよ」と羽嶋が手に付いたペンキをシンナーで落としながら答える。

「やるねえ、最近の若いもんは!」と岡野が言うと、珍しく須々木が「よし、じゃあ今日は初代タコ坊の四人でパーッと行きますか!」と手を叩いた。

「あー、忠ちゃんごめん。俺、今日はこれがこれだから」と岡野が小指を立ててたあと、お腹のあたりをまあるく描いた。

「そうか、カミさん来月が予定日だったたな。親父になる心境ってどうなんだ、岡野?」と涌田が言うと「いやあ、実感わかねえな。とにかく元気に生まれてくれればそれで十分だよ」といつになく真面目に答える。「だから、悪いけど今日は帰るわ」

するとと羽嶋も「あ、俺も今日は帰ってやりたいんだよね」と立ち上がる。

「そっか。家庭があるんだからそりゃあそうだよね。じゃあ涌田、二人で一杯やりますか！」と須々木が涌田の肩をポンと叩く。

「……いやあ、忠助悪い。俺も今日はこれからちょっとな」と涌田がばつが悪そうに答える。

「えー！　マジっすか⁉」

ＦＭラジオのＤＪが次の曲名を告げる。

「それではリスナーの皆さん、こんなクリスマスイヴの夜に一人でいる君に贈ります！　槇原敬之の『もう恋なんてしない』どうぞ！」

♪君がいないと何もできないわけじゃないと　ヤカンに火をかけたけど　紅茶のありかがわからない……


人は皆紆余曲折を繰り返し、少しずつ成長していきながら、いつかそれぞれの幸せを見つけていく。


しかし中には生きることが不器用な人間もいて、乗るはずの汽車に乗り遅れてしまうことがある。

一人ホームに佇んで須々木忠助は夜風にあたって考えていた。

岡野は明確な人生の夢を抱いて劇団をやり続けながら、便利屋でもなくてはならない存在として活躍し、もうすぐ父親になる。

羽嶋は今や便利屋の筆頭稼ぎ頭で、一流の職人としての技術を身に付け結婚もした。

そして涌田は便利屋の発起人であり、社長として便利屋を立派に成長させ、ある意味人生の夢を叶えたと言ってもいいだろう。

じゃあ自分はいったいどんな存在なのだろう。それを考えようとすると、そんなことを考えるなと叫ぶもう一人の自分がいる。


昔は二人三脚のようにみんなの足が結ばれていて、お互いの肩をしっかりとつかみ合いスクラムを組んでいたから、乗り遅れた時もみんな一緒だった。いつも腹ペコだったが、少ない食料も分け合い、眠っている時でさえ、四畳半の狭い部屋の中で脛を蹴りあいながら何の不安もなかった。

それがいつの間にか、一人、また一人と脱皮をしていくように自然に新しい伴侶を見つけて新しい汽車に乗る。乗った者たちは目の前の幸せの中で乗り遅れた者の声は聞こえない。きっと次の汽車ですぐに追いかけてくるのだろうと安心していた。

須々木は別にそのことをひがんでいるわけでも、腹を立てているわけでもなかった。ただみんなの後を追いかけて次の汽車に乗らない自分に苛立ちを感じていた。須々木にとって便利屋タコ坊とは、人生の目的でも生活の手段でもなかった。ただそこは、動物たちが集まってくる木陰のようなずっと居たくなる居心地のいい場所だった。

だから便利屋タコ坊が、経済的に豊かになっていくことも、有名になっていくことも興味がなかったし、むしろそのことと引き換えに大好きな木陰の面積が削られていくようで悲しかった。でもそんなことは一度も言わなかった。

誰が悪いわけでもなく、どうにかしたいということでもなく、ただやり場のない不条理な切なさが須々木の心を支配して、気が付いた時には知らないうちに反対側のホームに立っていた。もちろん反対方面行の汽車に乗るつもりなどこれっぽっちもなかった。ただ夢遊病者が屋根の上を歩きたくなるのと同じように、そうすることで少しだけ心が軽くなるような気がしたんだ。

その年の暮れから翌年の正月にかけて須々木は、一人で新小岩の赤ちょうちんで飲むことが多くなった。そこで知り合った四十代後半のバツイチのとび職人と仲良くなった。年齢がずいぶん違っていたが、どこか似ている二人で、馬が合った。とび職人には正月休みもほとんどないということで、須々木は軽い気持ちで正月に仕事を手伝いに行った。

伝統ある江戸のとび職人たちの現場の空気は、便利屋とはまったく違った空気で、強烈な縦社会の中にある緊張と信頼と人情と根性が充満していて、須々木はこんな世界があったのかと衝撃を覚えた。

正月休みの後、三月のインテリア店オープンに向けて他の三人は大忙しだったうえに、一月十二日に岡野に待望の娘が生まれたものだから、めでたいやらなんやら大騒ぎで、誰も須々木の異変に気付かなかった。

岡野はまた引っ越しをして、今度は便利屋の事務所から一分のマンション。だから岡野は仕事が終わればすっ飛んで帰って行ったし、岡野が事務所にいる時は、葉子は娘を抱きながらよく便利屋に来て、経理などを手伝っていた。赤ちゃんの笑顔は天使そのもので、みんなの心を和ませてくれた。

そんな折、突然タコ坊に衝撃が訪れた。

二月のある日、須々木がタコ坊を辞めたのだ。

まさに青天の霹靂で、何の前触れもなく突然の出来事に全員がフリーズしてしまった。辞める理由を聞いても口下手の須々木は「自分のわがままで、とび職人になりたいからここを辞める」の一点張りで、それ以上は何も語らなかった。

あいつが好きだったあの居心地のいい木陰を作っていた大木は、いつしか豊かさや便利さと引き換えに切り倒されてしまったのだ。

無口な分、一度決めた意思は固く、誰も引き留めることはできなかった。時はすでに遅く、乗るはずじゃなかった反対方面の汽車に、あいつは既に乗ってしまった後だった。

須々木が去ってしまった後も涌田は「ちきしょう、ふざけんな！　いったい何が不満なんだ」と荒れていたが、岡野には何となく須々木の気持ちが分かるような気がしたのと同時に、彼を辞めさせてしまった原因が自分たちにあることも分かった。

何故ならば、そっくり同じことが岡野の劇団でも起こっていたからだ。

三年前、劇団の第三回公演が終わった後、突然チッチが劇団を辞めると言ったのだ。ちょうど岡野が葉子と結婚を決めた時だ。

だから岡野は辞める理由を聞かなかったし、止めることもしなかった。と、言うよりは、聞けなかったし、止められなかったのだ。

チッチはとても不思議な人で、岡野とは岡野がまだ愛知県の高校にいた時からの知り合いで、彼が上京して劇団を立ち上げたいという夢を、自分がサポートして叶えてあげたいと岡野の後を追って上京してきたのだった。

しかしそんな彼女のことを不思議な人だと言う岡野はずるい。それは岡野自身もよく分かっていたのだが、ずるずると彼女の好意に甘え、またチッチも岡野以上に劇団を愛し、誰よりも頑張っていた。彼女の仕事は役者のような表舞台ではなく、それこそ誰にでもできるような稽古場の場所取りや、みんなへの連絡とか、小道具の管理や、悩んでいる役者の相談役とか、いろんな雑仕事という脇役を何役もこなしていた。

彼女はいつも全力だった。笑っているか、怒っているか、たまに驚いたり泣いたりもするが、白けているシーンは誰も見たことがなかった。

彼女が辞めると言った時、劇団にとっては大きな打撃になることは分かっていたけど、役者が残っていれば、あとはみんなで彼女の分を分担すれば問題はないと思った。

しかし現実はそんなに数学的には行かなかった。
人間の手は、小指を失うと急激に握力が落ちるのと同じように、劇団もチッチを失ってから突然失速を始めた。四回目の公演「眠れぬ夜のために」の稽古初日の前には、役者が次々に辞めていくという事件が起こり、急きょ便利屋関係の人間を集め、素人集団からの再出発をすることになり、そして去年の第五回公演「ケセラセラ」を最後にほとんどの劇団員が結婚や仕事を理由に辞めてしまい、事実上の解散状態となった。

「桜染め」という、反物を淡い桃色に染める職人さんにこんな話を聞いたことがある。
桜染めはもちろん桜の木を使って染めるのだが、実は花びらで染めるのではなく、桜の花が開く前のつぼみの頃の若い枝で染めるのだという。その枝を煮詰めたものに反物をつけておくと、桜の花のように綺麗なピンク色に染まるのだそうだ。

つまり桜の花の神秘的なピンク色の秘密は、ごつごつとした固い樹皮の中に潜んでいるのだ。

役者が花なら、裏方はごつごつとした枝や、幹や、根っこだろう。

そんなことも気が付かないで、自分の力だけで花を咲かせていたと思いあがっていた演出家は、花が散ってしまった後に失ったものの大きさを思い知らされた。

そしてまた須々木の役割もチッチと同じだ。

彼はいつも自己主張することなく、全力で誰かのために頑張っていた。涌田に誘われた便利屋でも、岡野が主宰する劇団でも、いつも「縁の下の力持ち」の役割を買って出てくれていた。

そして須々木は人が笑っている姿を幸せそうに見ていた。そんな男だった。辞めると決めてしまった今の彼を、誰もどうすることもできない。こうなるまでに気付けなかった自分たちの能天気ぶりを悔やむしかないが、そんなことをしてももう意味はない。

自分たちの幸せに夢中になりすぎて、一番の影の功労者の心の声に耳を傾けなかったから起こってしまった、当たり前の結果だ。

そうだ、去年のあのクリスマスイヴの夜だ。いつになく須々木がみんなを誘ってくれていたのに、どうしてあんな簡単に断ったりしたのだろう。どうしてあんな酷いことが平気でできたのだろう。一人ぼっちになる人のことなど考える余裕もないほど浮かれていたのか。みんなそれぞれのパートナーを呼んででも、一緒に過ごすべきだった。

そんなことを須々木がいなくなった後の事務所でしみじみと話した。
涌田が一番辛そうだった。誰よりも須々木のことは分かっているつもりだっただけに自分の愚かさに腹が立つのだ。ずっと歯を食いしばるようにして黙っていたが、きっと声にならない声で泣いていたのだろう。

それでも時間は止まることはなく、前に進んで行く。予定通り清新町のパトリエの内装工事を終え、相当の資金をつぎ込んでカーテンと絨毯を仕入れ、什器に商品を並べ、一つ一つにポップを手書きで作り、一九九三年（平成五年）三月十四日のオープンを迎えた。
店名は「インテリアTACOBO」だ。特大のオシャレなBAR並のカウンターが設置され、高級なペルシャ絨毯を壁に飾り、何種類ものカーテンや絨毯のサンプルを展示し、リフォームの相談ができるテーブルもあり、玄関マットや、水回りのオシャレなアイテムも販売している。

店長が岡野、アシスタントに大越の二名体制でスタートした。初日は大勢のお客さんが訪れ、二十万円以上の売り上げと、いくつかのリフォームの見積もりの依頼を請けて、順調過ぎるくらいの滑り出しだった。

いろんな友達も駆けつけてくれた。岡野と以前同居していた桑名正守も来てくれ、開店祝いにその高そうなペルシャ絨毯を買うから、お祝い返しに自分が扱っている教材を買わないかとニヤニヤ笑って言った。そして今度は茶目っ気たっぷりに笑って、「ほんとは今日来たのは別件なんだ。今度五月から始まるJリーグのプレミアムチケットが手に入ったからさ、一緒に見に行かないか。お前サッカー好きだっただろ?」と誘ってくれた。相変わらず、何か面白そうなことを先取りして楽しんでいた。

葉子も娘を抱っこしながら岡野に弁当を持って来てくれ、ひらりんもやって来てダイエットスリッパを安い安いと言って買って帰った。いや、西荻窪からの電車賃を考えると、とんでもない高級スリッパになる。

パトリエの他のお店の人たちも、みんな温かく向かい入れてくれた。特に二階の蕎麦屋「二松」の大将は特に気に入ってくれ「若いタコ坊さんたちが来てくれたこの機会に、ショッピングセンターを清新町の人だけではなく、西葛西や葛西の駅周辺の人を呼び寄せるくらいの活気ある場所にしよう」と盛り上がり、月に一度「天才博士クイズ」という企画を、TACOBO主催で行った。どんなクイズかと言えば、アメリカ横断ウルトラクイズと同じ形式で、涌田扮する天才博士の出すクイズに○×で答え、最後の一人になるまで戦って優勝者を決めて商品券をプレゼントするという単純なものだったが、これが子供たちに大うけで、その時間は会場にしていたパトリエの広場がパニックになる勢いだった。クイズが終わった後も、インテリア店に押しかけて、そこにいる涌田を見つけては「あれが博士の正体だ！」「絶対そうだよ」「じゃあ、ほんとは博士じゃないじゃん！」などと本当に小学生らしい、空気を読まない自由な発言をして盛り上がっていた。

圧倒的に子供が多かったので、直接の消費には繋がらなかったものの、ある意味宣伝効果としては大成功と言えたのではないだろうか。

その年の一年間は、須々木のいなくなった寂しさを紛らわせるかのように、みんな夢中で黙々と働いた。

しかしそれぞれの働く時間帯や、休みの日が合わなくなり、あまり一緒に酒を飲んだり、遊びに出かけたりしなくなっていた。いや多分あれ以来、みんながそんな気になれなかったのだと思う。

飲み会でもカラオケでもどんな時だって須々木はただ黙って酒を飲んでいただけなのに、いなくなってしまうと指揮者が消えてしまった楽団のように、急にみんなのリズムが合わなくなり、微妙な不協和音となっていった。新しく入ってきた三人の若い社員たちもその穴を埋めることはできなかった。

だから岡野も羽嶋も仕事が終わると事務所に寄ることもなく自宅に真っ直ぐ帰ったし、涌田は涌田で仕事が終われば一人密かにラブストーリーを温めていた。

乗っていた汽車は同じだと思っていたが、いつしか連結車両は切り離され、少しずつ軌道が変わり、それぞれの違ったレールを走り始めていたのかもしれない。

羽嶋之雄の妻麻美は、東京での生活に憧れを抱いていたものの、実際に生活を始めてみるとそれまでの田舎暮らしとはまったく環境もスピード感も変わってしまい、ホームシックになりかけていた。それでも自分で覚悟を決めて上京したのだと言い聞かせて明るく頑張っていたが、結婚の翌年、第一子を身ごもった時その覚悟が揺らいだ。そんな彼女を之雄はどうすることもできずにただジレンマが募るばかりだった。

そして岡野芳樹もまた、仕事が軌道に乗って充実しているその裏側で、強い喪失感を抱いていた。事実上解散状態になっている劇団を立て直すどころか、物理的にも劇団など運営できないくらい便利屋事業が忙しくなり、さらにはインテリア店を任された今、昔のように何週間も休んだり、早引きをして芝居の稽古をするわけにもいかなくなった。

劇団を続けるために始めた会社が、皮肉なことに劇団を奪ってしまう。でも、どちらも自分で始めたことだ。そんなことは分かっているのにやりきれない苛立ちがときどき岡野を襲ってくる。そんな話など一言もしていないのに、ある時葉子が「お父さん、いつ仕事辞めたって大丈夫だからね。好きなようにしていいんだよ」と突然言うから泣けてきた。

世間でも一九九三年という年は、バブルの崩壊以降それまで何とかぎりぎり均衡を保っていたいろんなものが、ついに限界点を超えてしまい、一気に不景気の波が押し寄せてきた年で、天候までもが追い打ちをかけるように記録的な冷夏となり、戦後最大のコメ不足を招き、十月には希望を託した国民の心にとどめを刺すかのように、サッカー日本代表のドーハの悲劇が起こる。

そして便利屋タコ坊の本当の終わりがもうすぐそこまで忍び寄っていた。

第二十話　「便利屋最後の依頼。命がけの夜逃げ屋タコ坊」

「おはようございます！　じゃあ今日の現場の確認です！」

朝八時、便利屋の事務所から元気な声が聞こえてくる。十人くらいの若者が事務所に集まっている。

「まずお好み焼き能呂の掃除を、バイトの板尾君、鷹田君、有田班でお願いします。車は2号車のトラックで。外の窓拭きですが、アップスライダー使う時気を付けてくださいね。有田、頼んだぞ！　必ず誰か一人下で押さえてください。

次は葛南葬儀社のお手伝いにバイトの朝熊君お願いします。電車で行ってもらいますが、この現場は初めてですよね？　後で地図を渡します。

じゃあ次、日南住販のマンションの内装工事、石清水とバイトの堀腰君、私の班でお願いします。車は4号車で行きます。それで堀腰君は夕方、渋谷東急に移動して吉祥堂の搬入のお手伝いよろしくお願いします。搬入口分かるよね？

そして清新町の青山邸は、昨日に引き続き羽嶋さんと赤藤と鈴鹿でお願いします。

1号車です。後で涌田さんが特注の棚を届けるそうです。今日も気を引き締めて

じゃあみなさん、世間ではクリスマスムードですが、今日も気を引き締めて事故事故のないようによろしくお願いします！」

出かけている涌田の代わりに仕切っているのは、羽嶋之雄ではなく去年入社した吉永だ。すっかり仕事の段取りも覚えて頼もしい存在になっている。吉永たちの入社から一年以上たった一九九四年のこの頃は、便利屋という看板を掲げてはいるものの、仕事の依頼はリフォームと掃除と人材派遣がほとんどで、たまに引っ越しがあるくらいだった。何故か昔のような便利屋らしい仕事は激減していた。

事務所からぞろぞろと人が出てきて、車に荷物や材料を積んだり、アップスライダーという可動式の長い梯子をトラックに積んだりしている。「やったー、今日はラッキー」とか「うわー、吉祥堂か。きついなあ」などと口走るバイトたち。

タコ坊のジャンパーを着ているのが便利屋の社員でそれ以外はアルバイトだ。いつの間にか赤藤と石清水と鈴鹿という新人社員が増えている。去年に続いて一九九四年にも社員を募集した。石清水はタコ坊初の女性社員だ。ガテンの募集広告を見てきた職人希望の逸材だった。

その頃涌田広幸は旧便利屋事務所、つまりは実家なのだが、その近くを流れる中川の土手に寝転んでいた。

現場に届ける特注の棚を受け取りに近くまで来たので、ついでに久しぶりに実家で朝飯を食べて、腹ごなしに土手まで出てみたのだ。

十二月にしては暖かく、寝転んで空を見ていると、小春日和の真っ青な空に白い雲を引きながら飛行機が飛んでいた。

じっとその飛行機を見ているうちに意識がタイムスリップして、今見ているはずの飛行機の中に、七年前のアメリカから帰って来る自分がいた。

何をやってもうまくいかず、空回りの人生に焦り、何でもいいから自分の人生で納得のいく大きなことをやってみたくてギラギラしていた。

まだこれから起こるドラマのような冒険の数々の何一つも知らず、可能性だけの未来に期待と不安でいっぱいだった頃。

「すべては、あそこから始まったんだな」

機内で今にも泣き出しそうな顔をしている自分が可笑しかった。

「心配すんな、これからめちゃくちゃ面白い未来が待ってるぞ！」

そう呟いてみたが、声が届くよりも早く飛行機は空の彼方へ消えていった。

岡野と出会って、須々木を巻き込んで、羽嶋がやってきて、あれからあっという間に時間が過ぎたような気がするけど、ここまではいい人生だ。これからだって見たい夢はまだまだある。しかしいつまでも仲間に甘えているわけにはいかないな。

「さて、じゃあ家具を引き取って現場に向かうか」

そう言って立ち上がった時携帯電話が鳴った。吉永からだった。

「何かあったのか？」

「すみません、今飛び込みで仕事の依頼があったんですけど、ちょっと厄介そうな案件で……」

「どんな依頼だ」

「簡単に言うと、夜逃げですね」

「夜逃げ⁉」……久しぶりに便利屋らしい仕事だ。

「で、すみません。ボクもう出なきゃいけないんで、涌田さん依頼者と話してもらえますか？　五分後に涌田さんの携帯にかかってきます」

「分かった。任せろ！」

涌田は実家に停めてあったホロ付きのトラックに戻って電話を待った。その電話はすぐにかかってきた。

「はい、便利屋タコ坊の涌田です」

「あ、どど、どうも、神山です」中年男性の声だ。少し怯えている様子だ。

「話は伺ってます。あの、これは自宅からの電話ですか？」

「いいえ、公衆電話です」

「よかった。ではお話しください」公衆電話ならとりあえず盗聴はないだろう。

「す、すみません、お願いできますか？」

「安心してください。法に触れない限り依頼を断ることはありませんから。ところで、会って詳しい話を伺いたいんですが、ご住所は？」

「えーっと、西葛西なんですが……家はちょっとまずいので、私がそっちに伺います」

西葛西か、じゃあ清新町のパトリエの方が近いな。ちょうど棚を引き渡しに行くしな。

「じゃあ神山さん、清新町のパトリエ分かりますか？　ええ、そうです。そこの一階にインテリアTACOBOというカーテン屋があるんですが、そこにお昼の十一時に来てもらえますか？　はい、もし誰かに監視されているとしても、便利屋の事務所よりはよっぽど怪しまれないですから。じゃあ後ほど」と言って電話を切り、煙草に火を点けて一人呟く。

「夜逃げか……」

気にかかりながらもまずはオーダーファニチャー「Ｄ・ｉｎ」に到着。オーナーの入口さんは若手だが、特注の家具を専門に作る凄腕の職人だ。特殊なカンナを使いこなしどんな曲線でも作り上げる。

「毎度！　タコ坊です」ドアを開けるとシューっと木肌を削る心地よい音が聞こえた。

「ああ、タコ坊さん。できてるよ」木くずを払いながら入口が答える。

十時四十五分。羽嶋たちの現場に美しく仕上がった棚を納めてからパトリエに向かい、裏口から店に入る。

「インテリアＴＡＣＯＢＯ」には赤と緑を基調にした装飾が施され、パトリエ全体に流れるＢＧＭは定番のクリスマスソングだ。

「うぃーっす！」と缶コーヒーを四本渡す。

「おう、お疲れ！　サンキュー」と店長の岡野芳樹がコーヒーを受け取る。

「お疲れ様です！」と、大越と目高みずほが駆け寄ってくる。

目高みずほ⁉

そう、つまりはそういうことで、今年の夏からそれまで働いていた千葉の不動産会社を辞めて、ここインテリアTACOBOで働いているのだ。もちろん涌田との関係は便利屋の全員が承認済み。彼女は思った以上に機転が利き、接客もうまく、第一毎日やる気に満ち溢れていて、岡野と大越の二人の時と比べて何より店がパッと明るくなったのだった。

「岡野、十一時にここに便利屋の客が来るんだ。お前も一緒に話を聞いてくれるか？ちょっと問題ありな現場なんだ」と涌田が言うと、

「ははーん、もしかしてその依頼人、神山って言うんじゃねえか？」と岡野が言った。

「え！　何で知ってんの？」

「いや、十時半頃その男が来て、誰かとここで待ち合わせしてるって言うんだけど、肝心な『誰』が分からないって言うからさ、追い返したよ」

「あちゃー。すまん、お前に電話しておくんだったな。十一時だって言ったのにまさかそんなに早く来るとは」

「明らかに挙動不審だったぞ。で、問題ある依頼って何だ？」と岡野が缶コーヒー

を飲みながら尋ねた。

「ああ、夜逃げの依頼らしい。くそ、帰っちまったかなあ」と涌田が電話を取り出すと、

「あ、涌田さん。大丈夫です。その人ならずっとあそこのハンバーガー屋に居ますよ」とみずほがパトリエの入り口の方を指さす。

「お！　さすがメダカちゃん。お手柄じゃん！」と岡野が褒めると、「私呼んできます！」とまるで小鳥のように身軽に飛んで行った。

「涌田、いい女捕まえたな。あいつはよく働くぞ」と言って岡野は缶コーヒーを飲み干してからまた一言「でもメダカちゃんは、悪い男に捕まったもんだ」

「うるせー」

隣りで大越が二人のやり取りを耳にして笑いを堪えている。

みずほに案内されてきた神山は、背が低く痩せていてフォークシンガーのように耳が隠れるほどに髪を伸ばしていた。ジーパンに鼠色のビニールのジャンパーで、やはり鶏型ロボットのように挙動不審な動きをしている。ひとまず、店の奥にあるリフォーム相談用のテーブルでじっくり話を聞くことにした。

岡野は開口一番、神山に詫びた。「神山さん、先ほどは失礼しました。お約束が十一時と伺っていましたし、依頼内容が、内容だけに、もしや神山さんの名を語る怪しい人物の可能性もありましたのでああいう形を取らざるを得なかったことをお詫びします。ですが、もう大丈夫ですのでご安心ください。私は岡野。で、こちらが電話でお話しされた涌田です」

「あ、どどどうも」と神山がお辞儀をする。

よくもまあ、こんなにつじつまをうまく合わせた話をぺらぺらと話せるもんだと、涌田は半ば呆れながら感心した。それから手帳を取り出して「さて、詳しくお話を伺いましょうか」と本題に入った。

それから三十分間にわたって事情を聞いた。神山は、店に客が来るたびにビクッとしておびえた様子になる。よほど執拗に脅されているようだ。しかも常習的に。

家族構成は妻と小三、小一、一歳の子供の五人家族で、仕事は保険の個人代理店業。住居は西葛西の3ＬＤＫの分譲マンションだという。

仕事で大きなミスを犯して行き詰まり、マンションのローン返済のために軽い気持ちでサラ金に手を出したのが事の始まりだ。それからずるずると借金まみれになり、僅かな収入も膨大な金利の返済に消え、ついに、このままでは一家で心中するしかないという窮地に追い込まれたのだという。

依頼の内容は、最後の手段として家族をいったん三か所の親戚に預けるため、その夜逃げをスムーズに行う補助をして欲しいということと、神山さんが新しい土地で再就職を果たし、再出発の準備をする一、二か月の間だけ、家財道具を便利屋で預かって欲しいということだった。

このひと月間、ろくに睡眠をとっておらず、精神状態も限界に近付いていたため、挙動不審に見えるのも仕方がなかった。神山は見るからに頼りなく自信なさげではあるが、酒に溺れたり博打に走ったりするタイプには見えず、どちらかと言えば不器用ではあるが真面目にコツコツと生きる人間に見えた。

夜逃げとは、文字通り夜中に逃げることで、何から逃げるのかと言えば、それは自分の犯した不始末、つまり責任から逃げるということだ。

だからどんな理由があるにしろ、逃げるという行為は法的には許されることではなく、裁判をすれば負けるし、ましてや逃げることで負債が消えるわけでもない。貸した側にしてみればこんな不条理な話はないだろう。

そして夜逃げを請け負うということは、「法に触れない限り、依頼は断らない」

というタコ坊の信条をも破ることになるのだ。

「神山さん、本当にもう他に手段はないんですか？　死ぬ気になれば何だってやれますよ」涌田が真剣な表情で言う。

「……すみません。もう、こうするしか……助けてください」

神山が俯いたまま声を震わせて答える。

「話は分かりました」

「じゃあ、引き受けてくれますか？」

その問いになかなか答えようとしない涌田の顔を岡野がじっと見ている。間の抜けたクリスマスソングがうるさい。

「……神山さん、私も二つ返事で引き受けましょうと言いたいところですが、今回の件は厳密に言えば違法行為です」涌田の台詞にＢＧＭが不協和音のように鳴り続けている。

暫くしてから、神山がため息を漏らすように呟いた。「じゃあ、駄目ですか……」

「いえ……一日時間を下さい。明日きちんとお返事をさし上げます」

涌田がそう言うと神山は分かりましたと言って席を立った。家の電話は止められているので神山から連絡を貰うことになった。肩を落として帰って行く姿はピノキオを失くしたゼペット爺さんよりも悲しそうだった。

「珍しいな、返事を待たせるなんて。腹でも減ってるのか？」岡野が面白くない冗談を言う。

「ふっ、たまには外で飯でも食うか」

そう言った涌田の表情から岡野は何かを察知した。

「ああ、いいよ。おーい大越、ちょっと飯食いに出かけるから店頼むぞ！」

「あれ、もうじき奥さんが弁当持ってくるんじゃないんですか？」

「ああ、じゃあすまんがお前食っといてくれ！　今日は確かハンバーグだぞ」

「え、いいんすか？　ごっつぁんです！」

駐車場に停めてあるオンボロのホロに乗り込むと「さて、どこに行くか？」と涌田が尋ねる。「そうねえ、海が見えるレストランだな」岡野が答える。「よし、任せとけ」と言ってホロが走り出す。

車の中では特に何も話さなかった。カーラジオが流行り歌をせっせと流し続けていたので、二人とも黙って聞いていた。

三十分後、二人はディズニーランドが見えるいつかの埠頭に、いつかと同じように腰掛けていた。ハンバーガーを食べながら。

冬のカモメが数羽鳴きながら二人の上を飛んでいる。

「で、夜逃げの件はどうするんだ？」と岡野が聞いた。

「ああ、お前はどう思う？」涌田が逆に聞き返す。

「違法行為ってことか？」

「そうだな」

「そりゃあ、正しいか正しくないかって言えば、夜逃げは正しくはないだろうな。でもな、大事なのは俺たちがどっちの味方になりたいかって事じゃないのか？　サラ金か、あのおっさんか。逃げるのは確かに卑怯だけど、人生時には逃げることだって必要じゃないのか？　彼が俺の身内だったら、正しく死を選ぶより、ずるくたって生き延びることを願うな。それに俺たちは誰にも縛られない自由な便利屋だ！　だったら正しいことよりもやりたいことだろ！　違うか？」と岡野が言う。

するといつ涌田が強い口調でこう言った。

「いや、俺は今回は正しいことをやりたいんだ！」

長い沈黙が続いた。そして岡野が口を開く。

「どうした涌田。何か変だぞ今日は」

「なあ、最近羽嶋の元気がないだろ」

「あ、ああ。そうだな……子供が生まれたのにな」岡野が目をそらす。

「だからだよ。あいつは……って言うか、麻美ちゃんは田舎に帰りたいんだよ。羽嶋だってそうだ。でも羽嶋はそんなこと言い出せない。今自分が抜けたら大変だからな」そう言いながら、涌田は煙草に火を点けた。

「知ってたのか」

「そりゃあ分かるさ」

「そうか」岡野も煙草に火を点ける。

「岡野、お前のこともな」

「え、何だよ俺の事って」

「劇団やりたいんだろ？　でも今の状況じゃ無理。劇団を諦めるか、便利屋を抜けるか」

「はは、まさか」

「もういいよ岡野。もうばれてんだよ」

「何でお前に分かるんだ。いい加減なこと言うな」

「お前の演出は一流だけど、演技は三流だからな」

「……なんだよそりゃ」そう言うと岡野はごろんと仰向けに寝転んだ。

抜けるような青空に向かって煙を吐く。紫がかった煙が空に吸い込まれていく。

涌田も同じように寝転んで「お前、昔付き合ってた彼女に私を取るか、劇団を取るかどっちか決めてって言われただろ。またおんなじことになってるな」と笑いながら言う。

「ほんとだな」と岡野も笑う。

「便利屋は俺の夢だった。俺のやりたい我がままだった。そしてお前や忠や羽嶋が叶えてくれた。しかも想像以上の面白い物語になった。俺は幸せだ」真上を飛ぶカモメを見ながら涌田が言う。

「俺たちだって幸せだよ」

「いや、そういうことじゃない。俺は感謝してるんだ。そして今度は、俺はやりたいことじゃなくて正しいことをやる」

「何だよ正しいことって」

「俺は決めた。いいか、もう決めちまったんだからな」

「だから何だよ」

「今回の夜逃げの依頼を最後に、タコ坊初期メンバーを解散する。掟を破って違法な仕事を受けるから解散。な、正しいだろ？」

「お前……」

「な、正しいだろ岡野！」

「……」岡野は答えない。

「ここまで丸七年、便利屋タコ坊は想像を超えた面白いドラマを作った。物語は始まりがあれば終りもある。だから最終回で初期メンバーは解散だ。喧嘩別れでも倒産でもなく、最もうまくいっている全盛期に解散。って百恵ちゃんみたいでカッコいいだろ！　だから俺はやりたいことじゃなくて、正しいことをやる」

「ばか、じゃあ俺は無職になっちゃうじゃねえか」

「ふん、お前なんか何やっても食っていけるだろが。心配なのは羽嶋だ。子供が生まれて稼がなきゃいけないのに、あいつ田舎に帰って仕事あんのか？」

「俺だって来年は二人目が生まれるんだぞ」

「え、そうなのか？　知らなかったぞ。そりゃあおめでとう！」涌田がひょいと起き上がる。

「いや、俺も二、三日前に知ったんだ」岡野も起き上がる。

「じゃあなおさら劇団でも何でもとっととと成功させろよ」涌田が空中にポテトを投げるとカモメが上手にキャッチする。

「ほんとにいいのか涌田？　凄腕が二人も抜けたら潰れちゃうぞ」

「いいも何も、お前が夢を捨ててサラリーマンみたいに生きていけるのか？　便利屋みたいに面白い仕事ならまだしも、最近じゃあ完全に真面目なリフォーム屋だぞ。お前みたいに面白い人間は、今のタコ坊には不適格者だからクビだ！」

「は、職権乱用だな」岡野もポテトを投げる。カモメが掴む。

「岡野、好きなことやれよ。そんでずっと粋がって馬鹿な男でいろ！」

「ち、女房みたいなこと言いやがって。でも、実を言うとな、ちょっと考えてたんだ」

「そうか」

「劇団は人手も金もかかるから、暫くは置いといて、自分一人でできる創作活動をやろうかと思ってるんだ」

「何だそりゃ」

「絵本だ」

「絵本？」涌田がキョトンとする。

「そう、絵本作家。絵本ていうのは実は一番映画に近いんだぜ。絵本を開けばそこがスクリーンで、ストーリーはもちろん、登場人物も背景も全部自分で作り出せるんだ。絵本は子供が読むものだとばかり思い込んでたけど、大人が読んで感動する絵本を作りたい。そんでいつかそれを映画化する！」岡野は久しぶりにいい顔をして得意げに話した。

「そうか、でもお前、絵の才能なんかあったっけ？」

「おう！　涌田、実はそれが唯一の問題なんだよ」

「はは、ばかだなあ。でもお前ならなんとかやっちまいそうだな」

「ああ、やるさ。命がけでな。劇団が解散したのは人のせいにできるけど、今度は全部自分の実力だけだからな」

　岡野の顔を見ながら涌田は満足だった。本当はずっと一緒に仕事を続けてもっと会社をでかくしたかったが、これで良かったんだと自分に言い聞かせていた。

「ところで涌田、夜逃げの荷物の件だけど」

「おう、何だ？」

「やばいお兄さんたちに見つからないようにどうやって運び出す気だ？　何か策が

あるのか？」

「いや、ない」

「え！　じゃあどうするんだ？」

「一か八かだろ」

「えー！　マジか？　最後にとんでもない仕事を放り込んだな！　見つかったら、俺たちも半殺しだぞ」

「半分で済めばいいがな」

「ひぇー！」

小春日和のガラス細工のような空に染みるように、遠くの方で船の汽笛が鳴った。


翌日、涌田が神山からの電話に「ご依頼の件を引き受けましょう」と答えると、彼は泣いて喜んだ。子供が学校に行っている昼過ぎの時間帯に、涌田は水道屋の格好をして神山のマンションを視察に行った。玄関ドアは何度も強く蹴られたような跡が付いている。

近所に怪しい人影がないことを確認してチャイムを鳴らすと神山が出迎えた。中に入ると、玄関からリビングに向かって廊下が伸びて、廊下の両脇にも部屋がある。

一つは子供部屋だ。突き当りのドアを開けると十五畳のリビングがあり、さらに右手奥に襖で仕切られた仕事部屋がある。室内は雑然としており、色んなものが散らばっていた。洗濯物は畳まれずに部屋の角で山を作り、襖は破れたまま、ソファーからは綿がはみ出している。まるで部屋全体がヒステリックを起こしているようだった。金目になるようなものは一切なく、おそらく既に質屋にでも入れたに違いない。壁に残る一枚、子供が書いたのであろうクリスマスツリーの絵が悲しみを一層引き立たせた。

「奥さんは留守ですか?」と涌田が聞くと「ええ、下の子が昨日から熱を出しまして今病院に」と神山が答える。

「まずはご家族の安全を考えて、脱出の日を決めて、その後で荷物を移動させます。いつ決行しますか?」

「は、はい。子供は学校に行かせてやりたいので、冬休みになってからと思ってるんですが」

涌田はすばやく手帳を取り出すと、慎重にカレンダーを見ながら「では来週の二十三日、終業式の日がいいでしょう。お子さんたちを学校が終わったら校門を出たところで車で拾って、そのまま東京駅に行って奥さんと赤ちゃんを降ろし、それから羽田に向かいましょう。お子さんたちは確か神山さんの実家宮崎県のお父さんの所に預かって頂くんでしたよね」

「ええ、そうです」

「奥さんと赤ちゃんは、大阪の奥さんのお兄さん夫婦のところで、あなたが福岡の親戚の家。変更はありませんね？」

「はい。で、でも夜じゃなくて大丈夫なんですか？」

「なに、夜逃げと言ったって、昼に逃げたっていいでしょう。真っ暗闇の田舎でもない限り、かえって夜にこそ逃げる方が目立ちますよ。堂々と昼間に逃げましょう。当日はなるべく身軽な方がいいですから、お子さんのリュックに二日分の着替えだけを用意してください。これは当日羽田で渡します。奥さんも神山さんも同様、とりあえず二日分の最低必要なものだけをリュックに詰めてください。それ以外の仮住まい先で生活に必要なものはそれぞれの名前と行先が分かるようにしてダンボールに詰めてください。いいですか、最小限にしてくださいね。分かっていると思いますが、荷物が増えるたびに失敗するリスクが高まります」

「はい……あの、思い出の品とかは……」

「神山さん、気持ちはわかりますが命と思い出とどっちが大事なんですか！」と涌田がたしなめると神山は「すみません、すみません」と何度も頭を下げる。

「あとは便利屋で預かる荷物ですが、どんなものがありますか？」

「はい、子供の勉強道具や机とか、私の仕事で使う書類やキャビネットや、それから洗濯機とか最低レベルの家電です。あとは洋服と布団……あ、お、多いですか？」

と勝手にびくっとする。

「んー、まあ当日仕分けましょう」

「え？　当日に仕分けるんですか⁉」神山が驚く。

「神山さん、さっき言ったお子さんのリュックを含めて、一切のことは二十三日当日の夜明けからやってください。いいですか、焦って荷造りしているところをやばい人に踏み込まれたらすべてぶち壊しですよ。隠してもダメですよ。何があるかわかりませんから、当日までは今まで通りに生活してください。当日までにやるべきことは、行先が分かるような電話番号や、年賀状などを処分すること。それから奥さん以外には絶対に話してはいけません。学校にも役所にも届けてはいけません。いいですね？」

「子供にもですか？」

「ええ、子供は悪気なく人に話してしまいますよ。それが一番危ない」

「そそそうか。はい分かりました」

「お子さんには羽田に向かう車の中で話してください」

「そうします……でも、何て言っていいやら……」神山が項垂れる。

「神山さん、しっかりしてください。あなたがそんな弱気だとみんな不安になりますよ。ドラマの主人公みたいに颯爽と逃げ切ってください」涌田が神山の肩を揺らす。

「涌田さん……こんなみじめな話、いつか笑える日が来るんでしょうか」

「こんな面白いドラマ、他にないですよ！　いいじゃないですか、平凡な人生よりドラマチックな人生の方が。お子さんたちだって大きくなったらきっとお父さんが必死で自分たちを守ろうとしてくれたこと、わかってくれますよ！」

神山は、感情を抑えきれずに泣き出した。

そこへ子供を抱いて奥さんが帰って来た。音を立てずに帰って来たのか、涌田はその気配にまったく気づかなかった。

膝をついて泣いている旦那の前に立つ涌田を見て、奥さんは「キャー」っと叫んだ。涌田が慌てて振り返る。すると今度は「た、助けて！」とさらに高い声を上げた。泣き出す赤ん坊。奥さんの勘違いに気付いた神山は、慌てて「ばか、違うんだ。この人は便利屋の涌田さんだ。俺たちを助けてくれる人だ」と説明した。

「す、すみません。失礼しました。てっきり、その……」と奥さんが謝る。

奥さん、人を顔で判断しちゃいけないよ、と涌田は言いたかった。

ハッと我に返った奥さんは「この度は大変お世話になります。どうか私たちをお助けください」と子供を抱えたまま土下座するように頭を下げた。

「あ、いや奥さん、大丈夫ですから！」と涌田。

「あのう、ところで……いくらになりますか?」と神山が恐る恐る尋ねた。

「そうですね。お金を作るあてはあるんですか?」

「最後の保険を解約すれば四十万くらいには」

「そうですか。飛行機代やらなんやらで十万くらいは必要でしょうから、残りの三十万でどうですか。それで当日十万円だけ現金でいただきましょう。残りは、そうですね……まあ、貸しということでいつか返してください」

「え！　それでいいんですか?」と夫婦が揃って聞き返した。

「その代わりこんな辛い事、いつか笑い話にしてくださいね」涌田がそう励ますと、神山は、お礼を言いながらまた泣き崩れた。

当日までの一週間、昼の十二時前後に必ず神山から涌田へ連絡を入れるという約束をして、涌田はマンションを後にした。

その夜、新築して一階が駐車場で二階がレストランになった「ガーデン」で涌田と岡野と羽嶋が久しぶりに顔を合わせて話をしていた。THE虎舞竜の「ロード」がかかっている。

「というわけで、引継ぎやなんやらでお前たちには来年の三月いっぱいまでいてもらうってことでいいな」と涌田が言う。

「ほんとにそれでいいんだな涌田」と羽嶋。

「ああ、吉永も立派に育ってきたし、新人の三人もいい感じだ」

「インテリアの方もメダカちゃんが店長を引き継げるだろう」と岡野。

「それより羽嶋、お前こそ田舎で仕事あるのか？」

「ああ、地元だから何とかなるさ。なによりカミさんが喜ぶのが俺には一番だよ」

「それならよかった。それでだ、今回のこの夜逃げの依頼が、おそらく便利屋としての最後の大仕事になるだろう。だからこれだけは俺たち三人でやりたいんだ」

「とは言っても三人じゃ無理だろ、涌田」と岡野が煙草に火を点ける。

「そうだな。いざとなったらボディガードにもなる特別社員鈴本邦明とあと一人俺が用意する。計五人でやろう」そう言って涌田がコーヒーのお替りを頼んだ。

「かなり危険な仕事だぞ。勝算はあるのか？」岡野が尋ねると､涌田は「任せとけ」とだけ答えた。

コーヒーのお替りを注ぎながらガーデンのママが「岡野さんたち辞めちゃうの？寂しくなるわ」と呟いた。

「またまた、寂しくなるんじゃなくて、売り上げが減るから悲しいんでしょ！」と岡野が冗談を言うと「ばれたぁ！」とママがおどけてみんなが笑った。


当日家族の配送係は羽嶋。他の人間は現場で荷物の運び出し。マンションの管理人が昼休憩をとる十二時から一時までの一時間だけが勝負だ。しかもその最中に取り立て屋に見つかったらそれで一貫の終わりで、どうなるのか予想もできない。車はそれぞれ足がつかないようにレンタカーを借りる。その費用や荷物の送料や人件費を考えると完全に大赤字だったが、誰もそんなことは言わなかった。


二十三日の当日がやって来た。それまでの一週間の間に取り立て屋は二回ほどやって来たそうだ。今日現れる確率は五分五分というところか。

早朝夜明けとともに羽嶋が運転するセダンでマンションに到着すると、水道屋に扮した涌田と岡野が神山の部屋に向かう。羽嶋はマンションから少し離れたところで車を停めて待機する。十時頃に邦明がもう一人の助っ人を連れてアルミ板の二トントラックでやって来る手はずだ。

「おはようございます」声を殺して涌田が言う。もちろん、神山夫婦も起きて準備を始めている。まだ薄暗かったが家の電気は点けずにカーテンを開けて作業をする。

「子供たちは八時過ぎに学校に出かけて、今日は十時半には学校から帰れるそうです」と神山が言う。

「分かりました。あまり時間がないですね。まずは皆さんの今日持っていくリュックに荷物を入れてください。それが済んだら、それぞれの仮住まい先に必要なものをこの用意したダンボールに」と涌田がまだ言い終わらないうちに「はい、それはもう準備しました」と神山がリビングの隅に並べられた荷物を指さした。

「神山さん、あれほど勝手に先にはやらないで下さいと言ったのに」

「すみません、どうしてもじっとしていられなくて。でも準備したのは、涌田さんたちが来る二時間前です。もちろん灯りは豆球だけでカーテンも閉めてやりました」と今日の神山は何だか逞しかった。

「そ、そうですか。じゃあまあいいでしょう」

「あの、子供にせめておにぎりを持たせてあげたいんですが……」と言う奥さんに神山が「ばかやろう、そんなもの買えばいいだろう！」と声を殺して叱る。

「あ、ああ神山さん。おにぎりはいいでしょう。お子さんたちも不安でしょうから、お母さんの手作りのおにぎりは嬉しいでしょうし、食べてしまえばなくなりますからね」

「ああよかった」と奥さんが喜んだ。

「よかったな。じゃあ飛び切り大きいのをこさえてやってくれ」と神山は昨日までとは別人のように男らしかった。でもきっとこっちの方が本来の神山の姿なのだろう、と涌田は思った。

「じゃあ神山さん、便利屋で預かる荷物を仕分けしていきましょう」


しばらくすると子供たちが起きてきた。知らない大人が二人もいることに驚いて母親のもとに駆け寄る。誰かと聞かれて母親が返答に困っていると、岡野が答えた。

「僕たちおはよう！　お兄さんたちのことテレビで見たことない？　ほら、あっちのお兄さんはアンパンマンで、こっちのお兄さんは食パンマンだよ！」

「えー、嘘だ！」

「おー！　よく見破ったね。よく見てごらん、実はあっちのお兄さんはバイキンマンだね。汚いから触っちゃだめだよ！」

そう言うときゃっきゃと二人の子供たちは笑った。

すると神山が隣の部屋からこちらに来て、子供たちの前にしゃがみ肩を掴んでこう言った。

「亮太も、ユウ君もよく聞いて。あのね、今日は学校が終わったらみんなでドライブに出かけるから、家には帰らないで、校門のところで二人で待ってること。わかった？　お父さんが迎えに行くまで二人で待っていられる？」

「うん、じゃあブランコしててもいい？」と小さい方の子が言う。

「いいよ。亮太、ユウ君を頼んだぞ」

「うん、分かった。ドライブってどこ行くの？」

「それは後のお楽しみだよ」

そう言って子供たちの頭をなでる。

一か八の再出発だが、今の神山ならきっと家族のために何とか立ち直るだろうと岡野も思った。

時間が来て子供たちが学校に出かけた。さあここからが時間との勝負だ。十時には神山さんたちも出発し、十二時までに荷物の段取りをして、一時間でトラックに詰め込まなければならない。

荷物は子供の机を入れて三つ。キャビネットが二つに箪笥が二つ。ランドセルも二つ。それから洗濯機に炊飯器に冷蔵庫に炬燵に、本棚が一つ。その他に書類やら教科書やらダンボールに入れるものが十個とファンシーケースが三つ、布団が四組。結構な荷物だ。

まず羽嶋に連絡をする。西葛西駅前で駐車していた羽嶋が車をマンションの脇に止めて、清掃員の格好をしてバケツとほうきを手に、神山のフロアの通路を掃除しながら部屋に近づく。岡野が四人分のリュックを黒いゴミ袋二つに入れて玄関から廊下に出す。

さっとゴミを回収するように羽嶋がそれを受け取り、階段を使って降りて車のトランクにしまう。そしてまた車を駅前に移動させる。

また暫く羽嶋が車で待機していると、九時半頃レンタカーのトラックで邦明がやって来た。

フォン！　とクラクションを鳴らして「はし君お待たせー」とトラックから降りてきた邦明は木刀を持っていた。

「で、誰を殺っちゃえばいいの？」とニコニコしながら言う。「いや、クニ！　そういうんじゃないから！」と羽嶋が慌てる。すると懐かしい声が聞こえた。

「うっす！　はし君、ご無沙汰してます！」

助手席から降りてきたのは須々木忠助だった。

「あれ！　忠ちゃん！　もう一人の助っ人って忠ちゃんだったのか！　そうか、そうか。元気そうだね、よかった」

須々木は金属バットを持っていた。

「いや、だから今日は組同士の出入りとかじゃないから！」

約束の十時、セダンとトラックは神山のマンションに移動した。邦明が羽嶋から預かった携帯電話に涌田から連絡が入る。

「クニ、よろしく頼むな。とりあえず今から二人と赤ちゃんが羽嶋の車に乗るから、万が一何か邪魔する奴が現れたら、なんとかして二人を守ってくれ。それが終わったら十二時五分に車の荷台を玄関に着けてこっちに上がって来てくれ」

「ＯＫ！」

「今そのあたりに怪しい人物はいるか？」

「俺たち以外に怪しいのはいないぞ」

「よし、じゃあ今から二人で行くからな。一度廊下から二人が顔を外に出すから見ておいてくれ。五階だ」

「おう、分かった！」


緊張が走ったが、無事に二人は羽嶋の車に乗った。

「羽嶋です。よろしくお願いします。じゃあ、これから学校に向かいますので誘導してください」と言って羽嶋が車を出す。ここまでは無事に進んでいる。車の中で夫婦は何度も「すみません」と羽嶋に言った。

学校ではちゃんと子供たちが待っていて、スムーズに車に乗れた。まだ十時四十分だった。

このまま東京駅に向かおうと思ったのだが、車の中で問題が起きた。神山が子供たちに今日はドライブじゃないことを伝えて、これからしばらくの間みんなが別れて暮らすこと、そして子供たちは九州のお爺さんの家に行くことを話すと、弟のユウ君が駄々をこねたのだ。

「嫌だ！　嫌だ！　お父さんの嘘つき！　じーじのとこなんか行かない！　ドライブする！」

　何を言っても埒が明かず、ついに神山が「いい加減にしなさい！　わがままを言うんじゃない！」と怒鳴った。するとユウ君は大きな声で泣き出してしまった。

「すみません、羽嶋さん。ユウ、ほら、ドライブしてるじゃない。ほら泣かないの」

と母親がなだめる。

「いえ、奥さん。それより奥さんの乗る新幹線は何時ですか？」

「ええ、二時過ぎです」

「じゃあ神山さんたちの飛行機は？」

「はい、五時過ぎの便ですが」

「分かりました、じゃあちょっと寄り道をしますよ」と言って羽嶋は高速に乗った。

　暫くすると右手に東京タワーが見えてきた。

「あ、東京タワーだ！」と亮太が叫ぶと「わあ、ほんとだ！」とユウ君も顔がパッと明るくなった。

「亮太君もユウ君も東京タワーが好きか?」と羽嶋が聞くと「うん!」と元気な返事が返ってきた。

「よし、じゃあもっとすごい所まで行っちゃうぞ!」と車を飛ばす。

十二時前、車は東京タワーのふもとに着いた。

「神山さん、一時間だけ余裕があります。どうぞタワーでも一緒に昇ってあげてください」

「え! 昇っていいの?」とユウ君。

「いいんですか? こんなことまでしていただいて」と神山が言う。

「今日は悲しい思い出じゃなく、楽しい思い出にしてあげてください」と羽嶋が答える。

「すみません、羽嶋さん!」

「あ、じゃあタワーのてっぺんでみんなでおにぎり食べようか」と奥さんが言った。

「わーい!」子供たちも奥さんも、神山さんも本当にみんな嬉しそうだった。果たしてタワーの中で飲食ができるのかどうかはわからなかったが、羽嶋は家族っていうのはどんなに貧しくても一緒にいるだけで本当に幸せなんだなと思った。

「亮太君、ユウ君、今日は家族のお別れの日なんかじゃなくて、これからまた一緒になるための出発の日なんだよ。だからいっぱい楽しんでね。ほら、東京タワー見てごらん！　でっかいクリスマスツリーみたいだろ！」知らないうちにそんな言葉が口から出ていた。羽嶋は静かに涙が込み上げてくるのを感じた。


一方、その頃マンションでは。

十二時過ぎに邦明と須々木が部屋にやって来た。相変わらず木刀とバットを持っている。

「まいどー！」

岡野が、一緒に入ってきた須々木を見つけて「忠ちゃん！　なんだ、五人目って忠ちゃんだったのか！」と叫ぶ。

「おー！　ありがとな忠！」と涌田。

「いやー、初期メンバーが解散するって言うからさ。そんじゃあ来ないわけにいかないでしょ」と須々木が頭を掻きながら照れている。

「まあ、積もる話は後でゆっくりやろうぜ。とにかく時間がないから、俺と岡野が廊下に出す荷物を片っ端からトラックに積んでくれ」と涌田が指示をする。

「オッケイ！」

十分もしないうちに須々木が慌てて涌田を呼びに来た。

「涌田、まずいぞ」

「どうした！　ついに現れたか！」

「いや、やばいお兄さんじゃなくて、クニさんが管理人と揉めてる」

「あちゃー、休憩中じゃないのかよ」

「何号室だ？　届けがないって言って、クニさんが怒られてる」

するとも岡野が「よし、忠ちゃん、涌田ととにかく荷物を廊下に出し切ってくれ。管理人の方は何とかするから！」と言って駆け出して行った。

一階の管理人室の所まで来て「クニ！　ごめん、間違いだった。ここじゃないんだ！　葛西駅の方だった。あ、管理人さん、すみません、こっちの手違いでマンション間違えちゃって。部屋に行ったら留守だから変だなぁとは思ったんですけど、とりあえず部屋の前に荷物運んじゃったんだけど、すぐに片付けますね。ほんとにご迷惑かけてすみません」と肩で息をしながら振り絞るように嘘を吐く。

「何やってるの。困るんだよね、プロならちゃんとしっかりしなさいよ！」と管理人が文句を言う。

「だからクニ、大急ぎで上の荷物引き上げてくれる？　あ、くれぐれも他の住人さんに迷惑にならないように。いやあ本当にすみません。あれ、管理人さん今、休憩中じゃなかったですか？」

「そうだよ！　あんた達みたいなのがいるから、おちおち休憩もできんよ！」

「本当にそうですね。すみません。でも、こうやって休憩中でも気を付けてくれる管理人さんがいるなんて、このマンションの住人さんは幸せですねえ！」

「何、そんなの当たり前の仕事だよ。この間もね、昼休みに変なのが来てね……」

と調子よく話をすり替えながら岡野が時間を稼ぐ。その間に猛スピードで荷物を下ろし、一時間もかからずにトラックに積み上げた。

その頃には管理人もすっかり機嫌をよくして、みんなでもう一度謝りに行った時には「何、あんたたち千葉の便利屋さんなんだって？　若いのに偉いね、頑張ってよ！」と言ってくれた。岡野は話が盛り上がった勢いでうっかり便利屋と言ってしまって、後で足がつく恐れを考慮して、架空の便利屋名を言っておいた。

とりあえず何とか最悪の事態は免れて任務を遂行し、事務所に戻って荷物を入れた。思いのほか量が多くて、さながら事務所は物置小屋と化した。

よく見たら、神山さんとこれは置いていくと決めたはずのおもちゃや、ぬいぐるみや、サッカーボールや、分厚いアルバムの数々まであって、ダンボールの数が増えているし、ベッドのマットレスまである。

「あれ？　これはクニの仕業だな？　お前勝手に荷物増やしただろ！」と涌田が問い質すと「ああ、こんな思い出の詰まったもの、絶対に捨てたらダメだ！　思い出は命と同じくらい大事なんだぞ」と怒るように言った。


思い出は命と同じくらい大事。

確かに思い出こそが、命の後にも残る生きた証だ。


そう言えば邦明は昔、火事で家と思い出を一緒になくしたことがあった。だから思い出の大切さは誰よりも身に沁みているのだ。

そうか、また一緒に住むことになった時にこの荷物が届いて、中からアルバムが出てきたらきっと神山さんたちは喜ぶに違いないな。

「でもこのマットレスはどんな思い出なんだよ？」と涌田が聞くと、「ああ、それだけは俺が勝手に貰った。だって、捨てちゃうんだったらいいだろ?」
そう言って「お先に」とマットレスをひょいと背中に担いで帰って行った。もちろんそのまま電車に乗って中野まで。

夕方になると、羽嶋から無事に羽田まで送り届けたとの連絡が入った。母親が東京駅で降りる時に、弟の方がぐずるかと思ったら、意外にもお兄ちゃんの方が泣き出した。でも必ずどんなことをしてでもすぐに一緒に暮らすからと神山さんが説得をして、最後はみんな笑顔だったそうだ。

その日は久しぶりに須々木も含めて初代便利屋の四人で飲んだ。須々木も昔と同じようにニコニコしながら黙って飲んだ。今までに飲んだ酒の中で最も苦くてしょっぱい酒だったが、誰もが普通を演じていた。解散するなんて嘘みたいに、たわいもないバカな話で盛り上がって、普通に別れた。
「じゃあまたな!」と言ってそれぞれが別の道を歩き出した時、堪えていたものが込み上げて来て、涌田は桑田佳祐の「祭りのあと」を口ずさみながら泣いた。

♪情けない男で御免よ
愚にもつかない俺だけど
涙を拭いてあーあ
夜汽車に揺れながら

きっとみんなそれぞれに泣いただろう。

年が明けて一九九五年二月。約束通り神山さんは福岡で就職をして、家族を呼び戻す準備ができたと連絡があり、後日お礼の手紙とともに律儀に残金の二十万円も送られてきた。


—便利屋タコ坊の皆様へ。その節は大変お世話になりました。

〜中略〜涌田さんは、餞別のつもりで二十万円はいつでもいいとおっしゃってくれたことは分かりました。でも、その言葉に甘えるわけにはいきません。

その優しい気持ちが本当に嬉しくて、私も一度死んだつもりで頑張っております。

云々……

それからは、やっぱり便利屋らしい仕事の依頼が入ることはなく、岡野と羽嶋はそれぞれの現場を若手に引き継ぎながら三月まで仕事を続け、桜の開花宣言を聞く頃に、八年間にわたる長い長い、でもあっという間だった終わらない夢の物語が終わった。

エピローグ

二〇一五年、あれからちょうど二十年が経って、世の中はずいぶん変わった。

タコ坊が解散した一九九五年はいろいろなことがあった。

日本中を震撼させた阪神淡路大震災や、宗教団体が起こした非道な事件があった一方で、スポーツ界では野茂英雄選手がメジャーリーグに挑戦し、新たな道を切り開いた。それ以降、彼のように海外で活躍するという可能性を見出した選手たちが次々と海を渡り、技術を磨き、今日ではワールドカップやグランドスラムなどで活躍を見せている。

一九九九年、子供時代に恐怖を抱いたノストラダムスの大予言は大きく外れ、穏やかに二十一世紀が訪れた。

街街では昔ながらの喫茶店や古本屋が次第に影をひそめ、それに代わってマニュアル化された大型チェーン店が日本中に広がり、また便利なコンビニエンスストアは、今や飽和状態ではないかと思うくらいの数にまで増えた。

社会はアナログからデジタルに切り替わり、インターネットというある種の生命体が生活の中に入り込み、パソコンや携帯電話は主婦や子供までが当たり前に持つようになり、街からは公衆電話が消えた。

そうした環境はビジネススタイルにも大きな変化もたらし、広告の媒体や日常のコミュニケーションにまで大きな影響を与えている。


江戸川区一之江の街並みもすっかり都会的に変わり、マンションやファミレスなどが立ち並ぶようになった。そして便利屋タコ坊が始まったあの鉄工所は、この界隈の工場がそうであるように、ある時代の役目を終えて閉鎖されていた。

葛西のタコ坊新事務所は、今では三階建ての一軒家になっている。住人は涌田広幸とその家族だ。あれから涌田と日高みずほは結婚をして三人の子宝に恵まれた。

岡野と羽嶋が辞めた後、涌田はタコ坊を一人引継ぐとともに便利屋業は封印し、仕事をリフォーム業に絞り込み、社名を㈱リビングテックと改めた。それ以降何人もの若者を育て、一人前の職人として彼の元から独立させた。涌田は便利屋ではなくなった今でも便利屋魂はそのままに、リフォームに関するどんな依頼でも決して断ることはなく、今でもリビングテックの社長として活躍している。

須々木忠助は、あれからずっととび職人を続けてその道を極め、今では若手を指導する立場として、今日もどこかの高層ビルの建築現場から下界の東京の街を見下ろしている。

羽嶋之雄は、退職後に夫婦二人の故郷である愛知県岡崎市に帰り、設備会社に勤めながら独学で一級建築士の資格を取得した。今では地元の大手自動車関連会社の役職として活躍し、家族三人仲良く暮らしている。

そして岡野芳樹はあれから半年後、第二子の息子が生まれた後に東京の理想的な田舎町と言われる武蔵野に引っ越し、子供が二人いるにもかかわらず三年間一切の仕事を辞めて絵本作家になる修行を始める。あきれたことに無収入だという現実を脇に置き、実はその間もう一人子供が生まれ五人家族になるのだった。

そんな岡野は、タコ坊を辞めた後にも波乱に富んだ人生を送っていた。修行を始めてなんと九年後、四十歳でついに公言通り、絵本「よなかのさんぽ」をビリケン出版から初出版する。絵本はその後、スロバキアで開催されている世界絵本大会において日本代表作品の一つに選ばれ、原画が海を渡り遠い異国で展示され、またＮＨＫの「テレビ絵本」でも放送された。

さらに絵本専門の出版社フレーベル館からの依頼で、キンダーブックという幼稚園向けシリーズ絵本を二冊出版した。

　現在では、あの桑名正守の予言通り、桑名がセールスの道を極めたタイミングで彼からの切り札によって呼び寄せられる。そして品川区五反田にて、ソーシャル・アライアンス㈱という営業やコミュニケーション教育などを専門とする会社を立ち上げ、全国に六十か所あまりのフランチャイズを展開し、今日も全国各地を飛び廻っている。

　満五十歳になった二〇一四年七月には、その波瀾万丈な人生を綴った「ライフ・イズ・ビューティフル」という今までにないビジネス書を出版した。この便利屋タコ坊物語の書は、その時に書いたライフ・イズ・ビューティフルの中に出てくる便利屋時代のスピンオフ版でもある。


　かけがえのない仲間たちと過ごしたあの八年間は、昭和から平成に移り変わる激動の時代の荒波を越えて冒険を続けた奇跡の物語として、タコ坊の四人は永遠に忘れることはないだろう。今でもときどきあの頃のエピソードを思い出しては笑うことがある。どんなに辛かったことでも、過ぎてしまえば笑い話になる。

　やり直したい悔やまれることもたくさんある。しかしもう一度同じ人生をやりたいかと聞かれれば、ノーと答える。何故なら人生は、やり直しがきかないからこそ面白い。

そして新たな物語がこれからまた始まる。


人生は一度きりのドラマである。


脚本家は、他の誰でもない自分だ。どんなストーリーでも自由に描くことができる。なのに、もし無難で平凡なストーリーしか書かない者がいるとしたら、それはセンスのない大ばか者だ。未来と言う真っ白な原稿用紙に、誰も経験したことのない破天荒な物語を綴ろうではないか！

演出家もまた自分だ。やって来る困難を悲劇として解釈するのか喜劇として解釈するのかは演出家の腕の見せ所だ。だから人生に困難は大歓迎だ。面白い物語こそ困難やトラブルに満ち溢れているのだから。

そして主演も自分だ。

主演で生きる覚悟はできているのか⁉

スポンサーが付くくらい面白いエピソードを作る覚悟はあるのか⁉

人は皆生まれながらにして便利屋なのだ。

どんな状況でも、どんな役でもこなすことができる何でも屋なのだ。

「不可能」という概念を持たず、「諦める」という選択肢もない、それが便利屋だ。

そこに希望がある限り命を懸けてやり遂げる、それが便利屋だ。


どんな人生であっても魂は便利屋であれ！


便利屋に必要なものは才能や金じゃない。

ましてや運の良さでもない。


困難に立ち向かう勇気と、ピンチを切り抜けるアドリブ力と、暗闇を照らすユーモアと、使命感溢れる志と、そしてたっぷりの愛情だ。それらを纏って、誰も経験したことのない冒険が待っている大海原にいざ船を漕ぎ出そう。

銀色の象にまたがり、未知なるジャングルに出かけよう。

ドラム缶で作った宇宙船に乗って、虹を越えて宇宙に飛び出そう。

呆れるくらい素敵なエピソードを作るために。

さあ、準備はできたか
この本を閉じた瞬間にあなたの冒険は始まるのだ。
いつだって俺たちがそばにいる。
スタンド・バイ・ユー。

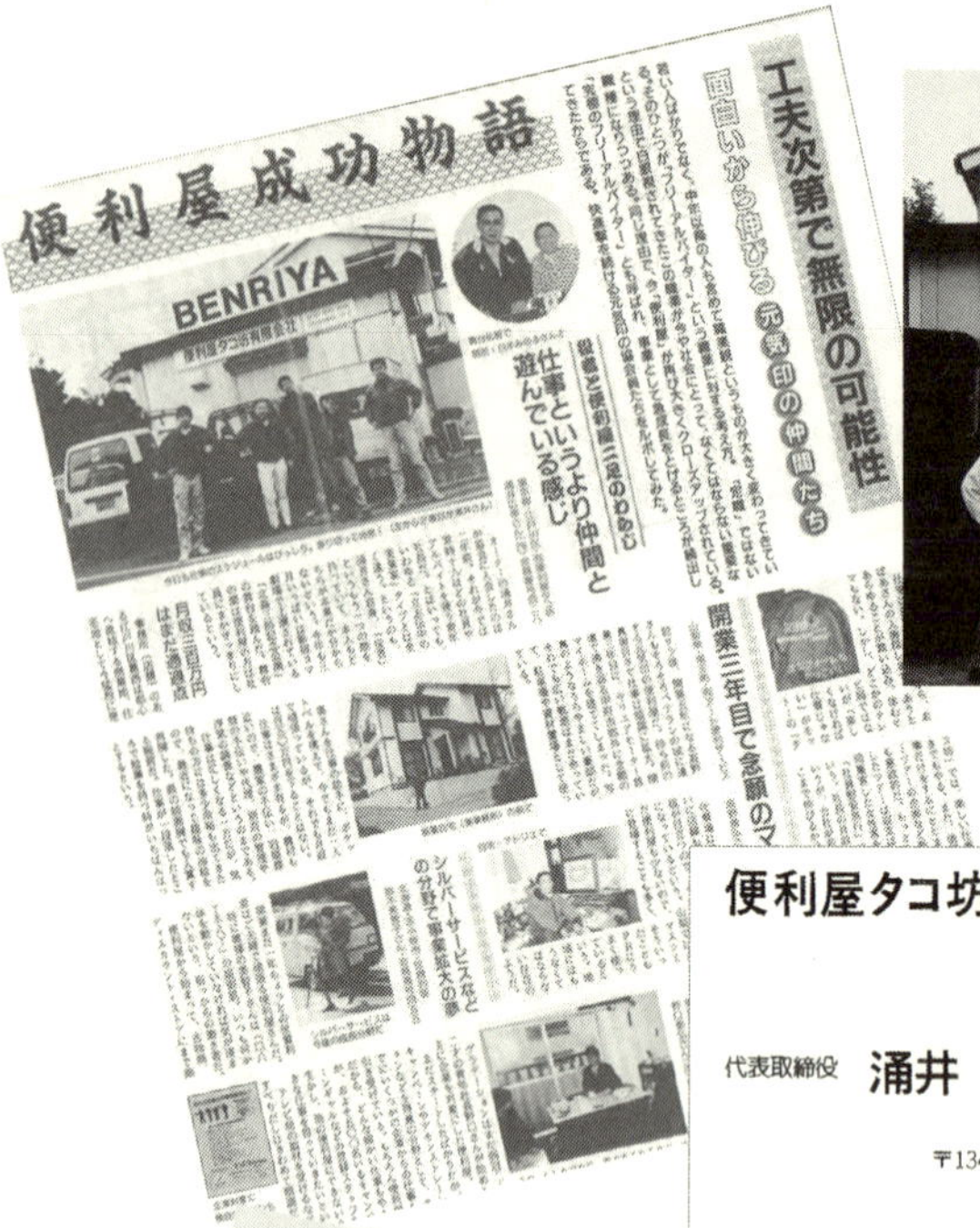

便利屋成功物語

工夫次第で無限の可能性

面白いから伸びる 元気印の仲間たち

仕事というより仲間と遊んでいる感じ

開業三年目で念願のマ

シルバーサービスなどの分野で事業拡大の夢

新便利屋事務所

便利屋タコ坊有限会社
TACOBO

代表取締役　涌井　広幸

〒134 東京都江戸川区[redacted]
TEL. 03-5605-[redacted]
FAX. 03-5605-[redacted]
IDO. 030-512-[redacted]

お役にたちたい
タコ坊です。

BENRIYA
03-5605-[redacted]
便利屋タコ坊有限会社
TACOBO ALL MIGHTY CO.,LTD.
TACOBO
NO.2

20年後のタコ坊

2号　1号　3号　4号　石山

1号　3号　2号

入れ歯捜索

アルバイトの仲間と

ランク

旧便利屋事務所

入れ歯捜索

劇団公演

ラスベガスにて

インテリア TACOBO

3号

グランドキャニオンにて

1号 2号

便利屋カー 1号

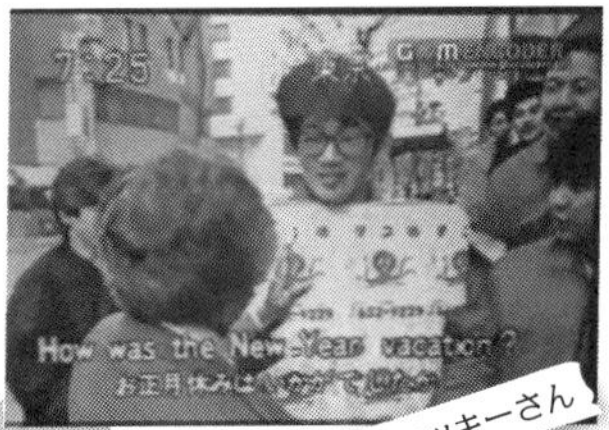

ウィッキーさん

1号
殺陣役者

4号

あとがき

この物語を完成させるにあたって欠かせない人物がいる。便利屋1号涌田広幸こと涌井広幸だ。あだ名はもちろん「タコ坊」である。

今から四年前、面白半分にフェイスブック上で便利屋時代の数々のエピソードを思い出しながら、彼と交互に連載していたのである。それをもとに本格的に執筆したのがこの「スタンド・バイ・ユー」なのだ。

読んで頂いて分かるように、まるで作り話のようなドラマチックなエピソードの数々を、我々だけの思い出として閉じ込めておくのはもったいないと言うことで始めたのだ。

私はあまり過去に執着をしないために、便利屋時代の書類やノートはもちろん、写真の一枚さえ残していなかった。その点、彼の執着は凄い（いや、執念か⁉）。本に掲載されている実物の写真はすべて彼の所有物で、また当時の帳簿やチラシや人材派遣用の名簿やノートの走り書きに至るまで、見事に保存されていた。

その記録がなければここまで物語をリアルに再現することは不可能だったに違いない。たとえば、第八話冒頭に出てくる架空のコマーシャルの台本もそうだ。それを読み返して、よくもまあこんなくだらないことを当時は真剣に考えて、わざわざ台本まで作っていたもんだと、呆れながら感心した。

しかし何故便利屋時代がこんなにもドラマチックな展開だったのかというと、当時の我々は、食うために働いていたのではなく、ましてや儲けるためでもなく、文字通り「人生にドラマを作るために」働いていたからなのだ。それは間違いない。涌井広幸という男が掲げた無謀な夢が、私を含め多くの人間を巻き込み、そして本当に面白いドラマを作り上げた。

そしてこの度、念願の書籍化という奇跡が起きた。この奇跡もまた多くの人の力添えによって実現されたのだ。

前回出版させて頂いた「ライフ・イズ・ビューティフル」を読んで、大変感動して下さった一流家具のトップセールスマン石田太司氏によって、書店「読書のすすめ」を経営する憧れのソムリエ　清水克衛氏に繋がり、その清水氏から今最も気を込めて本作りをしているという出版社、エイチエス株式会社の斉藤和則氏を紹介して頂き、今回の出版に至ったというわけなのだ。

清水氏、斉藤氏、石田氏らと「便利屋タコ坊物語」出版のために、作戦会議と称して、何度か篠崎のアットホームな居酒屋で呑んだ酒の何と美味かったことか！

斉藤氏の「売れちゃう本を作ろう」を合言葉に、題名や写真をさし込むというアイディアもそうだが、特に読者に印象付けたい強調文を、普通なら大文字や太文字にするところ、あえて小さくするという逆転の発想が生まれた。この場を借りて心から感謝を申し上げたい。

また物語に登場して頂いた多くの皆様方。全く本人だと気付かれないように、上手に一文字ずつ変えてありますので、個人情報やプライバシーの侵害などと私を責めたりせずに、実際にあった型破りな物語の重要な登場人物の一人として、慈悲深い心で読んでいただけることを切に願います。

著者プロフィール

岡根 芳樹

1964 年和歌山県出身。
ソーシャル・アライアンス株式会社　代表取締役社長。
同社のシニア・トレーニングディレクターとして、トレーニングの日々を過ごしている。情熱にあふれる講演・研修はまさに机上の空論ではなく、自身で叩きあげてきた生々しい「現場学」である。企業や組織に対し実際の現場を想定した即効性のある研修を提案、成果にこだわった人材教育、ユニークかつ実践的なトレーニングには定評がある。その一方で絵本作家としても活躍中である。
著書に『LIFE IS BEAUTIFUL』（ソースブックス）
絵本『よなかのさんぽ』（ビリケン出版）
絵本『あめのカーテンくぐったら』（フレーベル館）
絵本『まじょのマジョリータ』（フレーベル館）がある。

【スタンド・バイ・ユー 便利屋 タコ坊物語】

初刷 ―― 二〇一五年六月三〇日
著者 ―― 岡根芳樹
発行者 ―― 斉藤隆幸
発行所 ―― エイチエス株式会社 HS Co., LTD.
064-0822
札幌市中央区北2条西20丁目1-12佐々木ビル
phone : 011.792.7130 fax : 011.613.3700
e-mail : info@hs-prj.jp URL : www.hs-prj.jp
印刷・製本 ―― 中央精版印刷株式会社
乱丁・落丁はお取替えします。

ISBN978-4-903707-59-4
JASRAC 出 1505470-501